Melinda Nadj Abonji

Tauben fliegen auf

Roman

Atlantis

Die Originalausgabe erschien 2014 im Verlag
Jung und Jung, Salzburg und Wien.

Die Arbeit an diesem Buch wurde durch die Direktion der Justiz
und des Innern des Kantons Zürich, die Pro Helvetia und das Grenzgänger-
Stipendium der Robert Bosch Stiftung gefördert.

Titos Sommer

Als wir nun endlich mit unserem amerikanischen Wagen einfahren, einem tiefbraunen Chevrolet, schokoladefarben, könnte man sagen, brennt die Sonne unbarmherzig auf die Kleinstadt, hat die Sonne die Schatten der Häuser und Bäume beinahe restlos aufgefressen, zur Mittagszeit also fahren wir ein, recken unsere Hälse, um zu sehen, ob alles noch da ist, ob alles noch so ist wie im letzten Sommer und all die Jahre zuvor.

Wir fahren ein, gleiten durch die mit majestätischen Pappeln gesäumte Straße, die Allee, welche die Kleinstadt vorankündigt, und ich habe es nie jemandem gesagt, dass mich diese zum Himmel strebenden Bäume in einen schwindelerregenden Zustand versetzen, einen Zustand, der mich mit Matteo kurzschließt (der Taumel, dem ich verfalle, als Matteo und ich uns endlos im Kreis drehen, auf der schönsten Lichtung des Dorfwaldes, innig, seine Stirn auf meiner, später dann Matteos Zunge, die eigenartig kühl ist, seine schwarzen Körperhaare, die sich so an seine Haut schmiegen, als wären sie ihrer hellen Schönheit völlig ergeben).

Als wir an den Pappeln vorbeifahren, mir dieses Flirren den Verstand raubt, unser schokoladefarbenes Schiff geräuschlos von einem Baum zum nächsten gleitet, dazwischen die Luft der Ebene, die sichtbar wird, ich kann sie sehen, die Luft, die jetzt stillsteht, weil die Sonne so erbarmungslos ist, da sagt mein Vater zur Klimaanlage hin, immer noch alles genau gleich, mit kleiner Stimme sagt er, hat sich nichts verändert, gar nichts.

Ich frage mich, ob sich mein Vater eine Truppe von professionellen Gärtnern wünscht, die zumindest die Äste zurechtstutzen – dem Wildwuchs Zivilisation entgegensetzen! – oder die mit effizienten Maschinen die die Kleinstadt vorankündigenden Pappeln fällen, ein für alle Mal! (Und wir würden auf einem dieser Strünke sitzen, mit unseren Blicken die Ebene, die sich mit Mittagshitze vollgesaugt hat, beherrschen, und mein Vater, der sogar einen Strunk besteigen müsste, sich einmal um die eigene Achse drehen würde, um dann mit der bitteren Stimme eines Menschen, der spät, aber besser spät als nie!, recht bekommt, zu sagen: Endlich sind diese verdammten, staubigen Bäume weg.)

Niemand weiß, was mir diese Bäume bedeuten, die Luft zwischen den Bäumen, die man genau sehen kann, und nirgends sind die Bäume so verheißungsvoll wie hier, wo die Ebene ihnen Platz lässt, und ich wünsche mir auch diesmal stehen zu bleiben, mich an einen dieser Stämme zu lehnen, meinen Blick zu heben, mich von den raschen, kleinen Bewegungen der Blätter verführen zu lassen, und ich bitte meinen Vater auch diesmal nicht anzuhalten, weil ich auf die Frage »warum« keine Antwort wüsste, weil ich vieles erzählen müsste, ganz bestimmt aber von Matteo, um zu erklären, warum ich ausgerechnet hier anhalten will, so kurz vor dem Ziel.

Unser Wagen, wie von einer geheimen Kraft gezogen, fast immun gegen die Unebenheiten der Straße, fährt also weiter, und bevor wir endgültig ankommen, haben wir noch ein weiteres Mal ein »hat sich nichts verändert« zu passieren, muss die Zivilisation noch einen Rückschlag, heißt einen Stillstand hinnehmen, und wir Kinder drücken linker Hand unsere Gesichter gegen die Scheibe, die erstaunlich kühl ist, sehen mit ungläubigen Augen Menschen, die in einem Berg von Müll leben, hat sich nichts verändert, sagt mein Vater, Hütten aus Wellblech, Gummi, zerzauste Kinder, die zwischen Autowracks und Haushaltsmüll spielen, als gäbe es nichts Normaleres, was ist mit den Scherben, will ich fragen, mit der Nacht, die einbricht, wenn die Schatten sich bewegen, wenn all die Dinge, die in einem heillosen Durcheinander daliegen, lebendig werden? Und ich vergesse in einem winzigen Augenblick die Pappeln, Matteo, das Flirren, den Chevrolet, und die schwarze Nacht der Ebene umhüllt mich mit ihrer ganzen zerstörerischen Kraft, und ich höre sie nicht, die Lieder der Zigeuner, die vielbeschworenen, bewunderten, ich sehe nur die gierigen Schatten im Dunkeln, von keiner Straßenlaterne vertrieben.

Und mein Vater schielt aus dem Fenster, schüttelt den Kopf, hustet seinen trockenen Husten, er fährt so langsam, dass man meinen könnte, er werde unseren Wagen in wenigen Augenblicken zum Stillstand bringen, schaut euch das an, sagt er und klopft mit dem Zeigefinger gegen das Seitenfenster (ich erinnere mich an ein Feuer, dessen Rauch sich verirrt), ich, die die schmutzstarren Gesichter aufnimmt, die scharfen Blicke, die Lumpen, Fetzen, das über den Müllbergen zitternde Licht, ich verlängere meinen Blick, als müsste ich das alles verstehen, diese Bilder von Menschen, die keine Matratzen haben, Betten schon gar nicht, sich deswegen nachts vielleicht in die Erde eingraben, in die tiefschwarze Ebene, die jetzt, im Sommer, von Sonnenblumen nur so strotzt, sich im Winter dann so preisgibt, dass man sich ihrer erbarmt, Erde, nichts als Erde, die im Winter von einem zentnerschweren Himmel erdrückt wird, die, wenn der Himmel sie in Ruhe lässt, zu einem Meer wird, windstill.

Ich habe es nie jemandem gesagt, aber ich liebe diese

Ebene, die sich zu einem trostlosen Strich verdünnt, nichts, das sie einem schenkt; vollkommen allein in dieser Ebene, von der du nichts wollen kannst, auf die du dich höchstens legen kannst, mit ausgebreiteten Armen, und das ist der Schutz, den sie dir gewährt.

Wenn ich gesagt hätte, dass ich Matteo liebe (einen Sizilianer, der ein paar Wochen vor den Sommerferien in unsere Klasse hereingeplatzt ist, *ciao, sono Matteo de Rosa!*, und sofort bei allen, außer beim Lehrer, beliebt war), dann hätten mich womöglich die meisten verstanden, aber wie sagt man, dass man eine Ebene liebt, die Pappeln, staubig, gleichgültig, stolz, und die Luft dazwischen? Im Sommer, wenn die Ebene um ein Stockwerk gewachsen ist, Sonnenblumen-, Mais- und Weizenfelder, wo du nur hinblickst, und man erzählt, dass immer wieder Menschen in den endlosen Feldern verschwinden, wenn du nicht aufpasst, packt dich die Ebene und frisst dich auf, sagt man, und ich glaube nicht daran, ich glaube, dass die Ebene ein Meer ist, mit eigenen Gesetzen.

Diese armen Dinger, sagt meine Mutter, als würden wir fernsehen, und statt dass wir den Sender wechseln, fahren wir vorbei, fahren wir weiter in unserer Kühlbox, die eine Stange Geld gekostet hat, uns so breit macht, als würde die Straße uns gehören, und mein Vater dreht das Radio an, damit die Musik das Niedrige in einen tänzerischen Takt verwandelt, den Klumpfuß der Wirklichkeit augenblicklich heilt: *Komm hierhin, geh nicht dorthin, komm hierhin, mein Herzchen, und gib mir ein Küsschen …*

Mit einem Geräusch, das nicht der Rede wert ist, fahren wir über die Gleise, am schiefen, rostigen Schild vorbei, das seit Ewigkeiten den Namen der Kleinstadt tragen muss, wir sind da, sagt meine Schwester Nomi, zeigt zum Friedhof, in dem eine auffallende Ungerechtigkeit herrscht, Gräber, um

die sich niemand kümmert, einfache, von Unkraut über-
wucherte, kaum mehr erkennbare Holzkreuze, Jahreszah-
len, Buchstaben, die fast nicht zu entziffern sind, wir sind
da, sagt Nomi, und in ihren Augen zeigt sich die Angst,
irgendwann in den nächsten Tagen den Friedhof besuchen
zu müssen, hilflos an Gräbern zu stehen, sich für die Tränen
der Eltern zu schämen, auch weinen zu wollen, sich vorzustellen, dass da unten im Sarg der Großvater väterlicherseits liegt, die Großmutter mütterlicherseits, die wir, Nomi
und ich, nie kennengelernt haben, Großonkel und Großtanten, die Hände, die einem in solchen Momenten immer
im Weg sind, das Wetter, das in solchen Momenten immer
unpassend ist, würde man weinen, wüsste man wenigstens,
wohin mit den Händen; Gladiolen und zarte Rosen neben
Gräbern, die mit Steinplatten bedeckt sind, die Toten, deren
Namen in Stein eingraviert sind, leserlich bleiben für die
Nachwelt, die Steinplatten, die ich nicht mag, weil sie die
Erde der Ebene erdrücken, die darunterliegenden Seelen am
Fortfliegen hindern.
   Unsere Familie mütterlicherseits und väterlicherseits, die
unter Steinplatten begraben liegt, schlimmstenfalls fehlen
die Blumen, die gelben und rosaroten Rosen, die Gladiolen,
aber die Gräber, mit Steinplatten überdeckt, verwahrlosen
nicht, auch wenn sie niemand besucht, auch nicht an Allerheiligen, nicht einmal an Allerheiligen, sagt meine Mutter, wenn irgendeine Cousine sie anruft, ihr mit gepresster
Stimme mitteilt, dass außer ihr niemand auf dem Friedhof
war, um ein Lämpchen für die Verstorbenen anzuzünden,
wenigstens verwahrlosen die Gräber nicht, sagt meine Mutter dann, und in diesem Satz steckt die tiefe Trauer eines
Lebens, das sich nicht einmal um die Toten kümmern kann,
weil sie zu weit weg sind, um ihnen wenigstens einmal im
Jahr, an Allerheiligen, Blumen hinzustellen.

Weil sich der Tod selten ankündigt, sind wir also fast nie da, wenn jemand unserer Familie in der Vojvodina stirbt, und wenn uns Tante Manci oder Onkel Móric anrufen, weil sie die Einzigen sind, die ein Telefon haben, um uns zu sagen, dass es leider ein Tag der schlechten Nachricht sei, dann wird es merkwürdig still in unserem Wohnzimmer, möglicherweise gäbe es irgendwas über den Tod zu erzählen, wenn wir da wären, wo alle unsere Verwandten leben, zumindest würden wir zuhören, was man sich über den Verstorbenen erzählt, und wir wären sicher berührt, wenn Mamika, die mit ihrer Stimme den verborgensten Winkel jeder Seele erreicht, ein Lied singt, aber weil wir nicht da sind, wo die Menschen drei Tage lang Abschied nehmen, bevor sie die sterblichen Überreste, wie man sagt, der Erde überlassen, weil wir nur das Telefon haben, eine entfernte Stimme, die bezeugt, dass etwas Unwiderrufliches geschehen ist, bewegen wir uns an diesem Tag der schlechten Nachricht wie Geister, wir vermeiden es sogar, uns mit Blicken zu berühren, und ich erinnere mich, dass Vater die gelben Chrysanthemen, die Mutter auf den Wohnzimmertisch gestellt hat, mit einem heftigen Schwung in den Mülleimer wirft, an einem Tag im Oktober 1979, als wir die Nachricht bekommen haben, dass Vaters geliebte Großtante gestorben ist. Keine Totenblumen, sagt Vater mit rotem Hinterkopf und der Fernbedienung in der Hand, ich und Nomi, die die Chrysanthemen seither die verbotenen Blumen nennen, weil wir sie nicht mehr auf den Tisch stellen dürfen, und wenn wir dann den Friedhof in unserer Heimat aufsuchen, die Gräber unserer Verstorbenen mit Blumen schmücken, sicher nie mit Chrysanthemen, auch wenn es Herbst ist, dann sind wir zu spät gekommen, denke ich, dann sind wir ein zweites Mal allein mit unserer Trauer.

Und wir ahnten damals nicht, dass in wenigen Jahren die Grabsteine umgestoßen, die Granitplatten zerpickelt, die Blumen geköpft werden würden, weil es im Krieg eben nicht reicht, die Lebenden zu töten, und hätten wir es geahnt, hätten wir vermutlich am Grab unserer Verstorbenen die Köpfe gesenkt, darum gebeten, dass unser leiser Singsang sich zu einem magischen Schutz verdichtet, damit die Toten in ihrer ewigen Ruhe, wie man sagt, nicht gestört würden, aber wir hätten auch darum bitten können, dass die Regenwürmer, die Engerlinge, die Springschwänze, die Tausendfüßler und Käfer aller Art nicht durch die plötzliche Lichtveränderung wild durcheinanderkrabbeln und -kriechen, um dann, nach dieser Störung, endlich wieder ins schützende Dunkel zu flüchten.

Unser brandneuer Chevrolet biegt links ab, in die *Hajduk Stankova*, zeichnet eine elegante Kurve, bevor mein Vater abbremsen muss, weil die Straße nicht geteert ist, eingetrockneter Dreck mit einer dünnen Staubschicht, die unseren Chevrolet zu einem bepuderten Unding macht, die Zivilisation, auch hier zum Stillstand gebracht.

Wir sind da, sage ich, unser Wagen steht vor der Einfahrt, einem Wall aus ausgetrockneten, verzogenen Holzbrettern, vielleicht zwei Meter hoch, drei Meter breit, der neugierigen Blicken mehr als nur einen verheißungsvollen Spalt bietet, mein Vater stellt den Motor ab, wir blinzeln zum kleinen weißen Haus, zur Einfahrt gehörend, von der Sonne grell ausgeleuchtet, das Haus von Mamika, der Mutter meines Vaters, für mich der Prototyp eines Hauses, das die ersten und tiefsten Geheimnisse birgt, und wir bleiben einen langen Moment sitzen, bevor Vater das Einfahrtstor öffnet, unser Chevrolet langsam in den Innenhof rollt, ein kurzes Hupen die Hühner und Enten aufscheucht.

Gott hat euch gebracht, Mamika, die nicht lächelt, die nicht weint, die diesen Satz mit der ihr eigenen zarten Stimme sagt, uns einzeln die Wangen streichelt, auch meinem Vater, ihrem Kind, Gottes Gunst, die uns in ihr Wohnzimmer, das gleichzeitig ihr Schlafzimmer ist, führt, seine Gnade, die uns Traubisoda, Tonic, Apa Cola und zwischendurch ein Schnäpschen serviert, Papst Johannes Paul II., der uns wie immer in Form eines farbigen Bildchens anlächelt, und ich, die in ängstlicher Genauigkeit das Zimmer inspiziert, mit einem Blick die Kredenz, den Haussegen, die Flickenteppiche sucht, hoffe, dass alles noch so ist wie früher, weil ich, wenn ich an den Ort meiner frühen Kindheit zurückkehre, nichts so sehr fürchte wie die Veränderung: Das Erkennen der immer gleichen Gegenstände, das mich vor der Angst schützt, als Fremde in dieser Welt dazustehen, von Mamikas Leben ausgeschlossen zu sein, ich muss, so schnell es geht, zum Innenhof zurück, um meine ängstlichen Inspektionen fortzusetzen: Alles noch da? Die zwei Drahtgitter-Silos, in denen Mais gelagert wird und sich die frechen Mäuse tummeln, der blaue Ziehbrunnen, der für mich immer ein Wesen gewesen ist (ein Zwerg? ein undefinierbares Tier?), die Rosen und Nachtviolen, für die meine Mutter schwärmt, deren Duft einem nachts den Kopf verdrehen kann, die Pflastersteine, auf denen im Sommer die Pisse verdampft, auf die das Blut der Hühner spritzt, denen Mamika gekonnt die Hälse durchschneidet, von denen die Hühner soeben noch zermahlene Maiskörner gepickt haben. Alles noch da?, frage ich mich insgeheim, und warum mich in diesen ersten Momenten des Ankommens diese spezifische Unruhe ergreift und dass ich mit diesem unangenehmen Gefühl nicht allein bin, sondern Nomi genauso davon befallen ist, aber anders damit umgeht, das habe ich erst viel später verstanden.

Und nachdem ich den Innenhof inspiziert habe, den Hühnerstall, das Plumpsklo, den Miststock, den Garten und natürlich den Dachboden – der die schönsten aller Geheimnisse preisgibt –, muss ich rasch wieder die morsche Leiter hinabsteigen, aufpassen, dass ich keines dieser leuchtenden Mittagsblümchen zertrete, die in den Zwischenräumen der Pflastersteine wachsen, ich muss, so schnell es eben geht, zum Tor zurück, die Klinke runterdrücken, meinen Kopf rausstrecken, um zu sehen, ob sie noch da ist, die Irre mit den zerzausten Haaren, mit ihren Augen, die alles glauben und alles vergessen, die fragen, bevor der Mund es tut, hast du etwas für mich?, etwas kleines Süßes?, für mein Herz, ein *Zückerchen*? Ich muss sehen, ob Juli noch da ist, die ein Kindskopf geblieben ist, so sagt man, obwohl sie schon längstens Brüste hat und zottige Haare unter den Achseln, Juli, die ein paar Steinwürfe weiter weg gegen die Hausmauer lehnt oder auf einem Klappstuhl sitzt, dem Tag nichts weiter antut, als ihn zu betrachten, Juli, bist du da? Die Irre, vor der wir Kinder uns fürchten, die wir endlos verspotten, Juli, die wir lieben, weil sie uns alles glaubt und Dinge erzählt, die nach einer fremden Welt riechen (he, Nomi und Ildikó, sagt Juli, ihr habt eine Schwester, ja ja ja, ich weiß das, sie ist wunderschön, ja ja ja, und Juli kichert, ich weiß das, seht mal her, und Juli zeigt auf die großen orangen Blumen ihres Kleides, das sind meine Augen, ja ja ...).

Traubi!, sagen Nomi und ich aus einem Mund, als wir uns die Hände gewaschen haben, uns an Mamikas gedeckten Tisch setzen und die Fläschchen auf einem Plastiktablett bereitstehen, Traubisoda! So heißt das Zaubergetränk unserer Heimat, ein schlankes Fläschchen ohne Etikette, auf dem die weißen Buchstaben auf grünem Glas leuchten, Mamika, die jede Menge Traubi für uns gekauft hat, nur für euch!, und natürlich sind Nomi und ich verwöhnte Westgören, die sich darüber lustig machen, dass die im Osten versuchen, Coca-Cola zu imitieren und dabei nichts weiter als eine braune, ungenießbare Brühe namens Apa Cola zustande bringen (Apa Cola, was für ein bescheuerter Name!), aber Traubi lieben wir, wir lieben Traubi so sehr, dass wir uns überlegen, ob wir ein paar Fläschchen mit nach Hause, in die Schweiz, nehmen sollen, um unseren Freundinnen zu zeigen, dass es bei uns, in unserer Heimat, etwas gibt, das unglaublich gut schmeckt – doch bis jetzt haben wir es nicht getan.

Mamika, die Hühnergulasch mit Nockerln auftischt, Paniertes vom Schwein mit frittierten Kartoffeln und Kürbisgemüse, an der Sonne gesäuerte Gurken und Tomatensalat mit roten Zwiebeln, Mamika, die uns erlaubt hat, so viel Traubi wie wir wollen zu trinken, und für ein Mal dürfen wir während dem Essen aufstehen, um uns an Mamikas weicher Haut satt zu küssen, wir drücken uns von links und von rechts in die Wärme ihres Kleides, und nur Mamika nervt uns nicht, wenn sie sagt, dass wir beide bestimmt zwei

Fingerbreit gewachsen seien, meine großen Mädchen, sagt sie, und bald seid ihr junge Frauen! Nomi und ich, wir legen nacheinander unsere Hände auf Mamikas Haarknoten, weil das so weich und angenehm ist, das geflochtene Haar auf der Handinnenfläche, und ich, die sich in diesem Sommer schon so fühlt, als wären die Beine zu lang, die Hände zu groß, immer irgendetwas am eigenen Körper, das nicht mehr stimmt, bin also sicher mehr als zwei Fingerbreit gewachsen, und trotzdem bin ich noch weit entfernt von der Welt der Erwachsenen, das merke ich vor allem, wenn Mutter und Vater anfangen, von unserem Leben in der Schweiz zu erzählen, von der Arbeit in unserem Geschäft, *Wäscherei, Glätterei, Büglerei*, steht auf einem schwarz-weißen Schild, und Vater malt vor Mamikas Augen Buchstaben in die Luft und Zahlen, wie viel ein gebügeltes Hemd kostet, ein Tischtuch, ein Unterhemd, wie viel Rabatt es gibt, wenn jemand gleich zehn Hemden bringt, und Mutter beschreibt, was für komplizierte Stoffe die Reichen haben, das müssen die Finger erst mal lernen, wie man das Bügeleisen über diese Stoffe führen muss, bei so einem Preis darf kein Fältchen zu sehen sein, sagt sie, und ich, die mit einem Ohr meinen Eltern zuhört, unterhalte mich fast lautlos mit Nomi darüber, wie unsere Freundinnen auf unser Traubisoda reagieren würden, Betty sagt bestimmt, nicht schlecht, aber nichts Besonderes!, und Claudia dreht das Fläschchen wahrscheinlich hin und her und sagt dann gar nichts oder zuckt bloß mit den Schultern, es ist ja nicht einfach, etwas zuzugeben, meint Nomi, ja stimmt!, es ist nicht fair, wenn wir unsere Freundinnen zum Lügen zwingen, so unsere Überlegung, wir schwärmen lieber von Traubisoda und warten auf den Tag, wo es viel berühmter sein wird als alles andere, berühmter sogar als Coca-Cola, ja klar!, und Nomi schenkt uns nochmals nach, Vater und Mutter, die inzwischen erzählen, dass wir auch ausliefern, die gebügelte Wäsche in großen Körben, meistens abends, in die Häuser unserer Kunden bringen, natürlich kostet das extra, wenn wir da in die Hügel hinaufkurven, die wohnen ja lieber oben, die Reichen, sagt Vater und lacht, und während er noch von den Hunden erzählt, die ihn beim Ausliefern schon angefallen oder fast angefallen haben, denke ich daran, wie wir uns im Keller, da, wo zwei Waschmaschinen stehen, Weichspüler, Waschmittel und Spezialseifen, unzählige Plastikkörbe in allen Größen und Farben, Stoffsäcke mit Wäscheklammern und außerdem ein Buffet mit Geschirr, Gewürzen und einer Kochplatte, wie wir uns an den kleinen Holztisch setzen, den Vater auf der Straße gefunden hat, und wir da, wo es immer kalt ist und die frisch gewaschene Wäsche hängt, zu Mittag essen, schweigend, weil Vater es nicht mag, wenn wir während dem Essen reden. Nomi und ich, wir messen, wenn wir ungestört sind, die unförmigsten Unterhosen mit unseren Fingern aus, stellen uns vor, wie oft unsere Schenkel und Hintern da hineinpassen, in diese Fallschirme!, die Reichen müssen auch aufs Klo, und manchmal sind sie sogar richtig fett, sagen wir kichernd, aber ich schäme mich, wenn die betreffende Person ihr Wäschepaket abholt, ich ihr beim Einkassieren in die Augen schauen muss, und das weiß niemand, nicht einmal Nomi.

Das klingt nach harter Arbeit, sagt Mamika, schneidet Brot, eine fingerdicke Scheibe, die sie Vater hinhält. Aber wir verdienen, und keiner schreibt mir irgendetwas vor, antwortet er, zeigt seine Zähne und füllt sein Gläschen wieder auf, erzählen Sie doch, Mamika, müssen Sie sich immer noch anstellen für dieses lächerliche Brot, mitten in der Nacht, jetzt, wo der König aller Partisanen endlich tot ist?, oder können Sie jetzt Brot kaufen, am Nachmittag oder irgendwann …?

Und Vater wird gleich von den Grundunterschieden zwischen Ost und West zu reden anfangen, von den grundsätzlichsten Unterschieden, die es im Universum überhaupt geben kann, und sich dabei ein Schnäpschen nach dem anderen in den Hals werfen, die selbst gebrannte Birne von Onkel Móric, jetzt, in diesem Jahr, wo der Genosse Josip Broz Tito gestorben ist und sich bewahrheiten wird, was alle, zumindest die Intelligenten, schon längstens wissen, dass es mehrere Generationen dauern wird, bis sich die sozialistische Misswirtschaft erholen wird, wenn überhaupt! (und das alles und noch viel mehr haben wir schon während unserer Reise erfahren), als Vater schon richtig in Fahrt kommen will, sagt Nomi ganz unerwartet, mit der unnachgiebig grellen Stimme, mit der sie sonst um Süßigkeiten bettelt, ich will, dass Mamika jetzt mit mir redet, ich will, dass Mamika jetzt erzählt. Und sie fragt Großmutter, wie viele Junge die Schweine haben, fragt nach den Gänsen, Hühnern, ob wir später Eier holen können, sie will wissen, ob Mamika den Enten immer noch das Maul stopft, ob Juli immer noch für sie auf dem Markt einkauft, und der Garten von Herrn Szalma, wie sieht der aus? Und Nomi hängt sich an Mamikas Hals, redet und redet immer weiter, sodass Mutter über ihr hitziges Gesicht fährt und sagt, wir sind ja gerade erst angekommen, du hast noch ein paar Tage Zeit, um Mamika auszufragen.

Aber ich will jetzt alles wissen, sagt Nomi, ich will jetzt alles ganz genau wissen, sagt sie nochmals und drückt sich an Mamikas Wange, sie weint fast, ihre Stimme überschlägt sich, und Mutter schüttelt verständnislos den Kopf, und Vater sagt, nach so einer Fahrt habe ich keine Lust, mir dieses Geplärre anzuhören, und seine Hand saust auf die Tischplatte, und weil da keine Fliege ist, zucken wir alle zusammen, außer Großmutter, und sie sagt mit ruhiger

Stimme: Herzlich willkommen in meinem Haus! Herzlich willkommen mit allem, was ihr mit euch bringt, mein lieber Miklós!, also, ich mache mit Nomi und Ildikó einen kleinen Rundgang, und du, ruh dich in der Zwischenzeit aus, dann gibt's Nachtisch!

Der weiche Singsang meiner Großmutter, das nächtliche Gequake der Frösche, die Schweine, wenn sie aus ihren Schweinchenaugen blinzeln, das aufgeregte Gegacker eines Huhnes, bevor es geschlachtet wird, die Nachtviolen und Aprikosenrosen, derbe Flüche, die unerbittliche Sommersonne und dazu der Geruch nach gedünsteten Zwiebeln, mein strenger Onkel Móric, der plötzlich aufsteht und tanzt. Die Atmosphäre meiner Kindheit.

So habe ich nach langem Überlegen geantwortet, als mich Jahre später ein Freund gefragt hat, was denn Heimat für mich bedeute, und wesentliche Dinge sind mir in dem Moment gar nicht eingefallen. Erstens das relativ unbekannte, aber eigentlich weltbeste Getränk namens Traubisoda, das bestimmt auch von Papst Johannes Paul II. gesegnet worden ist und ich so fraglos mit Heimat verbinde, dass ich es zu nennen vergessen habe. Und zweitens etwas, das sich nicht so leicht auf einen Begriff bringen lässt, die Erinnerung nämlich an Nomi, wie sie mit ihrer Quengelei Vater und Mutter nervte, damals, im Sommer 1980, als sie, kurz nachdem wir angekommen waren, alles von Mamika wissen wollte, nicht nur alles, sondern sofort alles; die Quengelei meiner Schwester, so verstand ich plötzlich, war vergleichbar mit meinen geheimen, rasend schnell durchgeführten Inspektionen: Weil wir beide die Angst hatten, nichts mehr mit unserer Heimat zu tun zu haben, wollten wir die Zeit einholen, in der wir nicht da gewesen waren, und in diesem Wettrennen waren wir unsäglich erleichtert, wenn wir uns an ganz banalen, alltäglichen Dingen orientieren konnten, dem Spaltblock, der glücklicherweise immer noch an derselben Stelle steht, nämlich beim Schweinestall, in der Nähe des Plumpsklos, Mamika, die sich in der Zwischenzeit keine Kühe angeschafft hat oder Fasane, sondern immer noch mit ihren Schweinen, Hühnern, Gänsen und Enten lebt, dem winzigen Taubenschlag, den wir unverändert auf dem Dachboden vorfinden – und von Mamika wissen wir, dass sie die Tauben nur unserer Mutter zuliebe hält, weil sie Großmutters Taubensuppe über alles liebt und sich jedes Jahr wie ein Kind, wie sie selbst sagt, auf sie freut –, wir sind froh, als wir auf unserem Rundgang mit Mamika sehen, dass sie ihren Gemüsegarten nicht in einen Blumengarten verwandelt hat und dass der Pflaumenbaum da steht, wo er all die Jahre zuvor auch schon gestanden hat, neben dem Maislager, und ein Teil der Früchte fällt in den Garten und der andere auf die Pflastersteine, wo sie innerhalb kürzester Zeit den Ameisen, Käfern, Wespen, den immer blöd rumpickenden Hühnern zum Opfer fallen. Als Mamika uns ihre Welt zeigt, beim Holzzaun, der an den Hühnerstall grenzt, stehen bleibt und sagt, ja, der Innenhof von Herrn Szalma ist immer noch genauso vergammelt, seht es euch selbst an!, als wir durch den fingerbreiten Spalt des Zaunes spähen, die riesigen Kürbisköpfe sehen, die an etlichen Stellen schon aufgeplatzt sind, das Unkraut, das die schönen Rosen verdrängt, als wir Mamika sagen hören, sie könne diesen liebenswürdigen Herrn Szalma nicht verstehen, dass er jedes Jahr sein Haus mit neuer Farbe weiße, aber seinen Garten so verkommen lasse, schaut nur, wie sich das Efeu über die Beerenhecken frisst!, da sind Nomi und ich beruhigt, weil sich unsere Heimat nie verändern darf, und wenn, dann nur ganz geringfügig (und mit achtzehn, wenn wir volljährig sind, würden wir zurückkommen, unter Mamikas warme, dicke Bettdecke kriechen, und wir würden davon träumen, dass wir ein paar Jahre weg gewesen sind, in der Schweiz).

Ja, endlich sind wir da, nach unserem Rundgang merken wir, dass wir wirklich angekommen sind, dass wir jetzt da sind, wo unsere Großmutter ihr Leben verbringt, Mamika, die uns übrigens zweimal an Ostern und einmal an Weihnachten in der Schweiz besucht hat, ansonsten ein einziges Mal im Ausland war, nämlich in Rom, um dem Papst die Hand zu küssen, und Mamika lachte in den Mundwinkeln, als sie uns von ihrer beschwerlichen Busreise zu ihrem geliebten Papst erzählte, von Rom, das ihr so unendlich groß vorkam, dass sie sich ständig an ihrem Stock oder an ihrer Freundin festhalten musste. Meine großen, kleinen Mädchen, sagt Mamika, als wir uns bei ihr einhängen, uns langsam auf unser Auto zubewegen, weil Vater gerufen hat, wir sollen ihm beim Ausladen helfen, und erst, als wir unseren voll bepackten Chevrolet plündern, unsere Taschen und Koffer neben den Ziehbrunnen stellen, fällt mir auf, dass die Hitze fast unverändert ist, obwohl es schon längstens Nachmittag geworden ist.

Was für ein Automobil!, sagt Mamika und legt die Hände hinter ihrem Rücken ineinander, dass du mit so einem Ding überhaupt fahren kannst, Miklós, siehst du überhaupt, wo's vorne und hinten aufhört? In Amerika fährt jeder so ein Ding, antwortet Vater, Tatsache!, meint er, als Mamika ihn mit erhobenen Augenbrauen anschaut, kommen Sie, setzen Sie sich rein, und Vater öffnet die Tür zum Beifahrersitz, fährt über das helle Sitzleder, ist noch angenehmer, als im Bett zu schlafen, und Vater zündet sich eine Zigarette an, Mamika zögert, sagt, ich bin zu grau für so etwas Modernes, und Mutter meint, morgen sei auch noch ein Tag, aber Vater fasst Mamika schon an den Händen, hält sie sanft und sicher, als sie sich bückt, sich hineinsetzt und dann ihre

Beine hebt, um dann auf dem breiten Leder Platz zu nehmen. Vater, der mit einem eleganten Schwung die Tür des Beifahrersitzes schließt, und Nomi und ich, wir haben uns auf unsere Koffer gesetzt, wir sehen zu, wie Mamika durch die Frontscheibe blickt, zu lächeln versucht, Vater, der sich schon ans Steuerrad gesetzt hat und Mamika jetzt sicher alles erklärt, die automatische Gangschaltung, die Fenster, die auf Knopfdruck reagieren, die Klimaanlage, den Komfort, ein Wort, das Vater falsch betont, aber gern gebraucht.

Nomi, Mutter und ich wissen, dass wir in den nächsten Tagen noch oft ähnliche Spektakel erleben werden, und wenn wir übermorgen bei Onkel Móric vorfahren, um die Hochzeit seines Sohnes Nándor zu feiern, werden sich die Männer in ihren festlichen Anzügen innerhalb kürzester Zeit um unseren Chevrolet versammeln, als wären sie gekommen, um dem Wagen die Ehre zu erweisen und nicht dem Brautpaar; wir sehen sie schon, die Männer, wie sie mit langsamen, denkwürdigen Schritten den Wagen umkreisen, sein glänzendes Metall streicheln, weil jede kleine Berührung damit Glück bringen muss, und irgendeiner, nein, nicht irgendeiner, sondern Nándor, der Bräutigam, darf dann die Kühlerhaube öffnen, die Handlung vollführen, die endlich das Kernstück preisgeben wird, den Motor!, und Vater wird ihn starten, und die Männer werden sich bei laufendem Motor unterhalten, sie werden reden, reden, reden, rauchen und auf die wichtigen Einzelheiten zeigen, die es eben braucht, damit es ein Ganzes gibt, ein schönes Ganzes, das nicht nur rollt oder fährt, sondern eben auch ein perfektes Fahrgefühl bietet.

So oder ähnlich wird es ablaufen, und Mutter, Nomi, ich, unsere Tanten und Cousinen, wir werden ein bisschen abseits stehen, auf die Männer zeigen, uns im erlaubten Rahmen über die Ausdauer und Ernsthaftigkeit, mit der sich die Männer der Technik widmen, lustig machen, in solchen Momenten sind wir tatsächlich nichts anderes als blöde Hühner, die ständig gackern, um davon abzulenken, wovor es uns allen graut, dass nämlich das einmütige Schwärmen plötzlich in einen Streit ausartet, weil einer womöglich behauptet, das sozialistische System habe trotz allem seine Vorteile, wir blöde Hühner wissen, dass es einen einzigen Satz braucht, und plötzlich sehen die Hälse der Männer wüst und nackt aus: Ja ja, eine gute Idee, der Kommunismus, auf dem Papier …! Und der Kapitalismus! die Ausbeutung von Menschen durch Menschen …! Wir Plaudertaschen wissen, dass es ein winziger Sprung ist von der Technik zur Politik, von einer Faust zu einem Kiefer – und wenn die Männer ins Politische kippen, dann ist es so, wie wenn man zu kochen anfängt, und man weiß von Anfang an, aus irgendeinem Grund, dass das Essen misslingen wird, zu viel Salz, zu wenig Paprika, angebrannt, ganz egal, das Politische bringt Gift, so Mamika.

In Mamikas Innenhof sieht der Chevrolet irgendwie weltfremd aus, denke ich, als Mutter ihre Hände auf unsere Schultern legt, Nomi und ich auf das Ende des Schauspiels warten, ein Käuzchen, das irgendwo auf einem Baum hockt und uns mit seinem schüchternen Ruf begleitet, wir können unser Gepäck ja schon reintragen, sagt Mutter, ihr wisst ja, das kann länger dauern, und sie packt zwei Taschen, marschiert los, Richtung Haus, aber Nomi und ich, wir bleiben auf unseren Koffern sitzen, streifen unsere Schuhe ab, und die Steine sind so heiß, dass wir sie nur mit den Zehenspitzen antippen können, wahnsinnig heiß, sagt Nomi, ja!, und wir schielen zum Chevrolet, zu unserem Vater, der hinter dem Steuerrad hantiert, seine Schneidezähne, die immer wieder scharf hinter der Frontscheibe aufblitzen, und erst später, als wir uns an diese merkwürdige Szene erinnern, wissen wir, warum wir damals auf unseren Koffern sitzen geblieben sind, obwohl es uns unangenehm war zuzusehen, wie hilflos Mamika ihren Kopf drehte, zu Vater und dann wieder zu uns schaute, ihr schwarzes Kopftuch, das ihr tief in die Stirn gerutscht war; wir wären bestimmt rasch aufgestanden, um nicht allzu lange über Mamikas Hilflosigkeit irritiert zu sein, aber Vater, unser Vater?, sah trotz seiner Zigarette, seinem undurchdringlichen Schnauz, seinen goldenen Zähnen, seinen Furchen auf Stirn und Wangen, unser Vater sah mit einem Mal um Jahre jünger aus, ein Junge, der mit der hellen Begeisterung eines Kindes seiner Mutter von seiner neuen Errungenschaft erzählt und von ihr ganz dringend ein zärtliches Lob, eine Anerkennung will (und Mamika wird es ihm geben, das Dringende, Notwendige, obwohl sie sich völlig fehl am Platz vorkommt, wird sie merken, was er von ihr braucht) – Nomi und ich, wir bleiben sitzen, weil wir diesem Jungen möglichst lange zuschauen wollen, so lange, dass wir ihn nie mehr vergessen.

Weil Onkel Móric' und Tante Mancis Haus von Klapperkisten, Trabbis, Škodas, Ladas, Yugos umzingelt ist, können wir nicht vorfahren, müssen wir, weil wir zu spät sind, in eine kleine Seitenstraße einbiegen, wir müssen wieder einmal auf- und abschaukeln, unsere neuen Festtagskleider, die bei jeder kleinsten Bewegung knistern, und Vater brummelt, weil ihn alles nervös macht, das Knistern, diese blöde *gyík utca*, Eidechsenstraße, in der womöglich unser Wagen geklaut wird, die Sonne, die durch die Scheibe blendet, das Brautpaar wird uns heute wegschmelzen, sagt er, und wir lachen, Mamika, Mutter, Nomi und ich, aber Vater nicht, er lockert seinen Krawattenknopf, als er den Motor abstellt und mit dem Taschentuch über seine Stirn und das Steuerrad fährt, und Vater schwitzt nicht nur, weil es heiß ist, sondern weil ihm gestern Abend aufgefallen ist, dass das Brautpaar, Nándor und Valéria, exakt drei Monate nach Titos Tod heiratet, am 4.8.1980!, und Vater musste diesen Umstand reichlich begießen. Zufall, sagt Mutter, und wir sitzen um Mamikas Küchentisch, Nomi und ich essen Palatschinken, während Mamika erzählt, wie viel Geflügel schon Tage im Voraus geschlachtet worden sei, und außerdem ein Schwein, ein Kalb, zwei Lämmer, die vielen Eimer, in denen das Blut aufgefangen worden sei, wie viele Kilo Paprika mit Hackfleisch gefüllt worden seien, dass Tante Manci ihren berühmt-berüchtigten Geiz vergessen, für die Hochzeit ihres Sohnes die Vorratskammer gnadenlos geplündert habe, und Mamika sagt, dass zweihundertfünfzig Gäste erwartet würden, dann kommen bestimmt dreihundert, meint Mutter, und als sich die Erwachsenen darüber unterhalten, dass eine Hochzeit eben die Eltern des Brautpaares ruiniere, das gehöre dazu, zu einem richtigen Fest!, als Mamika erzählt, es gebe mindestens fünf verschiedene Fleischgerichte, Eintöpfe, Gebratenes, und das Lamm werde direkt im Hof grilliert, da schlägt Vater sich gegen die Stirn, mein Gott, ruft er, warum ist mir das nicht früher aufgefallen?, mein Neffe heiratet an einem historischen Datum, und Nomi hat noch ein Stück Palatschinke im Mund, als sie fragt, ein historisches Datum, was ist das? Vater holt endlos lange aus, merkt gar nicht, dass er sein Wasserglas mit Schnaps füllt, hör doch auf, unterbricht Mutter ihn irgendwann, purer Zufall, dass die Hochzeit an diesem Datum stattfindet, du solltest doch wissen, wie lange im Voraus man so ein Fest planen muss. Zufall, vielleicht, antwortet Vater, aber ein schöner Zufall, ich jedenfalls werde dem Brautpaar gratulieren, dass es an diesem historischen Datum heiratet, und Vater kippt den Schnaps mit einem heftigen Schwung in den Hals, stellt das Glas auf den Tisch zurück, füllt sofort wieder nach, schaut uns an, ärgert sich wahrscheinlich über unsere ratlosen Gesichter, sicher nervt ihn Mutter, die sagt, dass er das mit der Gratulation besser bleiben lassen solle, und Nomi und ich teilen uns die letzte Palatschinke, Zimt und Zucker, das sind die Besten, sagt Nomi und schaut mich fragend an, Schokolade mit Baumnüßen, antworte ich, Zimt!, so Nomi, Zucker!, antworte ich, lecker! Ohne uns abzusprechen, spielen Nomi und ich eines unserer Wortspiele, wir spielen uns Wörter zu, die sich entweder am Wortanfang oder am Wortende reimen, locker!, wir spielen, weil wir ahnen, was jetzt kommt, Loch!, und Mamika macht mit, Koch!, frech!, so Nomi, aber Vater ist schon im Bunker, in seinem Bunker, wie Nomi und ich es nennen, er schiebt seinen Unterkiefer hin und her, zeigt seine goldenen Vorderzähne, die in solchen Momenten immer einen frisch geschliffenen Glanz haben, ein paarmal ist es uns gelungen, Vater abzulenken, frisch!, aber diesmal nicht. Er ignoriert uns, streckt sein Schnapsglas so in die Luft, als trüge er eine lodernde Fackel in der Hand, auf Nándors Hochzeit!, ruft er, auf den 4.8.1980!, und Vater kippt den Schnaps, stellt das Glas dann knallend auf die Tischplatte zurück, wollt ihr nicht mit mir anstoßen, fragt er, ist die Hochzeit meines Neffen nicht Grund genug, um wenigstens ein Schnäpschen mit mir zu trinken?

Nomi und ich sind verstummt, wir rutschen auf unseren Stühlen hin und her, wir tun beide dasselbe, nämlich nach einem geeigneten Grund suchen, um aufzustehen, um nicht mitzuerleben, wie Vater in seinem Bunker hockt, niemanden mehr an sich ranlässt, ich muss mal, sagt Nomi, ich gehe mit, und Nomi und ich fassen uns rasch an unseren Fingern, Mutter, die uns mit einem dringenden Blick zu bleiben bittet, aber wir wollen nicht, wir sind schon fast draußen, als wir Mamika noch mit ruhiger Stimme sagen hören, weißt du was, ich werde heute Abend für dich beten, dass du an Nándors Hochzeit nicht ersäufst!, und als wir dann in Mamikas Garten durch die Spalten der Holzzäune in die Innenhöfe der benachbarten Häuser spähen, fragt mich Nomi, was meinst du, wie lange wird es dauern?

Nein, es wird keine Stunde dauern, dann wird die Schnapsflasche leer sein und Vaters Kopf auf der Tischplatte liegen, alle Beschwörungen und Flüche werden sich mit dem Obstgeist vermischt haben, und Vater wird im Tiefschlaf verschwunden und traumlos glücklich sein, Mutter jedenfalls glaubt, dass Vater sich mit seinen Schnapsexzessen von seinen Albträumen befreit, was für Albträume?, so fragten Nomi und ich, nachdem Vater sich an einem Silvesterabend noch vor Mitternacht fast bis zur Bewusstlosigkeit betrunken hatte. Wegen früher, antwortete Mutter, wegen der Geschichte. Wie, was für eine Geschichte?, und Mutter stockte, als hätten wir eine von jenen schwer zu beantwortenden Fragen gestellt, die Kinder stellen: Was ist hinter der Sonne? Warum haben wir keinen Fluss in unserem Garten? Die Kommunisten haben sein Leben zerstört, sagte Mutter in einem Tonfall, den wir noch nie bei ihr gehört hatten, aber das wird euch Vater irgendwann selbst erzählen, wenn ihr größer seid. Größer, wann ist das? Irgendwann, wenn der richtige Zeitpunkt da ist, in ein paar Jahren, wenn ihr das Ganze besser verstehen könnt.

Wir steigen aus unserem Wagen, Nomi und ich hängen uns bei Mamika ein, Mutter bei Vater, und unsere Absätze klappern auf den Pflastersteinen, unsere Kleider knistern nicht mehr, sondern rauschen in der heißen Luft, es ist so heiß, dass ich zu Nomi sage, schau mal, der Himmel ist weiß, aber irgendwie schmutzig weiß, antwortet Nomi, und wir passen uns Mamikas langsamen, gleichmäßigen Schritten an, und als wir um die Ecke biegen, schaut Vater mit einem schrägen Blick zu uns, sagt, dass das Empfangskomitee uns bereits erwarte, Juli, die vor Onkel Móric' und Tante Mancis Haus steht, uns zuwinkt, ja, unsere Julika will auch etwas von der Hochzeit haben, sagt Mamika und winkt zurück. Ist sie auch eingeladen?, fragen Nomi und ich, und Mamika lacht, Julika ist zu jedem Fest eingeladen oder anders gesagt, es wäre kein gutes Zeichen, wenn sie bei einer Hochzeit fehlen würde, trotzdem darf sie nicht rein, ins Zelt, und obwohl wir nicht verstehen, was Mamika genau meint, fragen wir nicht weiter, und Juli, die so lange mit beiden Armen winkt, bis wir nur noch wenige Schritte von ihr entfernt sind, *panni néni, panni néni!*, ruft Juli Mamika zu, ich habe eine Nelke bekommen, sehen Sie nur, eine rote Nelke!, und Mamika begrüßt Juli zärtlich, fährt ihr über die speckige Wange, sagt, du siehst hübsch aus, meine Julika, Großmutter sagt tatsächlich, richtig festlich siehst du aus!, und Nomi und ich, wir schauen uns an, weil Mamika das wirklich ernst meint, wir haben ziemlich sicher auch ein schlechtes Gewissen, weil wir uns bereits in einer für alle anderen unhörbaren Sprache, die nur Geschwister miteinander teilen, darüber verständigt haben, wie lächerlich Juli aussieht mit ihrem schief hängenden Trägerkleid, ihren frisch abgeschnittenen Fransen, die trostlose rote Blume, die hinter ihrem Ohr steckt, aber als Juli plötzlich mit einem Satz ganz nah vor Nomi und mir steht, sie sich an keine Anstandsregel hält, als sie in unsere erschrockenen Gesichter hinein sagt, ich bin die heimliche Braut!, mit einer Miene, die mich in ihrer Feierlichkeit und Ernsthaftigkeit an die Heiligenbildchen erinnert, die Mamika in ihrer Kredenz aufbewahrt, als Juli ihre Nelkenblüte hinter dem Ohr hervorzieht und flüstert, seht nur, das ist mein kleiner, verschlafener Trauzeuge, und wir beide müssen dringend bald etwas essen, da finde ich Juli nicht mehr lächerlich, sondern unbegreiflich komisch und beängstigend. Ihr bringt uns doch bald etwas zu essen, ja?, von allem ein bisschen!, ruft sie uns nach, als wir die Tür zu Onkel Móric' und Tante Mancis Haus hinter uns zuziehen.

Nándor und Valéria, ein wirkliches Fest in einer flimmernden Hitze, und das Fest hat eigentlich schon morgens begonnen, in Mamikas Wohn- und Schlafzimmer, als wir unsere neuen Festtagskleider aus dem Seidenpapier wickeln und auf Großmutters Betten auslegen; Nomi, Mutter und ich, wir haben uns stundenlang vor Spiegeln gedreht, wir haben uns einen Nachmittag lang von zierlichen Damen beraten lassen, ob wir mit unserem Geschmack richtigliegen, und wir haben uns davon überzeugen lassen, dass man

Kleider in ihrer Gesamtheit beurteilen muss, wir haben uns Kleider gekauft, damit wir bei der Hochzeit unseres Cousins von hinten genauso schön aussehen wie von vorn, und für Mamika hat Mutter ein schwarzes Kleid mit einem dezenten Muster ausgesucht, Mamika, die seit dem Tod von Papuci, ihrem Mann, nie etwas anderes getragen hat als Schwarz oder Dunkelblau, aber nie irgendetwas mit Muster. Meint ihr, ich kann das tragen?, fragt sie und fährt behutsam mit ihrer Hand über den Stoff, und Mutter hilft Mamika aus ihrem Alltagskleid, ihr sollt nicht immer so viel Geld ausgeben für mich, sagt Mamika, als Mutter ihr noch, nachdem sie ihr den Reißverschluss hochgezogen und den Kragen glatt gestrichen hat, beiläufig eine Tasche in die Hand legt. Ich finde, Sie sehen wunderschön aus, sagt Nomi, und das Muster ist ja nur ganz, ganz winzig.

Nándor und Valéria, die Erinnerung an ein kochendes Hochzeitszelt, das im Innenhof von Tante Manci und Onkel Móric aufgestellt worden ist, das wir Kinder am Tag vor der Hochzeit mit Krepppapier und roten Nelken schmücken, Nomi und ich, die etwas unbeholfen am Tisch sitzen, uns in Papierrollen verwickeln, uns von unserer sehr ernsthaften Cou-Cousine zeigen lassen müssen, wie es geht, die einfachste Sache der Welt! Lujza, die mit ihren kurzen Fingern (schwitzende Wurstfinger, sagen wir, auf Schweizerdeutsch) die Papierrollen so rasch übereinanderlegt, als müssten wir nicht nur das Zelt, sondern den ganzen Innenhof samt Haus dekorieren, ich finde es erstaunlich, dass ihr so was nicht auf die Reihe kriegt, sagt Lujza, ohne uns anzuschauen, ich dachte, ehrlich gesagt, dass ihr im Westen alles könnt, und natürlich lästern Nomi und ich auf Schweizerdeutsch weiter über sie, über ihre Flaschenbodenbrille und ihre naive Freude, dass sie die Schleppe der Braut mittragen darf, bei uns gibt's gar kein Krepppapier mehr, sage ich laut, und

Nomi und ich zwinkern uns zu, drücken unsere Knie gegeneinander, dann könnt ihr ja gar kein Zelt dekorieren, sagt Lujza und zieht das ineinandergefaltete Papier auseinander, zeigt uns, indem sie den Kopf nach hinten wirft, die rot-grün-weiße Girlande, Lujza, die die Leiter hinauffliegt, die Girlande mit flinken Handbewegungen am Zelt befestigt, das wird ein rauschendes Fest, sag ich euch, eine Hochzeit, von der man noch lange reden wird, und sie zeigt auf das Zelt, das fast fertig geschmückt ist, die Papiergirlanden, die in allen Farben in der Luft hängen, rote Nelken, die wir zu einem Herz geflochten haben und mit ausgewählten Heiligenbildchen da befestigt haben, wo das Brautpaar morgen sitzen wird; und fast schäme ich mich für Lujza, dass sie wegen dem bisschen Papier- und Blumenschmuck so stolz und aufgeregt ist, sie kennt eben die wirkliche Aufregung nicht, Jungs mit richtig sitzenden, modischen Jeans, halsbrecherische Achterbahnen, sie tut mir leid, dass sie wahrscheinlich noch nie in ihrem Leben ein richtiges Schaufenster gesehen hat.

Ich, die nach immer neuen Sachen sucht, die Lujza in ihrer Naivität entlarven, setze mich mit Nomi etwas abseits hin, als Onkel Móric mit ein paar Männern die Lichterketten montiert, wir schauen zu, wie die Männer hängen, umhängen, weil Lujza wieder Bescheid weiß, aber als wir das fertig geschmückte, beleuchtete Zelt sehen, die langen, mit weißen Tischtüchern gedeckten Tische, die vielen Gläser und Teller, die zu Fächern gefalteten Servietten, sind wir doch sprachlos, dass es nicht primitiv, sondern festlich aussieht.

Und wir?, wie sehen wir denn aus, als wir vor dem Zelt stehen, vom Brautführer begrüßt werden, das grasgrüne, knöchellange Kleid von Mutter, Nomi, die für die fünfziger Jahre schwärmt und ein rosarotes Tüllkleid trägt, Vater, der in einem Anzug, so finde ich jedenfalls, immer sehr elegant und ernst aussieht, ein hellgrauer Anzug, ein weißes Hemd und eine in drei Farben schillernde Krawatte, und ich trage einen knielangen, eng anliegenden weißen Jupe, eine hellblaue Bluse, die die Schultern freilässt (und wenn ich nicht wüsste, dass ihr es seid, hätte ich euch nicht erkannt, sagte Mamika, als wir uns umgezogen haben), als wir so vor dem Zelt stehen, der Brautführer irgendwas von wegen weit gereist sind sie, sagt, vergisst die Hochzeitsgesellschaft, weiterzuessen, Suppenlöffel bleiben in der Luft, an Brotbissen wird nicht mehr gekaut, und einen Moment lang kommt es mir so vor, als müssten wir rückwärts wieder raus, damit alles seinen gewohnten Lauf nehmen kann, ohne uns – aber schon im nächsten Moment werden wir lachend zu Tisch gebeten, geben uns Tante Manci und Onkel Móric schmatzende Küsse, das Brautpaar, das uns umarmt, die Hände drückt, beteuert, dass sie sich freuen, von so weit her!, für uns, für unseren Tag!

Und schon haben wir eine dampfende Suppe vor uns, eine Hühnersuppe mit beeindruckenden Fettaugen, Füßen, Herzen, Lebern, und derjenige, der das Hirn kriegt, wird so gescheit sein wie Einstein!, so ruft man sich zu; gelbe Bohnensuppe mit Essig und Sauerrahm, grüne Erbsensuppe mit Taubenfleisch, die alle großartig finden, Tante Manci, die das Geheimnis ihres Süppchens nicht preisgibt, aber so viel verrat ich euch, bei mir kommt nur ganz junges Taubenfleisch rein!, und natürlich die Fischsuppe mit ganzen Karpfenköpfen, die in der Sommerküche in einem Kessel vor sich hin köchelt.

Und weiter geht's mit leichten Fleischgerichten: knusprig gebratene Hühner und frittierte Kartoffeln, hauchdünn geklopfte, panierte Schweineschnitzel mit Petersilienkartoffeln, und die Musiker singen, und alle singen mit, *wir treffen uns bald, wir treffen uns bald in einem andern Land ...*

Kalbfleisch mit frischen Champignons, dazu Sauerrahm und Knödel, hört auf, ruft jemand, sonst können wir nicht mehr in die Kirche, dann müsst ihr die Trauung abblasen! Trotzdem wird noch *fasírt* aufgetragen, weil Tante Mancis Hackfleischgerichte unwiderstehlich sind – wir essen beim Mittagessen schon so viel, dass Nomi schwört, sie werde den ganzen Tag nichts mehr essen können, wart's ab, meint Mamika lachend, das Fest hat erst gerade angefangen!

Am frühen Nachmittag taumelt die Hochzeitsgesellschaft zur Kirche (alle schwärmen nochmals von der Taubensuppe oder vom köstlichen Hackfleisch oder unterhalten sich darüber, was es nach der Trauung alles geben wird), ein dickes, träges Tier hockt in der Kirche, ein paar Onkel, die von ihren Ehefrauen am Schlafen gehindert werden, lasset uns beten, sagt der Pfarrer, als es sich gerade so gemütlich sitzt, seine Stimme poltert Amen! in den anstrengenden Akt des Verdauens hinein, und endlich, endlich kommt die Hauptsache, das Zeremoniell: Ist das Hochzeitspaar nicht wunderschön, ist es nicht fast durchsichtig vor Glück?, fragt Mutter gerührt, und beim Ja-Wort bricht die halbe Hochzeitsgesellschaft wie auf Kommando in Tränen aus (Mamika, die mir ins Ohr flüstert, oh, das viele Wasser!, dann können alle wieder umso mehr saufen), und als alle dem Brautpaar gratuliert und ihm schmatzende Küsse gegeben haben, verwandelt sich das dicke, träge Tier: Die beiden Geiger und Sänger, der Zimbal-Spieler, der Kontrabassist spielen Lieder in Achteln, bringen die mächtigsten Bäuche zum Wippen, und die Zähne lachen, weil sie am Glück teilhaben, und allen voran tänzelt Onkel Móric, der Brautvater, wie man sagt, er tänzelt, schäkert, neckt mit den Schultern und feuert alle an: Macht schon, bewegt euch, dann habt ihr wieder Platz in euren Mägen!, und ich erinnere mich an die wachsenden Flecken unter den Achseln der Männer, glitzernde Stirnen,

Haare, die in Strähnen am Hinterkopf kleben, Tanz!, in dieser Hitze!, mächtige, großbusige Frauen, die sich andauernd an Hals und Ausschnitt abtupfen, vor allem erinnere ich mich daran, dass Nomi und ich mit unseren Kleidern auffallen, aber nicht so, wie wir uns das vorgestellt hatten, und dabei fällt mir das Wort »Schandfleck« ein (Schandfleck und Festtagskleid, mit einem Mal gehört das unzertrennlich zusammen). Hat wirklich jemand, da soll noch einer wissen, wer die Braut ist, gesagt? Hört nicht hin, sagt Mamika, ihr seht ganz einfach hübsch aus!

Also hören wir nicht hin – ich möchte bloß wissen, warum diese Schweizer ihre Kinder so anziehen, als wären sie irgendwas, nur keine Kinder! – und bewegen uns mit den dreihundert Gästen lachend, singend, tänzelnd, rufend, klatschend zum Hochzeitszelt zurück, wo das eigentliche Hochzeitsessen beginnt, mit den luftigsten *pogácsa* aller Zeiten, einem Salzgebäck aus Hefe, Schweinegrieben oder Quark, und dazu gibt's Schnaps, die Birne von Onkel Móric und den Aprikosenschnaps von Herrn Lajos, dem berühmtesten Schnapsbrenner der Gegend; für die Kinder gibt's Traubisoda, Apa Cola, Yupi und Tonic, für die Jugendlichen leichten Rotwein, gemischt mit Wasser, und zur Vorspeise wünscht sich der Bräutigam einen Ausflug, einen kleinen Spaziergang nach Amerika, das heute zum Glück um die Ecke liegt, ein paar Männer machen sich auf zum Chevrolet, Nomi, Mutter und ich brauchen diesmal also nicht dabei zu sein, wird schon schiefgehen, sagt Mutter.

Und irgendwann sind wir so weit, dass wir gar nicht mehr wissen, ob wir das, was wir gerade essen, nicht vor zwei, drei Stunden schon einmal gegessen haben, wieder und wieder werden Gerichte aufgetragen, es nimmt kein Ende, sondern immer einen neuen Anfang, und Nomi und ich staunen, wie viel unsere zierliche Mamika essen kann, und

Mutter hat schon längstens aufgehört, ihre Lippen nach-
zuziehen, und Tante Manci verwandelt sich in ein großes
Huhn, als sie erzählt, wie ihr bestes Legehuhn sie vor ein
paar Tagen an der Nase herumgeführt hat, anfing, seine
Eier an versteckten Orten zu legen, pooooopopopopo,
und alle lachen Tränen, weil Tante Manci die Sprache der
Hühner nicht nur versteht, sondern sie auch spricht, Tante
Manci, die so lange gegackert hat, bis ihr Huhn sie zu den
Eiern geführt hat; der Brautführer wird nicht müde, Sprüche auf die aufgetragenen Gerichte zu kreieren, mit einer
Gulaschsuppe wollen wir uns kräftigen, den Leib und die
Seele!, eine Gulaschsuppe mit gezupften Nockerln, die
wahrscheinlich zum Einstieg serviert wird und dann nochmals nach Mitternacht, wenn ein weiteres Mal Suppen aufgetragen werden, zur Gulaschsuppe noch eine Kraftbrühe
mit Tokajer, magerem Rindfleisch, Pilzen und süßen Zwiebeln und außerdem ein Süppchen mit geschlagenem Ei und
viel Petersilie für all jene, deren Köpfe schon eingebunden
sind, eine Redensart für die, die bereits sternhagelvoll sind,
hört auf, so zu gähnen, dass euch der Kopf aus dem Mund
fällt, die Nacht ist noch jung!, ruft der Brautführer und
wirft seine Hand in die Luft, gibt das Zeichen, dass man
die dampfenden Töpfe bringen solle, aber die flinken, kurz-
beinigen Frauen mit den roten Kopftüchern und Schürzen
tragen zu zweit Platten herein, vor den Suppen noch eine
kleine Überraschung!, zarte Ferkelsülze, frische Gänseleber
im Schmalz, gefüllte Saftgurken, Tomaten mit Fischfilet-
füllung, Forelle mit Gänseleberfüllung, pochierte Eier mit
Zwiebeln und Pilzen, Palatschinken mit Kalbspörkölt und
saurer Sahne; und die Musiker spielen einen Tusch auf die
Überraschung, auf das Brautpaar, auf Nándor und Valéria!,
das Glück soll für euch und für uns alle musizieren!, ruft der
Brautführer, Nomi, die sich ständig darüber aufregt, dass er

so geschwollen daherredet – Nomi und ich, wir schleichen uns beim Aaaaah und Oooooh zur Überraschungsplatte aus dem Zelt, wir kümmern uns nicht um die Männer, die neben dem Zelt, an der Hauswand lehnen, uns mit verrutschten Augen ein paar Sprüche nachschicken, wir eilen in Tante Mancis Sommerküche, ziehen uns rasch um, und wir verlieren kein Wort darüber, wie erleichtert wir sind, als wir wieder unsere Alltagskleider tragen, eine Sommerhose und ein T-Shirt.

He, Ildi, sieh mal, da vorn ist Gyula, sagt Nomi, als wir die Küchentür hinter uns schließen, Gyula, einer unserer Cousins, der schönste, mit wilden Augen, so sagt man, und wenn er nicht unser Cousin wäre, ja dann, dann wären wir auch in Gyula verliebt, aber wo ist er jetzt hin?, frage ich, und wir gehen über den dunklen Innenhof, am Schweinestall vorbei, und das vereinzelte Grunzen vermischt sich mit der Musik, es ist immer noch warm, sagt Nomi, ja!, und wir bespritzen uns am Ziehbrunnen, ich will wissen, wo dieser Gyula ist, sage ich, und wir gehen auf das Hühnergatter zu, ein breites Gehege, das jetzt leer ist, pass auf die Hühnerkacke auf, ruft Nomi, sonst liegst du auf dem Boden, und wir trippeln vorsichtig über die rutschigen Pflastersteine, öffnen da, wo es am dunkelsten ist, die Gattertür, stehen inmitten eines kleinen Schrottplatzes, Pneus, Möbelteile, altes Spielzeug, sogar einen rostigen Auspuff gibt's da, ein Ort, den wir nur tagsüber gut kennen, pssst!, flüstere ich, da ist er, und Nomi und ich, wir ducken uns hinter eine schiefe Kommode, wir halten den Atem an, weil wir wissen, dass das, was wir sehen, nicht für unsere Augen bestimmt ist.

Gyulas Hintern sieht aus wie der volle Mond, flüstert Nomi nach einer Weile, aber im Gegensatz zum Mond bewegt sich Gyulas Hintern vor und zurück, ziemlich schnell, und seine heruntergelassene Hose sieht peinlich aus, aber das finden ja nur Nomi und ich, die einzigen Zuschauerinnen, wir sollten besser wegsehen!, aber wenn wir schon mal da sind, sage ich, und zum Glück ist es ziemlich dunkel, sodass man nicht viel sieht, nur wie Gyula seinen Mond vor und zurück bewegt und wie er mit seinen Händen Beine hält, die neben seiner Hüfte herunterhängen, und der wirkliche Mond, der über uns hängt, ist nicht voll, sondern eine Sichel. Weißt du, wer es ist?, frage ich Nomi. Teréz, antwortet sie, ziemlich sicher, die haben sich die ganze Zeit schon so angeguckt. Was, Teréz?, die ist doch verheiratet! Ja genau, Teréz ist verheiratet und Gyula ist verlobt, und ab und zu hören Nomi und ich das vereinzelte Gegacker eines Huhnes, die Hühner träumen wahrscheinlich auch, flüstert Nomi, aber sicher von nichts anderem als von Maiskörnern, für etwas anderes sind sie zu doof. Und wir müssen uns andauernd irgendwelchen Blödsinn zuflüstern, um uns von dem, was wir sehen, abzulenken, von den Stöckelschuhen, die sich jetzt an Gyulas Schenkeln festklammern, von den merkwürdig angestrengten Tönen, die sich die beiden hin- und herschieben, und Nomi schmiegt sich eng an mich, sagt mir lachend ins Ohr, komm, wir wecken die Hühner auf, Ildi, ich hab Lust, dass etwas passiert!

Und danach, danach löst sich die hintere Zeltplache, da, wo das Brautpaar gesessen ist, sie rutscht so weit runter, dass man das Herz aus Nelken und die Heiligenbildchen nicht mehr sieht, sondern den dunklen Innenhof. Unglück!, rufen die einen, das kann nichts Gutes bedeuten, an so einem Tag! Ach was!, hört doch auf!, Luft!, Zuversicht!, Freiheit!, rufen die anderen, allen voran Tante Manci, sie klatscht in die Hände, jetzt feiern wir erst recht! Und es werden gefüllte Paprikaschoten, Kalbspaprikasch, Rinds-, Lamm-, Schweinepörkölt aufgetragen – und ich erinnere mich genau an die paar Suppenspritzer am Anfang des Abends, Brot-

krümel, die zu Beginn des Festes noch unter den Tisch ge-
wischt werden, ein paar wenige Gläser, die aus Unachtsam-
keit umfallen oder weil man mit schwärmerischen Armen
nochmals die Schönheit des Brautpaares beschreiben muss,
die Zigaretten, die noch nicht von Schuhspitzen ausgedrückt
werden; aber es ist logisch, dass Ferkelsülze glitschig ist, von
einer etwas unsicher gehaltenen Gabel flutscht, und ist das
nicht eine großartige Leber, wenn sie auf dem Tischtuch eine
so mächtige Spur hinterlässt? Ich erinnere mich genau, dass
das Tischtuch bereits wild gefleckt ist, die Männer hängende
Kiefer haben, nach Bier schnippen, obwohl noch ein halb
volles vor ihnen steht, als Vater sich auf dem Tisch abstützt –
die Musiker haben gerade die letzten Takte von *Ich habe
meine schöne Heimat verlassen* gespielt, Nomi, die mich in
den Arm kneift, weil Gyula in diesem Moment wieder ins
Zelt schlüpft und ein paar Minuten später Teréz, na, was hab
ich dir gesagt?, Vater, der vor dem Lied Großonkel Pista die
Lage der Welt erklärt hat, auf einer imaginären Karte, aber
gut sichtbar für alle, die keine Maulwürfe sind, Großonkel
Pista, der in seinem jetzigen Zustand eigentlich nur noch
nicken kann – ich beobachte also, wie Vater sich auf dem
Tisch abstützt, langsam aufsteht, die Tischplatte loslässt, wackelt, sich dann, als er sich eingependelt hat, den Krawattenknopf und das hellgraue Jackett richtet, nach einem Löffel
langt, was kommt jetzt, flüstert Mutter, weil sie so gut wie
ich und Nomi weiß, was jetzt kommt, und Vater klopft mit
dem Löffel gegen zwei Gläser, bittet um Ruhe, weil er jetzt
etwas sagen möchte, er möchte jetzt etwas sagen und nicht
viele Worte verlieren, und es wird still im Zelt, ich, die sich
umsieht, sehe geknickte Köpfe, eingelegte Augen, Löcher in
hoch getürmten Frisuren, Lidstriche, die sich verbreitert haben, Nomi, flüstere ich leise, lass uns wieder verschwinden –
aber es ist zu spät.

Vater, der es tatsächlich tut, sein Glas erhebt, auf das Brautpaar!, auf Nándor und Valéria!, auf den 4.8.1980!, darauf, dass Tito vor genau drei Monaten ins Gras gebissen hat! Und ich wünsche ihm, und ich hoffe, ihr tut es auch, dass er in einem hundertfachen Fegefeuer schmort!

Nándor und Valéria, die höflich und hilflos lächeln, kein hundertfaches Fegefeuer, sondern ein blutrotes, ruft einer, hebt sein Glas in Vaters Richtung, steht auf, aber sonst, sonst bleiben alle sitzen, und eine speckige Frau ruft, ihr Spinner, geht doch raus, wenn ihr politisieren wollt!, und sie zeigt energisch zum Zeltausgang, und jemand klatscht in die Hände, Musik, Musik! Der Miklós hat schon recht, ruft einer, aber die Geiger und Sänger streichen und singen schon, *schön sind, schön sind die, deren Augen blau sind …* Hört mal zu, ruft jemand noch und formt mit seinen Händen einen Trichter, es war ein blöder Bubenstreich, das mit der Zeltplache, hört mal zu, das waren die beiden Buben da drüben! – aber das interessiert jetzt niemanden mehr.

Willst du uns alle im Grab sehen, sagt Onkel Móric, der sich, kaum haben die Musiker zu spielen angefangen, neben Vater an den Tisch gestellt hat, so nah, dass er ihn mit seiner geäderten Nase fast berührt, wünschst du uns den Krieg, zischt Onkel Móric, sag mal, oder ist dir einfach dein Mund ausgerutscht? Mutter sieht in ihrem grasgrünen Kleid immer noch schön aus, aber hilflos, und niemand hört ihr zu, als sie sagt, könnt ihr das nicht auf einen anderen Tag verschieben? Vater und Onkel Móric, die sich mit Worten bespucken, du wünschst uns den Krieg, sagt Onkel Móric immer wieder, Vater ruft, hör doch auf, ach, hör doch bloß auf, wirbelt seinen Rauch spöttisch gegen das Zeltdach, ist dir dein Humor in deiner Festtagsunterhose verloren gegangen? Und die Girlanden sind jetzt kleine, farbige Bojen, die in einem Meer von Rauch und Flüchen schaukeln. Dass dir Tito nicht gepasst hat, ist mir völlig wurscht, brüllt Onkel Móric, den wir zum ersten Mal fluchen hören, aber ich bin nicht der Einzige, der sagt, dass das Land jetzt aus dem Ruder läuft, und seine ausgestreckte Hand sieht aus wie ein eigenes Wesen. Wo ist dein Realitätssinn geblieben, fragt Vater und muss für »Realitätssinn« ein paarmal Anlauf holen, du glaubst doch nicht im Ernst, dass ein gestorbener Tito einen Krieg auslöst?

Und es hat sich eine Traube gebildet um Vater und Onkel Móric, keine Ahnung, wer was gerufen hat, wer mit wem gestritten hat, sogar Juli stand plötzlich neben Großmutter und rief, es schneit, es schneit, der Schnee ist da!, ihr Mund, der mit Schlagsahne verschmiert war, Mamika, von der die Nomi und ich erwartet haben, dass sie den Streit schlichtet, das sind zwei Brüder, die sich streiten, hat sie gesagt, nur das, und die Musiker haben weitergespielt, obwohl ihnen niemand mehr zugehört oder getanzt hat, es war so laut im Zelt, dass das übrig gebliebene Essen auf den Tellern wieder warm geworden ist, und Tito hat seinen Kopf aus dem Fegefeuer und seine Zunge aus dem Mund gestreckt, in unser Hochzeitszelt hinein, so berühmt bin ich immer noch!, und seine Nasenspitze glänzte vor Schadenfreude.

Am schwierigsten wäre es zu erzählen, dass Onkel Móric und Vater sich trotzdem nicht geprügelt haben, sie haben sich zwar fast nichts nicht an den Kopf geworfen, aber nach einer Weile tänzelten sie fröhlich aufeinander zu, die Geiger ließen ihre Bögen springen, der Kontrabassist zupfte deftig auf seinen Saiten, und alle feuerten Onkel Móric und Vater an, als wäre nichts gewesen, und nur Nomi und ich, wir wunderten uns sehr.

Die Familie Kocsis

Letztes Jahr ist Mutter spät nach Hause gekommen, mit einem offenen Gesicht, das gar nicht zum kalten Herbsttag passte, und sie hat nicht geatmet, als sie sagte, ich habe eine Überraschung für euch, wir bekommen die Cafeteria Mondial, die Tanners haben die Hausvermieter überzeugt, die wollten eigentlich jemand anderen, aber wir haben gewonnen, und ich glaube, dass Mutter dann lachen musste, weil sie »gewonnen« gesagt hatte.

Und an diesem Abend sitzen wir ungewöhnlich lange am Tisch, Vater küsst Mutter sogar vor unseren Augen, er hält ihre Hände, als wir besprechen, was das bedeutet, dass wir in dem Dorf, wo wir seit dreizehn Jahren wohnen, ein Geschäft in bester Lage bekommen, direkt beim Bahnhof mit perfekter Inneneinrichtung, zahlbarem Mietzins und Gartensitzplätzen. Nomi, Mutter, Vater und ich feiern, es ist eigentlich gar nicht möglich, sagt Mutter, es kommt mir immer noch unwirklich vor, so unwirklich wie Fische, die fliegen; ich, die Mutter sagt, dass es Flugfische gibt, ziehe eine Zigarette aus der Packung, Vater, der an diesem Abend wortlos zur Kenntnis nimmt, dass nicht nur ich, sondern auch Nomi raucht.

Eine neue Tapete muss her, sagt Mutter, das ist ganz wichtig, und vielleicht eine schöne Wanduhr, meint Vater, und logischerweise werden wir die Kaffeemarke nicht wechseln, alles, nur das nicht!, und den Bäcker, den werden wir auch beibehalten – Vater, der kochen wird, Mutter, die backen und den ganzen Bürokram erledigen wird, Nomi, die je nachdem im Buffet oder im Service arbeiten wird, und ich, die an meinen studienfreien Tagen aushelfen wird – wir sitzen an unserem Esstisch, aber nur vordergründig, denn wir schweben an Jahren vorbei, mit einem Mal sind wir nicht einen Schritt weiter, sondern einen riesigen Sprung, sagt Mutter, und in ihren schönen Augen zeigen sich Bilder einer vergangenen Zeit, Mami als Putzfrau, Kassiererin, Mädchen für alles, Wäscherin, Büglerin, Kellnerin, Buffettochter, es war nicht immer einfach, sagen ihre Augen, aber es hat sich gelohnt! Und weil Mutter vor fünf Jahren die Wirtefachschule geschafft hat, konnten wir schon einmal eine Cafeteria übernehmen, aber was für eine!, in der Stadt, in einer Seitengasse mit horrendem Mietzins, schlechter Lüftung, mit der Küche im zweiten Stock, damals, als Nomi und ich nach der Schule immer ausgeholfen haben, auch sonntags, unsere härteste Zeit, sagt Vater, zwei Jahre lang kein einziger freier Tag, dieser Arschkopf von Besitzer hat gut an uns verdient! – aber auch dieser Satz wiegt jetzt nicht mehr schwer, weil das Glück, die Zukunft jetzt eine logische und gerechte Fortsetzung der Vergangenheit sind –, Mutter, die nach diesem Reinfall bei den Tanners anfing zu arbeiten, als Buffettochter, im Mondial, vordergründig ein Abstieg, schmunzelt Mutter, das hätte ich damals doch nie gedacht, dass sie mir einmal ihr Geschäft überlassen!

Die Tanners haben eben gemerkt, dass du nicht für dich denkst, sondern für sie, sagt Vater.

Ach was, antwortet Mutter, die Tanners wollten eine von ihren Töchtern als Nachfolge, aber die wollten eben nicht, und vielleicht war noch ein bisschen Sympathie dabei, für mich, für unsere Familie. Klingt das ungarische Wort für

»Familie« für dich nicht wie ein warmes, schönes Essen?, will ich Mutter fragen. Vater, der sagt, dass es garantiert auch nicht geklappt hätte, wenn wir keine Schweizer wären!, und unser Leumund nicht topp tipp wäre, meint Mutter. Umgekehrt, sagt Nomi, wieso kannst du dir das nicht merken, Mami, man sagt tipp topp! Ab heute merke ich es mir, antwortet Mutter lachend, tipp topp, tipp topp, tipp topp, tipp topp, gut so? Und Vater lässt den Korken der Champagnerflasche knallen, mit einem Koffer und einem Wort sind wir in die Schweiz gekommen, und jetzt haben wir einen roten Pass mit einem Kreuz und eine Goldgrube, *Isten Isten!* Gott Gott!, ruft Vater, und wir stoßen an, klirrend, herzlich.

Schwarzarbeiter ziehen sich von Kopf bis Fuß schwarz an, ein Dieb muss sich ja tarnen, wenn er nicht erwischt werden will, nur seine Augen bewegen sich rasch und hell hin und her, in der Nacht. Die beliebtesten Schwarzarbeiter sind die Pfarrer, sie tragen, im Gegensatz zu den Dieben, keine Maske, sondern einen weißen Kragen, und ihr Gesicht sieht so unschuldig aus wie frisches Brot. Andere Schwarzarbeiter müssen mit schwarzen Sachen arbeiten, Kohlesäcke schleppen zum Beispiel. Oder sie müssen, ähnlich wie eine Waschmaschine, so lange arbeiten, bis die schwarze Sache wieder weiß ist …

Irgendwann einmal habe ich das Wort »Schwarzarbeit« aufgeschnappt, von meinen Eltern, ich konnte noch kaum Deutsch, und es gab Wörter, die vergaß ich rasch wieder, andere gingen mir nicht mehr aus dem Kopf, so auch Schwarzarbeit. Es gefiel mir, dass ich das Wort zwar nicht brauchen konnte – im Gegensatz zu schlafen, essen, trinken, der See, die Frau, der Mann, das Kind, ja, nein –, mir aber trotzdem vieles darunter vorstellen konnte. Andere Wörter hingegen stapelten sich in meinem Kopf wie nutzloser Kram: Ausweis, Niederlassung, Wartefrist. Bis ich die Bedeutung dieser Wörter begriff, dauerte es lange, auch deshalb, weil meine Eltern sie auf ihre Art betonten oder unabsichtlich abänderten. Der Ausweis war der *Eisweis*, die Wartefrist die *Wortfrisch* und Niederlassung klang aus ihrem Mund wie *Niidärlasso*.

Vater hatte fast ein halbes Jahr, ohne dass er es wusste, schwarzgearbeitet. Alles gut, sagte sein damaliger Arbeitgeber, der Metzgermeister Fluri, Papiere sind unterwegs. Ein Arbeitskollege, der meinen Vater mochte, hat ihm den Tipp gegeben, he, Mik, der Fluri verdient viel besser an dir, schwarz, verstehst du? Knappe neunhundert Franken hatte Vater am Monatsende in seinem Kuvert, Essen und Miete für das Zimmer oberhalb der Metzgerei wurden ihm vom Lohn abgezogen. Das sei wie eine Ohrfeige gewesen, der Tipp seines Kollegen, erzählte Vater, er habe eins und eins zusammengezählt, seinen ganzen Mut zusammengenommen und zu seinem Chef gesagt: *Wenn kein Papier, Miklós gehen.* Und Vater, der erstaunt war, dass sein kleiner Satz eine so große Wirkung hatte. Ein paar Wochen später habe er nämlich die Arbeitsbewilligung und eine kleine Lohnerhöhung bekommen, die er gar nicht gefordert hatte, damals habe er ja gar nicht gewusst, dass seine Kollegen mehr als das Doppelte verdienten: Warum nicht? Wir reden hier nicht über den Lohn!, das sei einer der ersten Sätze gewesen, die er begriffen habe, so Vater.

Was Vater damals auch nicht wusste, dass nämlich Schwarzarbeit den sogenannten Familiennachzug hinauszögerte, die Familie, die man nach drei Jahren nachziehen konnte, wenn man eine Aufenthalts- und eine Arbeitsbewilligung hatte (»Familiennachzug«, und ich sehe ein glänzendes, frisch poliertes Auto eines Hochzeitspaares vor mir, das in die gemeinsame Zukunft fährt, und ich höre das scheppernde, billige Geräusch der Blechbüchsen, die, an Schnüren festgebunden, hinter dem Auto hergezogen werden).

Und dann hat der Fluri schöne Briefe geschrieben für uns, an die Fremdenpolizei – ich bin ihm dankbar dafür, sagte Vater –, er ist schuld, dass unsere Kinder noch ein halbes Jahr länger nicht kommen konnten, fluchte Mutter, meine Eltern, die sich heimlich stritten, ich, die sie manchmal belauschte, so auch in dieser Nacht; ich war noch nicht lange in der Schweiz, und ich erinnere mich an viele schlaflose Nächte, und oft, wenn ich meine Eltern belauscht hatte, wirbelten die Wörter in meinem Kopf wie Laub an einem regnerischen, stürmischen Herbsttag, Wörter auf Ungarisch wie Papiere, Polizei, Briefe, dankbar, deutsche Wörter wie Familiennachzug, Schwarzarbeit, und wahrscheinlich hatte meine Mutter damals getrunken, was sie sehr selten tat, ich höre heute noch ihre Stimme, schrill in ihrer Verletztheit, drei Jahre, zehn Monate, zwölf Tage, bis die Einreisebewilligung endlich da war, für die Kinder.

Mit welchem Wort seid ihr gekommen?, frage ich, als die Champagnerflasche leer ist, Vater aufsteht, um eine zweite zu holen.

»Arbeit.«

Wir übernehmen alles von den Tanners: Büchsenbohnen, unzählige Beutel Bratensoße, gefrorenes Brät, Pommes Duchesse, egal, auch wenn wir wissen, dass wir das meiste gar nicht brauchen können: Ravioli aus der Büchse, Fleischkonserven mit Sulz, Ochsenschwanzsuppe (was ist das überhaupt, kann man Ochsenschwänze essen?, ja klar, meinte Mutter, ihr kennt das, und sie übersetzte uns für ein Mal das Wort auf Ungarisch, ach so, sagten wir und fanden, dass »Ochsenschwanz« ungenießbar klingt), wir übernehmen alles, weil wir mit diesem Geschäft ein Glückslos gezogen haben.

Am 3.1.1993 eröffnen wir das Mondial, und während der Weihnachtszeit haben wir geputzt, gebügelt, Mutter hat zweitausend Mal in einen Mürbeteig gestochen und die Plätzchen mit selbst gemachter Aprikosenkonfitüre in Spitzbuben verwandelt, Nomi und ich, wir haben Halbmöndchen geformt, Vanillekipferl, wir haben uns tagelang heiß gearbeitet, weil wir unsere Kunden eine Woche lang mit selbst Gebackenem überraschen wollen, wir wollen ihnen die Möglichkeit geben, uns von unserer besten Seite kennenzulernen, ihnen zeigen, dass wir Handarbeit von Grund auf kennen – wir, die von einer guten Fee geküsst worden sind, und es ist doch so, wie wenn wir jahrelang auf diese eine Gelegenheit gewartet hätten, sagt Mutter, es gab jede Menge Interessenten, die sind richtig Reihe gestanden, als sie gehört haben, dass die Tanners das Geschäft Ende des Jahres aufgeben, das hab ich ja mitbekommen, als Buffettochter! Und Mutter erzählte es wieder und wieder, immer wieder spekulierten Vater und sie darüber, was wohl bei der Entscheidung der Tanners den Ausschlag gegeben habe, und sie geniere sich fast ein bisschen, wenn sie jetzt hinter dem Buffet arbeite, die Blicke der Gäste auf sich ziehe, ja, und die Schärers, die ein gut laufendes Sanitärgeschäft führten, die hätten jeden Tag angeklopft, an Frau Tanners Bürotür, weil sie es nicht glauben konnten, dass sie das Mondial nicht bekommen – und ich, die sich insgeheim vorstellt, dass Mutter durchs Dorf spaziert, es allen erzählt, wissen Sie es schon, ich bekomme die Cafeteria Mondial!, und wenn Mutter diesen Satz sagt, nimmt sie mit beiden Händen die Hand der Angesprochenen, einen Moment lang hält sie die fremde Hand; Mutter, die ich mir frei und unangreifbar vorstelle in ihrem stolzen Glück.

Wir stehen alle sehr früh auf, um uns zu frisieren, zu dekorieren, es ist noch dunkel, wir haben Ringe unter den Augen, weil wir uns durch die Wände hindurch mit unserer Schlaflosigkeit angesteckt haben, aber wir reden nicht darüber, dass wir schwitzen, vor Müdigkeit und Aufregung, wir haben uns nicht abgesprochen, was wir anziehen sollen, ob es angebracht wäre, sich mit den Farben aufeinander abzustimmen, und meistens, wenn ich so aufgeregt bin, denke ich, dass dieser Tag gar nie kommt, dieser Tag, der diese ganze Aufregung verursacht, wahrscheinlich, weil die Zeit davor lang und länger wird, bis sie sich zu einer schlaflosen Nacht ausdehnt, und eigentlich kann ich gar nicht sagen, was sich in meinem Kopf abspielt, sicher denke ich darüber nach, ob wir ausreichend vorbereitet sind, aber ich denke auch darüber nach, dass so ein Tag, der mit einer solchen Aufregung erwartet wird, im schwarzen Loch der mit übertriebener Nervosität erwarteten Tage verschwindet, ich meine, so ein Tag wiegt schon schwer, obwohl er noch nicht einmal die Gelegenheit gehabt hat anzufangen – kann das gut gehen, frage ich mich, wir, unsere Familie, mit unserem Geschäft, in dieser prominenten Lage, in dieser Gemeinde, einer der reichsten Gemeinden am rechten Zürichseeufer, Nomi und ich, die nicht eigentlich ins Mondial passen, ich, die sicher auch daran denkt, was alles schon schiefgelaufen ist, eine ganze Menge!, oder doch nicht? Grundsätzliches? Kleinigkeiten? Hier wird nicht gepfiffen wie in Italien oder in der Mongolei, rief ein Nachbar, jedes Mal, wenn Nomi und ich durch die Zähne gepfiffen haben, Italien kann ich ja noch verstehen, sagte Nomi, aber Mongolei?, seit ihr hier seid, ist alles verludert!, und »verludert« fand ich gar nicht schlimm, aber »seit ihr hier seid« ging mir nicht mehr aus dem Kopf, ich, die in Tränen ausbrach, ich, die stolz darauf war, dass wir, Nomi und ich, offenbar etwas bewirken konnten; und andere, vor allem Kunden unserer Wäscherei, die immer wieder fragten, ob wir etwas brauchten, die uns dann Säcke brachten mit ausgetragenen Kleidern, so lernten wir die Namen von teuren Kleidermarken kennen, Gucci, Yves Saint Laurent, Feinkeller, Versace, danke schön!, und wir haben das meiste davon entsorgt, in Jugoslawien oder bei der Caritas – ich, die gelernt hat, dass es Schweizer gibt, die sich ganz grundsätzlich fürs Gute zuständig fühlen, schwitze, weil ich schlafen sollte, weil ich schon lange weiß, dass man nicht zu viel denken sollte, wenn man nicht schlafen kann.

Es ist so offensichtlich, dass niemand von uns geschlafen hat, deswegen wäre es sinnlos zu sagen, ich habe kein Auge zugedrückt, oder, wie man auf Ungarisch sagt, meine Augen sind traumlos geblieben; auf in den Kampf, sagt Vater, als wir das Licht im Korridor löschen, die Wohnungstür schließen, und wir gehen, von einer herb süßlichen Wolke begleitet, über die stillen Parkplätze, zur Garage hinunter, wir steigen fast lautlos ins Auto, Vater dreht das Radio an, fährt rückwärts fast in die Schneeräummaschine, dieser Idiotenkopf von Abwart, flucht Vater, ich hab ihm schon oft gesagt, er soll seine Spielzeuge korrekt abstellen – und wir, einschließlich Vater, wissen, dass es um etwas anderes geht, mit einem leichten, nicht ernst gemeinten Fluch kann der Tag endlich beginnen, und wir fahren den Hang hinunter, rollen unwiderruflich auf unseren Eröffnungstag zu.

»Herzlich willkommen!«, schreibe ich auf die Schiefertafel und stelle sie vor die Eingangstür (und mir fällt ein, dass ich mir beim Kippen der Lichtschalter, die sich direkt beim Buffet befinden, vorstelle, dass unsere Cafeteria jetzt hell leuchtet, unübersehbar, von jedem Punkt des Dorfes aus zu sehen, Starkstrom, denke ich, lache, weil ich gar nicht genau weiß, was Starkstrom ist).

Wir, die nicht nur Ochsenschwanzsuppe, Brät, Braten-soße, Ravioli und Bohnen aus der Büchse von unseren Vor-gängern übernommen haben, sondern auch die beiden Serviertöchter, Anita und Christel, und Marlis, die Küchen-hilfe, nur Dragana, die Hilfsköchin, haben wir neu einge-stellt. Das Mondial wird ab dem 3.1.1993 von der Familie Kocsis im gewohnten Stil, mit unveränderten Öffnungs-zeiten weitergeführt – so schreibt die Dorfpost über unsere Geschäftsübernahme –, wir kennen die Familie Kocsis von der örtlichen Wäscherei, die sie sieben Jahre lang vorbild-lich geführt hat. Die Familie, die aus dem ehemaligen Ju-goslawien stammt, hat sich gut integriert und hat vor sechs Jahren die Schweizer Staatsbürgerschaft erhalten.

Die direkte Demokratie, meine eigenwillig komische Vor-stellung, damals, als ich in der Primarschule davon gehört habe, wir sind das Sinnbild der Urdemokratie, sagte mein Lehrer, und weil er »wir« sagte, gehörte ich natürlich auch dazu, obwohl »wir« damals noch einen jugoslawischen Pass hatten, ich also noch keine Papierschweizerin war, wie man später da und dort sagen würde. Mein Primarlehrer hatte nichts gegen Ausländer, wie er einmal sagte, für ihn zähle nur die Leistung, das gehöre dazu, zu einem Menschen, der urdemokratisch eingestellt sei, gleiche Chancen für alle!, mein Lehrer, der sicher damit zu tun hatte, dass ich mir die direkte Demokratie als ein Heer vorstellte, viele, wehrhafte Soldaten, die in Reih und Glied standen, mit einem unbe-stechlichen Gesicht, weil sie etwas Wichtiges verteidigen mussten, nämlich die Idee, dass alle die gleichen Chancen haben.

Wir arbeiten heute in doppelter Besetzung, ausnahmsweise, Mutter hilft Vater in der Küche, sie bestreichen die Brezeln mit Butter, diskutieren darüber, wie dick die Butterschicht sein soll, das ist zu mastig!, und das zu trocken! Vater und Mutter, die uns Kostproben reichen, sich auf einen Kompromiss einigen, Mutter, die dann hundert Croissants auf die geflochtenen Körbchen verteilt; Nomi und ich lassen die Kaffeemaschine einmal leer laufen, prüfen, ob genügend Kaffee gemahlen ist, wir füllen den Rahm in den Portionierungsbehälter, schneiden Zitronen in Schnitze, füllen die Glasschale mit Orangen, und um Viertel vor sechs sitzen wir am Personaltisch, am Tisch eins, trinken noch rasch einen Kaffee, als die Serviertöchter eintreffen, Anita und Christel, gut aufgestanden?, gut geschlafen?, und schon sind wir wieder auf den Beinen, warten auf die ersten Gäste, die kurz nach sechs eintreffen, das sind immer die Gleichen, sagt Anita, ein paar Frühaufsteher, zwischen sechs und sieben, da gibt es kaum eine Veränderung, und wir trippeln hin und her, Nomi und ich, zwischen Küche und Buffet, fragen ständig, ob wir noch etwas helfen können, aber es gibt schon längstens nichts mehr zu tun, und manchmal füllt sich die Cafeteria um acht, aber meistens erst um neun, dann umso zackiger, sagt Anita, und Christel stellt das Radio an, damit uns Madame Étoile mit hauchender Stimme erzählt, wie die Sterne stehen, für diese Woche, Mutter, die bereits die frischen Kuchen bringt, sie auf das Tischchen neben der Vitrine stellt, selbst gebacken?, fragt

Christel, ja!, es wird jeden Tag frischen Kuchen geben, und ich liebe ihn, diesen Moment, wenn Mutter die Kuchen bringt, die halbierten Aprikosen und Pflaumen, die geraffelten Äpfel, von einem süßen Guss ertränkt, Mutter, die mich mit einem lächelnden Blick anschaut, sieht gut aus, nicht?, nachdem sie die Kuchenplatten vorsichtig hingestellt hat, und bis jetzt läuft alles gut, ein paar Gäste, die unsere *Guetzlis* loben, unsere neue Tapete geschmackvoll finden (unsere Gäste, die so ruhig und gelassen auf ihren Stühlen sitzen, als hätte sich für sie gar nichts verändert, denke ich, nur ab und zu blinzelt jemand verhalten neugierig über eine Zeitung hinweg zu uns, zu den Töchtern – aber warum sollten sie auch aufgeregt sein, unsere Gäste?), Christel, die uns erzählt, dass sie sich für Astrologie interessiert, die Sterne lügen nicht, Anita, die das alles für Humbug hält, Blödsinn, damit wird nur Geld gemacht! Wir können uns immer wieder unterhalten, weil wir auf Nummer sicher gehen wollten und, wie gesagt, in doppelter Besetzung arbeiten, und jetzt wissen wir nicht, wohin mit so vielen Armen und Beinen, sagt Nomi, wir schauen uns an, mit unseren bleichen, übernächtigten Gesichtern, Anita, die jetzt zwei mittlere Schalen bestellt, uns korrigiert, zu viel Milch, zu wenig Kaffee, das seien ganz wichtige Kunden, flüstert sie, Tisch sieben, die Zwickys, kommen jeden Tag und am Samstag mit ihren Enkeln, dann frühstücken sie sogar; wir versuchen, uns ein paar Dinge zu merken, vor allem die Spezialwünsche der komplizierten Kunden, die aber ganz nett sind, sagt Christel, den koffeinfreien Kaffee mit einem Schuss kaltes Wasser für Frau Hunziker, und Tisch zwei, der Herr Pfister, Chef eines gigantischen Zügelunternehmens, der täglich kommt, manchmal auch zweimal, einen superhellen Milchkaffee trinkt, meistens, nicht immer, der es mag, wenn man ihm seinen Wunsch von den Lippen abliest, sagt Anita, und in ihrem Blick glimmt etwas auf, das finde ich auch toll, wenn man mir meine Wünsche von den Lippen abliest, sagt Nomi und bringt uns alle zum Lachen.

Kurz nach acht drehen sich die Köpfe Richtung Eingangstür, Frau Köchli und Frau Freuler, die beiden verwitweten Schwestern, bleiben einen Moment lang in der Eingangstür stehen, Papiersäcke, die an Frau Freulers Händen baumeln, Frau Köchli, die immer einen extravaganten Hut trägt, breitkrempige Hüte mit Schleifen, großen, farbigen Blumen oder Tieren (eine Schlange, die am Hutrand züngelt, ein Vogel, der mit jedem Schritt wippt), Frau Freuler stellt ihre Säcke ab, winkt mir zu, mir oder Nomi oder uns beiden, Frau Köchli, die auf einen freien Platz zeigt, und Frau Freuler, die fast doppelt so breit ist wie ihre Schwester, packt ihre Säcke wieder, und sie gehen an den Tischreihen vorbei, schütteln da und dort Hände und setzen sich schließlich an Tisch drei, direkt gegenüber dem Buffet, Frau Freuler, die ihrer Schwester den Mantel abnimmt, den Schal, und sie geht mit zackigem Schritt zur Garderobe, guten Morgen!, ruft Frau Köchli zu mir, zu Nomi, und ich spanne sofort den doppelten Espresso ein, für Frau Freuler, und den hellen Milchkaffee für Frau Köchli; wir bedienen Tisch drei, sagt Nomi zu Anita, und ich bereite ein Tellerchen vor, mit den Spitzbuben und Kipferln, rufe kurz in die Küche, dass die Schwestern da seien, komme gleich, antwortet Mutter, und bevor sie die Schürze auszieht, sich ein paar Minuten stehend mit den Schwestern unterhält, begrüßen Nomi und ich die beiden, wir servieren ihnen den Kaffee, stellen die Süßigkeiten auf den Tisch, Frau Köchli und Frau Freuler, die uns die Hände drücken, wir gratulieren Ihnen ganz herzlich zur Eröffnung, und wir wünschen Ihnen die größte Portion Glück!, und sie überreichen uns, mit Gesichtern, als hätten sie sich gerade frisch verliebt, Blumen,

Frau Freuler, die sich über ihre Papiersäcke beugt, um einen Strauß in Gelb der Frau Nomi zu übergeben, den zweiten in Gelb der Frau Ildikó, den dritten in Rot für Frau Rózsa – wer sind die beiden Damen?, fragt Anita, als wir wieder hinter dem Buffet stehen, was?, du kennst die beiden nicht?, und Nomis Stimme tut charmant entrüstet, Ildi wird dich aufklären, und Nomi verschwindet in der Küche, um Vasen zu holen, und ich habe keine Lust, viel zu erzählen, sage nur, dass wir die Schwestern schon lange kennen, seit unserer Wäscherei, und in unserer letzten Cafeteria waren sie Stammkundinnen, ah so, sagt Anita, sie habe die beiden Damen noch nie gesehen, aber sie wohne ja auch nicht im Dorf.

Jetzt sieht Mami viel jünger aus, sagt Nomi zu mir, ja, stimmt, und über die Kaffeemaschine hinweg sehe ich in Mutters Gesicht, ihre leicht geröteten Wangen, wie sie sich abwechselnd zu Frau Köchli und Frau Freuler hindrehen (und was macht es denn aus, dass Mutters Augen jetzt fliegen?), und Nomi stellt unsere Sträuße auf die Kuchenvitrine, ein wunderschönes gelbes Meer, sagt sie, und wir spannen wieder Kaffee ein, erhitzen Milch, lassen heißes Wasser in Teegläser laufen, kontrollieren die Bons, die uns Anita und Christel hinstellen.

Man sagt, jemand gibt einem ein gutes Gefühl, wahrscheinlich gibt es nichts Schöneres, als wenn einem jemand (grundlos) ein gutes Gefühl gibt, Frau Köchli und Frau Freuler, die uns damals, als ihre Ehemänner noch lebten, deren Hemden zum Bügeln brachten, und ich erinnere einzelne, wenige Sätze, wenn man so bügeln kann wie Frau Rózsa, und auch der Herr Miklós, mit seinen breiten Fingern!, die beiden Schwestern, die immer zusammen gekommen sind, es nie eilig hatten, Frau Freuler, die den Korb trug mit den Hemden, weil sie kräftiger ist als jeder Kerl, sagte Frau Köchli über ihre Schwester, die im Win-

ter die riesige, klobige Eismaschine bestieg, um die Kunsteisbahn zu putzen, und im Sommer, da saß sie auf einem
erhöhten Posten, unter einem Sonnenschirm, Frau Freuler
arbeitete als Bademeisterin im größten Strandbad der Gemeinde, und niemand machte sich über sie lustig, über ihre
unsportliche, unvorteilhafte Figur, ich bin eine überreife
Birne, sagte sie lachend über sich selber, sondern alle hatten Respekt vor ihr, weil man wusste, wie schnell die Birne
sein konnte, wenn es darum ging, jemanden aus dem Wasser zu ziehen; Frau Köchli, die im Dorf deswegen bekannt
war, weil sie als Bibliothekarin arbeitete und Haare auf den
Zähnen hat; vor allem aber wird über Frau Köchli erzählt,
sie habe während des Zweiten Weltkrieges in Basel gelebt
und Flüchtlinge bei sich versteckt – und kaum standen die
beiden Schwestern in unserer Wäscherei, Frau Köchli mit
ihrer auffälligen Kopfbedeckung, Frau Freuler mit ihrem
kurz geschnittenen, schwarzgrauen Haar, da kam es mir
so vor, als stünden die Fenster unserer Wäscherei weit offen, die beiden alten Frauen, die von draußen immer etwas
mitbrachten, den Duft nach Äpfeln, frisch gemähtem Gras,
einen Streit, den sie gerade gehabt hatten, mit einem ihrer
Ehemänner oder sonst wem, die Vorfreude darüber, dass es
bald wieder Frühling ist, und es hat mich beeindruckt, als
Frau Köchli sagte, sie fühle den Frühling jedes Jahr genau
gleich, im Frühling bin ich so alt wie du, sagte sie zu mir,
und ihre Schwester lachte, warum lachst du?, weil es stimmt,
antwortete Frau Freuler; und wenn sich die Schwestern auf
die Stühle neben dem Bügeltisch setzten, war es nicht deswegen außergewöhnlich, weil sie so lange da sitzen blieben,
bis der nächste Kunde kam, sondern weil Mutter und Vater
mit den beiden Schwestern auf eine Art scherzten, wie sie es
hier nur ganz selten taten, die Schwestern, die mir jetzt, am
Eröffnungstag, das Gefühl geben, es gäbe nichts Logische-

res, als aufgeregt zu sein, an so einem Tag, das sagen sie mir mit ihrer Herzlichkeit, meine Aufregung, die in ihren sprudelnden Gratulationen eine erlösende Entsprechung findet.

Eröffnungsmenü
Kalbshaxe mit Kartoffelstock
und Rübli
Dessert Supris

schreibe ich auf die Tafel, stelle sie um halb zwölf vor die Tür, und Vater rüstet mit Dragana den ganzen Morgen Salate, Zwiebeln, Knoblauch, Karotten, Vater, der Dragana zeigt, wie sie die Orangen und Grapefruits zuschneiden soll für das Dessert, wir erwarten keine Armee, sagt Mutter, als sie den größten Topf sieht, der randvoll mit Kalbshaxen gefüllt ist, die Hälfte würde vollkommen ausreichen, wir werden sehen, sagt Vater und verzieht sich beleidigt hinter seinen Topf, Vater, der erst wieder versöhnt ist, als wir ihm sagen, dass seine Haxe hervorragend schmeckt (aber Mutter hat natürlich recht, wir werden die nächsten Abende zu Hause Haxe essen, weil Vater unter kochen die Töpfe füllen versteht, so Mutter, und es wird Monate dauern, bis Vater sich mäßigt, bis Mutter ihm einigermaßen das Kalkulieren beibringen kann, Vater, der außerdem glaubt, dass alle Gäste sein Menü essen sollten, und wenn nicht, dann bringt er ihnen bei, dass es für sie am besten ist, Toast, Bouillon, Salat, hat man denn damit gegessen?, eine Auseinandersetzung, die wir täglich führen werden, weil Vater tatsächlich glaubt, es liege an uns, wenn die Gäste nicht das Menü, sein frisch zubereitetes Menü bestellen).

Wo hast du so gut schreiben gelernt?, fragt Anita, als wir uns am Mittag gegenübersitzen, ich, mit einem Stück Haxe im Mund, meinst du das im Ernst?, frage ich. Ja, im Ernst, antwortet Anita, sie könne sich die Fremdwörter beim besten Willen nicht merken. Das könne sie gut verstehen, meint Nomi, sie könne sich gar nichts merken, sie müsse aufpassen, dass sie Haxe nicht mit ks schreibe, nein wirklich, sagt Nomi, Anita, die den Kopf schüttelt, weil sie vieles kompliziert finde, beim Schreiben, aber Haxe würde sie nie im Leben mit ks schreiben, und Christel, die gerade eine Diät macht und an ihrem Salat knabbert (und Vater damit, für sie unsichtbar, auf die Palme bringt, weil die Frauen, die ständig damit beschäftigt sind, schlank zu sein, ihn fast so nerven wie verhätschelte Hunde und Politiker, wenn sie einen nur zum Gähnen bringen), es gäbe Menschen, sagt Christel, die hätten ein fotografisches Gedächtnis, Ildi, vielleicht hast du ein fotografisches Gedächtnis für Buchstaben, und sie, sie würde sich gern Gesichter für immer und ewig merken, das schon, so Christel! Marlis, die sich mit einer großen Portion Mittagsmenü hinsetzt, einen guten Appetit wünscht, sich dann dem Essen hingibt, Marlis, die, wenn sie nicht am Essen ist, ständig vor sich hin murmelt und, wenn man sie anspricht, von ihrem »Hochzeiter« erzählt, der sie bald entführen wird, und sie werde uns alle zur Hochzeit einladen, der »Hochzeiter« habe ihr versprochen, dass es ein riesiges Fest gebe, Marlis, die mit ihren lichtblauen Augen neben der Welt lebt, denke ich, die seit Jahren verheiratet ist und der das Sorgerecht für ihre beiden Kinder entzogen worden ist, wie uns die Tanners erzählt haben, eine arme Seele, sagte Frau Tanner, aber sie tut ihre Arbeit, und es berührt mich auf eine seltsame Art, wie sie Vater *Schäff* nennt, ihm jeden Tag behutsam auf die Schulter klopft und sagt, *Schäff*, Sie müssen dann kochen, für uns, für meinen »Hochzeiter« und mich!

Sprichst du Deutsch?, fragt Anita Dragana, die ein bisschen abseits sitzt, noch kein Wort geredet hat, und Dragana lässt sich Zeit mit der Antwort, *spreche ich Deutsch*, sagt sie dann und zwackt von ihrer Brotscheibe Stückchen ab, lässt sie in die Soße fallen, *nicht viel, aber versteht sie alles*, sagt Dragana über sich, tunkt die Brotstückchen und lässt sie rasch im Mund verschwinden (ich schaue weg, weil ich nicht zusehen kann, wie irgendwer irgendwas tunkt, am schlimmsten finde ich, wenn das Croissant sich im Kaffee aufweicht, tropfend in den Mund gesteckt wird), Dragana, die mich überrascht, weil sie ihr Wasserglas ein bisschen in die Luft hebt, mit einer feinen Stimme sagt, *Gluck, für euch, für Erofnung!* Marlis, die sofort ihre Gabel fallen lässt, »Glück« ruft, Glück hat ein schönes langes Kleid, und von der Seite, da sieht man das Glück gar nicht, und wir lächeln, ein bisschen irritiert, Nomi und ich, wir bedanken uns für die Wünsche, und Christel steht auf, um uns allen einen Kaffee zu machen, bevor es dann losgeht.

Da wir, außer im Service, in doppelter Besetzung arbeiten, kommen wir am Mittag nur mäßig unter Druck, Anita, die am Mittag so richtig auf Touren kommt, nicht müde wird, darauf hinzuweisen, dass heute nicht so viel los sei wie sonst, dass ein paar Stammgäste ausgeblieben seien (Christel, die meint, der Montag sei doch schon immer labil gewesen), der Salatteller sei kleiner als bei den Tanners, aber gleich teuer, findet Anita, die nicht für sich spricht, sondern für die Gäste, sagt sie, als sie uns vom ersten Tag an mit forschem Schritt und mindestens knielangem Rock alles überbringt, was die Gäste sagen oder wissen wollen: Herr Leuthold meint, der Kaffee sei nicht mehr so stark wie bei den Tanners. Wer ist Herr Leuthold? Der Herr da drüben, in der Ecke. Der Kaffee ist immer noch genauso stark, sagt Nomi, das kannst du Herrn Leuthold gern sagen (Nomi, deren Stimme nicht einmal im Anflug zittert). Frau Zwicky finde die neue Tapete außerordentlich schön und festlich, was Geschmacksache sei, sagt Anita. Danke, dass du uns auf dem Laufenden hältst, aber wir müssen nicht alles wissen, und Nomi weicht Anitas Blick nicht aus, bleibt freundlich; ich verstehe das nicht, ihr könntet doch daraus lernen, von dem, was die Gäste sagen, so Anita, ja, stimmt, Anita, danke!

Und bereits am Abend, nach unserem Eröffnungstag, als wir mit Mutter und Vater erschöpft am Personaltisch sitzen, den Tag nochmals rekapitulieren, alle der Meinung sind, dass es eigentlich ziemlich gut gelaufen sei, zwar nicht ganz so viele Gäste gekommen seien, wie wir erwartet hätten, aber die Schwestern, ja, die Schwestern, und dass sie am Nachmittag nochmals gekommen seien, um Kuchen zu essen (wir werden schön rund und dick – wenn wir jeden Tag zu Ihnen kommen, doch das können wir uns leisten – in unserem Alter!, eine Eigenart, die wir an Frau Köchli und Frau Freuler lieben, dass die eine einen Satz beginnt, die andere ihn beendet), schon an diesem Abend, als wir noch lange Zeit brauchen, um den Tag abzuschließen, machen Nomi und ich Sprüche über Anita, wir nennen sie Hanuta, die keinen einladenden, sondern ausladenden Hintern habe, sie habe jeden zweiten Satz mit »also bei den Tanners war das ...« angefangen, Anita, die eine Nullnummer sei, die sich ständig aufspielen müsse, weil sie ja den Betrieb, im Gegensatz zu uns, in- und auswendig kenne ... Wir sind noch nicht fähig zu erkennen, wer Anita ist, aber in den nächsten Tagen und Wochen werden ihre Sätze immer unmissverständlicher: Ich wäre auch gern ein Asylant, fünf Franken am Tag, Ildi, damit lässt es sich doch leben, oder?, Anita, die laut darüber nachdenkt, ob wir den Tanners Schmiergeld bezahlt hätten, ansonsten hätten sie doch nicht ausgerechnet uns das Mondial übergeben (das sage ja nicht sie, sondern die Gebrüder Schärer und ein paar andere). Als Nomi anfängt, ihr mit weit aufgerissenen Augen unsinnige

Antworten zu geben wie: Das ist so, wir müssen die Antarktis retten, im Winter tue ich nichts lieber als Kerzenziehen – und ich, die Anita zusieht, wie sie bei gewissen Gästen lange stehen bleibt, abgedreht, ein bisschen zu nah an Köpfen, Ohren, und die Irritation, dass Anitas Gesicht mich immer an die Kunststoffhemden erinnert, die man nach dem Waschen nicht bügeln muss – als wir uns fast schon an Anita gewöhnt haben, kündigt sie, auf Ende Januar, was deswegen möglich ist, weil sie mit Mutter eine einmonatige Probezeit ausgehandelt hat, in der sie innerhalb der Monatsfrist kündigen kann, und Mutter zeigt mir im Büro den eingeschriebenen Brief: Sehr geehrter Herr Kocsis, sehr geehrte Frau Kocsis, hiermit kündige ich meine Anstellung als Serviertochter auf den 31.1.1993. Mit freundlichen Grüßen, Anita Kunz.

Ein paar Tage später kündigt Christel, und es vergeht kaum ein Tag, an dem sie nicht entschuldigend erklärt, warum sie gekündigt hat, ihr Freund sei sehr eifersüchtig, er wolle nicht mehr, dass sie im Service arbeite, sie habe vor, eine neue Ausbildung anzufangen, im Bereich Astrologie, was ich denn eigentlich für ein Sternzeichen sei, Zwilling? Das habe sie sich schon gedacht, und sie habe schon lange einen Kinderwunsch, und sie habe das Gefühl, sie werde nicht schwanger wegen ihrer Arbeit, und ehrlich gesagt finde sie es auch schwieriger, im Mondial zu arbeiten, seit die Tanners weg sind, die Leute würden sie so viel fragen, und am Abend habe sie manchmal einen ganz wirren Kopf, sie könne sich nicht helfen, aber die Leute machten sie ganz schwindlig mit ihrer Fragerei, sie wisse manchmal selbst nicht mehr, wie sie heiße. Christel, die ich gern gemocht habe.

Erst später erfahren Nomi und ich, wie es zu Anitas Kündigung gekommen ist; Anita, die zu Vater gesagt hat, die Waren würden vom Fließband fallen, wenn er mit diesem

Tempo in einer Fabrik arbeiten würde, und Anita klopfte ein paarmal mit der flachen Hand auf das Brett, wo Vater normalerweise das Brot schneidet, und sie hat ihm zugezwinkert, lachend, als er nicht reagierte, weiter in seinem Topf rührte. Herr Kocsis, das war doch nicht ernst gemeint, nur ein blöder Witz, sagte Anita, die offenbar darüber erschrak, dass Vater sie ignorierte, ihr dann die Kochkelle hinstreckte und fragte, warum sind Sie noch hier, wollen Sie meine Soße probieren?

Mutter, die Vater von seiner Entscheidung, Anita zu kündigen, hatte abbringen wollen, obwohl sie wusste, dass es unmöglich war, ihn aber davon überzeugen konnte, es sei besser, wenn Anita nahegelegt werde, selber zu kündigen, dann werde auch nicht so viel geredet im Dorf.

Vater war zwar darüber aufgebracht, dass Anita ihn mit ihrem Spruch bezüglich seines Arbeitstempos beleidigt hatte, aber nicht das hat den Ausschlag gegeben, sondern dass Vater grundsätzlich humorlosen Menschen misstraut, wenn sie sagen, das war nichts, nur ein Witz.

Grenzpolizisten, Trauerweiden

Mit unserem Mercedes Benz stehen wir an der Grenze, Tompa, so heißt der Grenzübergang, und obwohl der Stern des Fortschritts uns unübersehbar auszeichnet, müssen wir, wie alle anderen, warten, warten, bis man schwarz ist, und mein Vater kocht vor Wut, lässt mit einem surrenden Geräusch die Modernität ihren Dienst tun, und das Glas verzieht sich gehorsam, damit mein Vater seinen Ellbogen aufstützen, in die heiße Luft hinaus rauchen kann, und gleich verwandelt der gute, gerechte Gott unseren Mercedes in ein Luftschiff, in zwei, drei Augenblicken werden wir alle anderen mit unseren weißen Schwingen überflügeln, weil wir die Guten sind, im richtigen System leben, wir werden nicht nur aus der Reihe tanzen, sondern von weit oben auf diese gottlosen Kommunisten hinunterspucken, irgendwann, sagt Vater, die Zeit wird mir recht geben, und wieder kommt es mir so vor, als hätte die Sonne hier mehr Platz zum Brennen, interkontinentales Klima, so nennt sich das, heiße Sommer, eiskalte Winter.

Mutter vergisst, den Seitengriff loszulassen, während Nomi und ich zum Zeitvertreib Wörter destillieren, weil wir schon schlau sind, weil wir wissen, dass es besser ist, Vater zu ignorieren. Tompa – Pat – Pam – Pot – Mot – Ma – Pa – Oma – Opa.

Tompa, der kleine ungarisch-serbische Grenzübergang, der in ein paar Jahren heillos überlastet sein wird, weil ab Mai 1992 das Embargo gegen Serbien und Montenegro verschärft, der internationale Luftverkehr aufgehoben wird und sich deshalb hier, beim winzigen Durchgang zum schwer erreichbar gewordenen Serbien, Tag und Nacht drastische Bus- und Pkw-Duelle abspielen werden.

Und hätten wir gewusst, was für ein Chaos an diesem Grenzübergang acht Jahre später, 1992, herrscht – *tompa*, das auf Deutsch »stumpf« oder »dumpf« heißt –, hätten wir wahrscheinlich nicht mehr weitergespielt, aber was hätten wir getan, wenn wir gewusst hätten, was hier geschieht?

»Top« haben wir vergessen, ja, antworte ich, und »Tom« und »Po«. Und wir fangen an zu lachen, es beginnt mit einem leisen Kichern, einem Kichern, das immer lauter werden muss, weil wir uns gegenseitig anstecken, und das Kichern wird zu einem Glucksen, weil Vater so ernst in die Luft hinaus raucht, weil die Sonne unerbittlich auf das weiße Blech brennt, wir von der langen Fahrt übermüdet sind. Wenn ihr nicht sofort ruhig seid, übergebe ich euch den Kommunisten, jaja, denen da drüben, die so aussehen, als wären sie aus Stein gehauen, Mutter, die uns mit einem dringenden Blick bittet, still zu sein.

Und als wir endlich an der Reihe sind, blicken Nomi und ich mit Kindergesichtern in die strengen Augen des Grenzpolizisten, wir zeigen ihm, dass wir unschuldig sind, und nicht nur wir, sondern auch Vater; der aus Stein gehauene Kommunist bringt es fertig, dass wir ehrerbietig und wieder hellwach sind, er, der gelassen in unseren Pässen blättert, sich zwischendurch Zeit nimmt, seinen deutschen Schäferhund zu tätscheln, aber diesmal werden wir nicht so einfach davonkommen, fahren Sie bitte zur Seite, sagt der Polizist und macht eine minimale Handbewegung, die zeigt, dass er es ernst meint. Und diesmal werden wir Zeugen davon, dass es das wirklich gibt, die Untersuchung von Kopf bis Fuß.

Als wir endlich in der Kleinstadt einfahren, hat sich mein Vater noch nicht beruhigt, Nomi und ich drücken uns in den Rücksitz, mucksmäuschenstill und kraftlos hören wir den Wortschwall unseres Vaters, seine Flüche und Verwünschungen, und damals haben wir noch nicht begriffen, dass es nicht um Breschnew geht, der sich ins stinkende Knie ficken soll, nicht um die russischen Sportler, die sich mit ausgeklügeltem Doping Medaille um Medaille stehlen, nicht um die Zwiebeltürme, die ein Ausdruck von Kulturlosigkeit sind; erst viel später werden Nomi und ich verstehen, dass es hinter diesem ganzen Hass eine verschwiegene Geschichte gibt, die mitten in Vaters Herz führt, die Geschichte von Papuci, dem Vater unseres Vaters.

Diesmal werden wir unsere Schwester kennenlernen, wir gleiten an den Pappeln vorüber, den Akazien- und Kastanienbäumen, um die Bekanntschaft von Janka zu machen, die zum früheren Leben unseres Vaters gehört, Janka, unsere Halbschwester, die plötzlich im Fotoalbum klebte, als hätte sie schon immer dazugehört, wer ist denn das?, fragte Nomi, und Mutter antwortete, das ist die Tochter deines Vaters, und natürlich dauert es eine gewisse Zeit, bis man begreift, was das heißt, die Tochter deines Vaters, das Kind aus erster Ehe; Vater hatte schon mal was mit einer anderen, witzeln Nomi und ich, um den kleinen, noch unbegreifbaren Schmerz nicht zu spüren, der im Wort »Halbschwester« verborgen ist, Janka also auf einem schwarz-weißen Bild, mit einer atemberaubenden Frisur, von deren höchstem Punkt ein winziger, aber markanter Schleier wegzuschweben scheint, die elegant gezähmten Locken, welche im Kontrast dazu und unübertroffen schön über die eine

Schulter fallen, als könnte sie in ihrer Wildheit nichts be-
zwingen, und das soll unsere Schwester sein?, fragt Nomi,
Jankas Zeigefinger, der sich an einen ihrer breiten Nasenflügel schmiegt, so, als hätte sie gerade eine wichtige Frage
erörtert, Hände, die außerdem Spitzenhandschuhe tragen,
und Nomis Frage prallt an Jankas Blick ab, Augen, die eine
eigenwillige, ruhige Überlegenheit ausdrücken, uns zeigen,
dass wir, Nomi und ich, noch weit entfernt davon sind, das
Leben zu begreifen.

Und ich habe davon gehört, dass man aus dem Auto steigen kann, mit einem leichten Schwung, einer leichten Dre-
hung im Körper, ich habe es bestimmt und schon mehrmals
gesehen, wie sich der Brustkorb nach dem Aussteigen hebt,
wie sich der Gesichtsausdruck in einer schwer zu beschreibenden Art mit der Maske der Gewissheit überzieht, dass
man sich nun dem Recht zu schreiten hingeben kann, langsam, erhaben, und ich gebe dem weißen Blechflügel einen
kräftigen Stoß, um mich rasch davonzustehlen, mich nicht
den schamlosen, sehnsüchtigen Blicken der Kinder ausliefern zu müssen, die sich innert Sekunden um das Wunder-
werk der Technik versammeln, mit offenen Mündern den
Stern bestaunen, als wäre er mehr als eine Gabe Gottes, und
ich habe es nie jemandem gesagt, dass ich mich in diesen
Momenten auf eine ganz bestimmte Art elend fühle, mick-
rig, und wäre Gott neben mir gestanden, hätte ich ihn gefragt, ob er mir dieses Gefühl erklären könne, he, ruft Nomi,
wart doch, nicht so schnell!

Wir treffen Janka nicht bei Onkel Móric und Tante Manci,
auch nicht bei Mamika, sondern in einem winzigen Restaurant in der Nähe des Flusses. Und schon von Weitem sehen
wir sie, wie sie da steht, in einem zitronengelben Kleid, dessen luftiger Stoff mit dem lauen Sommerwind spielt, Janka,
die sich schon vergrößern darf, hohe Schuhe trägt, da ist

sie, sagt Nomi, und ich spüre meine kleinen Schritte, flüstere Nomi zu, dass ich ehrlich gesagt nervös sei, ich, die sich geschworen hatte, stolz zu sein, worauf?, aber ja doch, der sandige Gehweg, an den ich mich genau erinnere, die Trauerweiden, die links und rechts den Weg säumen, und es war, als würden wir auf eine Geschichte zugehen, von der wir fälschlicherweise angenommen hatten, dass sie uns nichts, aber auch gar nichts angeht, das Leben unserers Vaters vor der Zeit unserer Mutter.

Hallo, sagen wir, hallo hallo (wie begrüßt man sich, wenn man sich zum ersten Mal sieht?), und Vater stellt uns vor, Janka, Nomi, Ildikó, Mutter, die sich bemüht, weiß, dass wir alle verklemmt sind, die das übernimmt, was eigentlich Vater übernehmen müsste, sagt, dass wir uns freuen, sie endlich kennenzulernen, Janka, die antworten kann, dass sie sich auch freut, Nomi und ich halten uns an unseren Getränken fest, Strohhalme haben wir leider nicht, sagt die Kellnerin und lächelt verlegen, und ich suche krampfhaft nach einer Frage, aber immer wieder sehe ich Jankas Foto vor mir, ihre fleischigen Lippen, die tatsächlich fleischig sind!, ihr volles Haar, das in Wirklichkeit noch viel voller ist!, ihre Augen, die sich bewegen, lebendig und vielfarbig sind, Jankas Lachen, das Zähne zeigt, die sich so scharf aus dem Bild herauslösen, als würde die Fotografie gar nicht existieren, und ich wünsche mir, dass wir einen Moment lang ganz still sind, nichts, nur wir, die da sitzen, uns möglicherweise nicht einmal anschauen, ich wünschte mir, dass wir die Angst vor der Peinlichkeit vergessen, uns einem Schweigen hingeben, das den Jahren entsprechen würde, die an uns vorbeigezogen sind, ohne dass wir voneinander wussten, und ich sitze neben Nomi, deren Geruch mir vertraut ist, deren Ohren ich kenne, Ohrläppchen, Bauchnabel, die, wenn ihr unwohl ist, ihre Hände unter den Schenkeln verstaut, ihren Rücken leicht krümmt, und Vater schnippt schon wieder mit dem Finger, um noch etwas zu bestellen, nein, ich will keine Limonade mehr, die mir Zähne und Zunge verklebt, aber Vater muss die Unsicherheit aus seinen Augen trinken, damit sie diesen trügerischen Glanz von »ich habe alles im Griff« bekommen, und ich erinnere mich auch an die Kellnerin, die in ihren fersenfreien Gesundheitsschuhen aufgeregt hin und her trippelt, Vater, der natürlich erzählen muss, dass wir an der Grenze schikaniert worden sind, Mutter, die die in die heiße Sommerluft geschleuderten Anschuldigungen gekonnt ins Leere laufen lässt, wir haben dir ein Geschenk über die Grenze geschmuggelt, sagt Mutter und überreicht Janka ein Paket, wir haben's für dich eingepackt, sagt Nomi plötzlich, und ich frage mich, ob man das in so einem Moment sagen kann, vielen Dank, antwortet Janka, ihr hättet euer Leben nicht für mich riskieren sollen, und sie lacht, lacht über ihren eigenen Witz, denke ich, und was ist daran überhaupt lustig? Nomi stößt mir ihren Ellbogen leicht in die Seite, und natürlich sehe ich, dass Jankas Vorderzähne riesig sind, dass sich zwischen ihren Zähnen Spalten auftun, Abgründe des Hässlichen, kann man so überhaupt lachen?

Wir, die wir uns schon daran gewöhnt haben, verhalten oder gar nicht zu lachen.

Und wann wird es endlich vorbei sein, denke ich, wann können wir uns verabschieden, damit es wieder so ist wie vorher, aber ich weiß noch, dass der feine Wind im Restaurant fühlbar war, die warme Sommerluft, die die Wangen streichelte und uns zum Bleiben zu ermuntern schien, was hat Janka denn erzählt, in jenem August 1984? Sicher von der Schule, dass sie gerade das Abitur gemacht hat, von ihrem Freund hat sie wahrscheinlich nichts erzählt, und ihre Mutter hat sie bestimmt nicht erwähnt. Von ihren Plänen wird sie erzählt haben, ihrem Traumberuf, sie wird uns gezeigt haben, dass sie sich über unser Geschenk freut, über den Kassettenrekorder, ein Modell, das bei uns noch gar nicht erhältlich ist, wird sie gesagt haben, in zehn Jahren können wir vielleicht für so was Schlange stehen, so wird sie gestrahlt haben, all das wird so gewesen sein; aber die Trauerweiden haben für uns ein Lied gesungen, ich habe es genau gehört, sie haben für uns die müden, ausgedorrten Blätter in den Fluss hängen lassen, damit wir uns verstehen in unserem kleinen Kummer, der doch die Welt bedeutet, und obwohl ich mir den Text merken wollte, habe ich ihn vergessen, auch das habe ich vergessen.

Darf ich euch mal besuchen?, fragt Janka zum Abschied, ich würde euch zu gern wiedersehen, sagt Janka, und die Schweiz, das soll ja das Land sein, in dem Milch und Honig fließen, sagt sie, ich möchte von dieser berühmten Spezialität kosten, die ihr habt, wie heißt sie schon wieder? Oh, und niemand kann Janka antworten, weil wir nicht wissen, welche berühmte Spezialität sie meint, ja, wir werden dir alles zeigen, sagt Vater, du wirst staunen, was es bei uns alles gibt, und Janka lacht mit ihren verbotenen Zähnen, verkleidet den Kassettenrekorder wieder mit dem knirschenden Styropor, bevor sie uns der Reihe nach umarmt, und dann fängt sie wirklich an zu heulen, sie kann doch tatsächlich ihre Tränen nicht zurückhalten, meine Schwestern, sagt sie leise, wir werden uns doch bald wiedersehen, oder? Und es wäre mir lieber gewesen, sie hätte ihr Herz verschlossen, weil Nomi und ich wegen ihr so tun müssen, als wären wir aus Stein (und ich muss an die Attrappen denken, die als Fischköder ausgeworfen werden, damit sich der richtige, große Fisch in sie verbeißt), wir müssen sogar härter sein als der Grenzpolizist, sonst hätten wir möglicherweise auch geweint, unser Herz wäre so weich geworden, dass man es hätte aufs Butterbrot schmieren können, sonst hätten wir uns nicht wieder in unseren Mercedes gesetzt, Nomi und ich hätten uns nicht auf den Rücksitz gekniet, um Janka nachzuschauen, wie sie in ihrem zitronengelben Kleid allein dasteht, uns mit einer Hand und kleinen Bewegungen nachwinkt, jetzt sieht sie ganz verloren aus, sagt Nomi, und wir knien noch lange auf dem Rücksitz, auch als unsere Halbschwester längstens nicht mehr zu sehen ist.

Es war im selben Sommer, als wir Janka getroffen haben, ziemlich sicher, sonst war es ein Jahr später, Mutter und Vater sind bei Onkel Móric und Tante Manci zu Besuch, und Nomi und ich, wir helfen Mamika im Garten, Tomaten und Bohnen ernten, Kartoffeln, erzählen Sie uns etwas über Vater, sagt Nomi, Sie können wir ja fragen, Vater nicht, Mamika, die einen Moment lang innehält, ihre halb gefüllte Schürze mit gelben Bohnen, ihre schief getretenen, dreckigen Gartenschuhe, was willst du deinen Vater fragen, mein Mädchen?, und Mamika leert ihre Schürze über der Emailleschüssel aus. Wegen dieser anderen Frau, wie war das, und warum hat er unsere Mutter kennengelernt? Und warum hat Gott die Welt erschaffen?, sagt Mamika, lacht, richtet sich ihr Kopftuch, nicht ganz einfach, das zu erzählen, sagt sie, kommt, das reicht schon fürs Mittagessen, ihr helft mir beim Kochen, und ich erzähle euch etwas über Miklós, das, was ich weiß, und so viel ist das nicht.

Wir stehen um den winzigen Tisch in Mamikas Küche, neben dem Gasherd, Mamikas Küche, die gleichzeitig auch ihr Badezimmer ist, ein Lavabo mit einem winzigen Spiegel, eine Wanne mit Füßchen, die Mamika aber nie benützt (die reinste Wasserverschwendung), und unter der Wanne steht der blaue Nachttopf, in den wir manchmal nachts reinpinkeln, wenn wir uns nicht aufs Klo trauen, und zwischen der Wanne und dem Lavabo ist ein Fenster, das im Sommer meistens offen steht, ein am rechten unteren Eck gerissenes Moskitonetz, durch das die Mücken schlüpfen, ich muss doch endlich diesen Durchgangsverkehr unterbinden, meint Mamika, ihr Küchen- und Badezimmerfenster, das ich »mein schönes Fenster« nenne, weil ich da zum ersten Mal, an einem frühen Morgen, gesehen habe, wie schön das Licht sein kann, wenn es auf den Flickenteppich leuchtet, in eine Ecke des Spiegels hinein; wir schälen Kartoffeln, putzen Petersilienwurzeln, und Mamika erzählt uns von Vater, von ihrem Miklós, und ich weiß gar nicht, ob es recht ist, weil er euch ja offenbar nichts erzählt hat über seine erste Frau, aber warum sollt ihr das nicht wissen?, und während Mamika gleichmäßig und ruhig spricht, schaut sie immer wieder Nomi an, mich, als müsste sie prüfen, ob sie ihre Erzählung fortsetzen kann.

Und so erfahren Nomi und ich, dass Vater irgendwas mit einer Frau anfing, die Ibolya hieß, nur die Ansichten, was Vater mit ihr hatte, gingen auseinander. Onkel Móric behauptete, Miklós habe sie angefasst und geküsst, nach einem Tanzabend, Miklós müsse jetzt konsequent sein und Ibolya heiraten, Onkel Móric, der nach dem frühen Tod von Großvater, von Papuci, das Familienoberhaupt war, etwas, das Vater nie akzeptieren wollte, warum soll einer, nur weil er mein Bruder und sechs Jahre älter ist, über mein Leben bestimmen? Ibolya sagte, Miklós habe sie geküsst, aber sie wolle daraus keine Geschichte machen, sie sicher nicht, wenn Miklós sie nicht wolle, stünde sie ab von ihrem Recht und die Sache sei damit für sie erledigt. Miklós tobte, war wütend, was sich der Móric wieder einmische, der Móric kenne wahrscheinlich den Unterschied nicht zwischen Händchen halten und küssen, obwohl er ja schon längstens verheiratet sei, er jedenfalls wisse, was mit Ibolya vorgefallen sei, die Zigaretten hätten ihm geschmeckt, der Schnaps sei gut gewesen, und sie habe feine Hände, das sei schon alles (ihr wisst ja auch, wie euer Vater reden kann), also, es war nie klar, was da genau vorgefallen ist, und irgendwie schien sich die Sache zu verlaufen, aber dann, ein paar Monate später, setzte sich Miklós hier in meine Küche und sagte, er wolle die Ibolya heiraten, Mamika, die Vater gefragt hat, ob sie sich wieder versöhnt hätten und ob er sich denn in seiner Entscheidung sicher sei, Vater, der aufgestanden ist, um sich die Hände zu waschen, er kam gerade von der Arbeit, und als er sich dann wieder hinsetzte, sagte er, Ibolya und er hätten sich einfach aus den Augen verloren, und beim letzten Jahrmarkt seien sie sich wieder über den Weg gelaufen, und ja, er habe sich in sie verliebt, seine Entscheidung stehe fest. Wenn du meinst, sagte Mamika, ich will dir sicher nicht im Weg stehen.

Ein paar Monate nach der Hochzeit ging Vater immer seltener nach Hause. Er betrank sich, wo auch immer, bei Freunden, nach der Arbeit, Onkel Móric suchte ihn, prügelte ihn nach Hause, weißt du nicht, wo der Platz eines verheirateten Mannes ist? Und Mamika hat sich nicht eingemischt, erst, als Onkel Móric Vater so zugerichtet hat, dass er mit blutendem Gesicht auf der Straße liegen blieb und sie jemand aus der Nachbarschaft mitten in der Nacht weckte, sie zu ihrem Sohn holte, den sie fast nicht erkannte und der immer noch nicht bei Sinnen war, den sie dann zu dritt in ihr Haus schleppten und den sie tagelang pflegte, bis er einigermaßen wieder auf den Beinen war; Mamika, die ihre Söhne dann zu sich bestellte, sie im Namen von Papuci um eine Aussprache bat, sie, die sich ja sonst nicht einmische, aber jetzt, nach diesem Vorfall, sehe sie sich dazu gezwungen. Aber die beiden, so erzählt Mamika und schneidet gleichzeitig die Kartoffeln in Hälften, schauten mich bloß an mit blöden Gesichtern, anders könne sie es nicht nennen, und haben geschwiegen. Die haben mir etwas verheimlicht, sagt Mamika, keine Banalität, sondern etwas ganz Grundsätzliches, und ich habe nie herausbekommen, was es war. Eure Tante Manci, die mich einmal, als wir uns zufällig auf dem Friedhof getroffen haben, zu einem Kaffee eingeladen hat, an einem Tag, wo der Wind zu warm war, Tante Manci schenkte Kaffee ein, ihre Zunge drehte sich so schnell, dass ich davon und von diesem Wetter Kopfweh bekam, mein Kopf platzt jetzt dann, liebe Manci, dann kannst du deine Wörter wieder einsammeln, habe ich gesagt, vor lauter Erschöpfung, und wisst ihr, was sie dann gesagt hat, einfach so, ohne Ankündigung? Der Móric sei in diese Ibi verliebt gewesen, das sei doch sonnenklar, aber er sei halt schon mit ihr verheiratet gewesen, und weil das so gewesen sei, habe er sich als Ehrenretter aufgespielt, aber mit Ehre undsoweiterundsofort habe das nichts zu tun, sie habe da ihre Kontakte, und der Miklós, der habe, als er das selbst gemerkt habe, seinem großen Bruder eins auswischen wollen, und sie verstünde das, dem Móric müsse man, wenn man jeden Tag mit ihm zu tun habe, irgendwann mal eins auswischen, das wünsche sie sich schon lange. So, und was bist du für eine, wenn du der Mutter deines Mannes so etwas erzählst, habe ich zu Manci gesagt, und ich war dann überrascht, was mir die Manci geantwortet hat, das ist mir lange im Ohr geblieben, nämlich, gegenüber ihrer Mutter hielten die Geschwister wie Pech und Schwefel zusammen, aber sie, die Ehefrau, sei ja ein blindes, stummes Ding, dem man alles erzählen könne, die ganze Wahrheit. Welche Wahrheit?, habe ich Manci gefragt. Mamika, jetzt wollen Sie, dass ich mich versündige, aber das tue ich nicht. Sie haben mir soeben noch gesagt, ich hätte schon genug geplaudert, von mir erfahren Sie nichts mehr!

Es ist sicher so, sagte Mamika, zwischen Ibolya, Móric und Miklós gibt es irgendein Geheimnis, das ich nicht kenne, und manchmal war ich darüber beunruhigt, vor allem deshalb, weil alles unverändert weiterging, Miklós hat gearbeitet, hat sein Geld versoffen, und wenn ich sage, dass er gearbeitet hat, heißt das, ja, er hat gearbeitet, aber nie lange an einem Ort, sie haben ihn überall rausgeschmissen, nach ein paar Wochen, allerhöchstens nach drei, vier Monaten. Auf der Geflügelfarm in Csóka hat er an einem Tag fast doppelt so viel gearbeitet wie alle anderen, versteht ihr, meine Mädchen, und Mamika wischt sich ihre Hände an der Schürze ab. Sein Chef hat ihn zu sich zitiert, Miklós, brennst du durch?, du weißt, wie viel das Soll beträgt, warum arbeitest du wie ein Verrückter? Ich bin verrückt, hat mein Sohn geantwortet, ich arbeite, so viel ich kann. Gut, dann kannst du gehen. Eine von vielen Geschichten, und Miklós war vielleicht Mitte zwanzig, da wollte ihn niemand mehr anstellen, hier in der Gegend, und da fing euer Vater an, tageweise, stundenweise zu arbeiten, er hat in den Geschäften ausgeholfen, wenn jemand krank war, und die Leute holten ihn zu sich, weil der Miklós bekannt dafür war, dass er die besten Würste macht und am schnellsten arbeitet, innerhalb kürzester Zeit hatte er eine große Kundschaft, es gab niemanden, der Miklós nicht kannte, man war eben auch neugierig auf einen, der sich mit allen anlegte, also mit allen Offiziellen. Eine Zeit lang ging das gut, Miklós hat eine Menge Geld verdient, damit hat er sich ein Motorrad gekauft, nicht irgendeines, sondern eines aus dem Westen, aus Deutschland, und niemand wusste, wir er das geschafft hatte in so kurzer Zeit, und wieder war Miklós eine Ausnahmeerscheinung, und Mamika nimmt die Brille von der Nase, putzt sie mit der Schürze, und Nomi sagt, das Motorrad, ja!, wir haben ein Foto in unserem Album, da sitzt Vater auf einem Motorrad, mit einem schicken Anzug, er hat die Arme verschränkt, hält eine Zigarette zwischen den Fingern und lacht, er lacht so, als wäre er glücklich. Ja, sagt Mamika, das Motorrad war sein großes Glück.

Dann hat er Arbeitsverbot gekriegt, man drohte den Leuten, die Miklós zu sich holen würden, mit hohen Geldstrafen, es hieß, Miklós sei ein Konterrevolutionär, irgendein Dahergelaufener behauptete, Miklós verteile in den Häusern Flugblätter, stifte die Leute an, den Sozialismus zu sabotieren. Solche Dinge, sagte Mamika, könnt ihr euch das vorstellen?, und Nomi und ich, wir sind sprachlos, wir können nicht einmal »nein« sagen.

Ihr kriegt mich nicht tot, das war die Antwort eures Vaters, und er hat angefangen, den Schwarzmarkt zu beliefern, was weiß ich, wie er zu den Waren kam, die er da angeboten hat, und wieder hat es gut funktioniert, man wusste, der Miklós bringt gute Ware, für viele war er ein Held, der Motor kommt, hieß es, euer Vater auf dem Motorrad.

Fast hätte ich jetzt Ibolya vergessen, mit Ibi, wie sie sie alle nannten, ging es nicht besser, im Park hat euer Vater übernachtet, auf der Bank, am Flussufer, bei einem Freund, überall, aber fast nie zu Hause. Manchmal kam er zu mir, da war es meistens schon früher Morgen, mein Junge, habe ich zu ihm gesagt, was ist los?, nichts, hat er geantwortet, und einmal, es war Februar und es lag mindestens ein halber Meter Schnee, da setzte er sich zum Ofen, rieb sich die Hände, die Ibi kriegt ein Kind, sagte er und schaute mich nicht einmal an. Du wirst Vater, habe ich gesagt, nach einer Schreckensminute, weil mir der Miklós so gefühllos vorkam, warum habt ihr es so schwer, du und Ibolya? Sie lebt in ihrem Kopf, hat Miklós gesagt, und ich bat ihn, mehr zu erzählen, aber er schwieg.

Er hat nichts mehr erzählt?

Gar nichts, und Mamika erhitzt das Fett in der Pfanne, dünstet die Zwiebeln mit ein bisschen Salz, wir müssen die

Suppe aufsetzen, sonst gibt's nichts, wenn eure Eltern zurückkommen, Nomi, die Mamika die Schüssel mit dem geputzten Gemüse hinhält, die Bohnen, Karotten, Petersilienwurzeln, und ich hole kaltes Wasser, reiche Mamika die Kanne, das zischende Geräusch, als Mamika das gedünstete Gemüse aufgießt, so, und jetzt muss ich mich einen Moment lang hinsetzen, Mamika, die sagt, sie habe sich beim Erzählen so verloren in diese Ereignisse, die weit zurückliegen, und jetzt seien sie wieder da, als gehörten sie in die heutige Suppe, und Mamika lacht, reibt sich ihre graublauen Augen.

Janka wurde am ersten Oktobertag geboren, es war ein ungewöhnlich warmer Tag, und an diesem Tag hat Onkel Móric eurem Vater einen Stuhl über dem Kopf zerschlagen, weil er bei einem Freund saß, betrunken, ungewaschen, er hat ihn gepackt, am Kragen, an den Haaren, an den Ohren, er hat auf ihn eingeredet, ihn geküsst, ihn angefleht, aber euer Vater war schon lange bewusstlos. Ibolya lag auf der Entbindungsstation und Miklós bei den Männern, er hatte eine schwere Kopfverletzung, ich habe ihm die Krone aufgesetzt, sagte Móric, und wisst ihr, was ich getan habe?, ich habe ihm eine gelangt, es ist genug, so habe ich geflucht, du benimmst dich wie ein schlechter Herrgott, ab jetzt lässt du den Miklós in Ruhe. Der Móric hat dann lange nicht mehr mit mir gesprochen, und ich war überzeugt, dass der Móric und der Miklós sich nie mehr aussöhnen würden, was dann auch lange genug gedauert hat.

Eurem Vater habe ich ins Gewissen geredet, er könne Ibi nicht so sitzen lassen mit dem Kind, er solle es nochmals mit ihr versuchen, und er hat mich angeschaut mit dem verbundenen Kopf, für Sie werde ich das tun, hat er gesagt; und er hat aufgehört zu trinken, er wurde nicht mehr gesehen, draußen, nachts, und ich habe den Herrgott gefragt, wie lange das dauern wird, nicht lange, ich wusste es, ein paar Monate hat es gedauert, dann hat der Miklós die Ibolya endgültig verlassen, die Scheidung eingereicht.

Ihr müsst mir jetzt etwas versprechen, und Mamika, die Nomis Hand nimmt und meine, unsere Hände, die ineinander liegen, ihr dürft nicht vergessen, dass ihr eine Schwester habt, mehr will ich gar nicht sagen, meine Mädchen, irgendwann werdet ihr mich verstehen.

Miklós war der Erste in der Familie, der sich hat scheiden lassen, und wisst ihr, scheiden hieß, sich mit der ganzen Gemeinschaft anlegen. Schon wieder. Und ich hätte ihn am liebsten gevierteilt, so wütend war ich auf euren Vater, vor allem deshalb, weil es nicht lange ging, da hieß es, der Miklós habe eine andere.

Unsere Mutter?

Ja.

Eine, so hieß es, aus der armen Gegend. Ich hatte noch nie etwas gegen Arme, sagt Mamika, aber jetzt schon, ich war gegen sie, gegen diese neue Frau, es hieß, eine Schöne mit einem schlechten Ruf. Auch das noch, dachte ich, wenn sie wenigstens hässlich wäre, der Miklós lässt sich blenden, schon wieder, habe ich gedacht. Es war eine schwierige Zeit für mich, ich habe mir nicht mehr zu helfen gewusst, aber da hat mich mein Papuci besucht, in einer Nacht, er hat sich auf mein Bett gesetzt, und stellt euch vor, er trug seinen Sonntagsanzug, mit dem wir ihn beerdigt hatten, Mamika, die sich bekreuzigt, im Namen des Vaters, des Sohnes und des Heiligen Geistes; ich habe dich nicht erwartet, mein Vincent, habe ich gesagt, aber er hat nichts gesagt, euer Großvater, er hat mir seine Hände hingehalten, und ich habe einen Moment lang gezögert, soll ich einem Geist meine Hände geben?, so ging es mir durch den Kopf, aber dann habe ich es getan, und die Hände meines Papuci waren so warm, das kann ich euch gar nicht beschreiben, meine

Mädchen, womöglich saß ich die ganze Nacht aufrecht im Bett, ich kann es euch nicht sagen, aber irgendwann merkte ich, dass mich fröstelte und Papuci verschwunden war.

Aber einen Geist kann man doch nicht anfassen, sagt Nomi, wenn man ihn anfassen will, dann ist er wie Luft, Nomi, die mit einer Hand ins Leere greift; ich weiß nicht, wie die Geister im Allgemeinen sind, mir ist der Papuci erschienen, und er war warm, vielleicht war er warme Luft, sagt Mamika, das ist nicht ausgeschlossen, Mamika, die im Topf rührt, eine Bohne herausfischt, so, jetzt können wir die Kartoffeln dazugeben.

Ich habe jedenfalls am nächsten Tag meinen Schatten gesehen, neben dem Ziehbrunnen, ich habe gedacht, Anna, was hast du für einen großen Schatten, und wisst ihr, ich habe plötzlich gewusst, dass ich einen Schritt tun muss in eine Richtung, die mir eigentlich zuwider ist.

Mamika, die Miklós eingeladen hat, ihn und seine Geliebte; Vater und Mutter sind gekommen, sie haben sich an Mamikas Tisch gesetzt, Mutter, Rózsa, die Kaffee mitgebracht hat, eine Stimme und Augen, ich hatte sie sofort gern, erzählt Mamika. Und ein paar Monate später sind Miklós und Rózsa weggezogen, in eine andere Stadt.

Wegen Ibolya?

Vielleicht auch, aber Miklós und Rózsa wollten neu anfangen, und an einem neuen Ort geht das sicher einfacher. Und das Gerede war, na ja, wie soll ich sagen, in dieser Zeit habe ich gelernt, dass es Menschen gibt, die liefern Gesprächsstoff, und die andern, die brauchen ihn. Wie halten Sie so einen Sohn aus, wurde ich gefragt, reden Sie überhaupt noch mit ihm? Nach solchen Fragen habe ich immer zuerst meine Brille abgenommen, einen Moment lang gewartet, und meistens habe ich dann gesagt: Was würdest du mich jetzt fragen, wenn mein Sohn nicht wäre, und Mamika gibt einen großen Löffel Fett in die Bratpfanne, das ist doch eine gute Antwort, findet ihr nicht? Ich glaube, es ist gut, dass ihr jetzt mehr über euren Vater wisst, Mamika, die das Mehl im Fett zum Schäumen bringt, die Pfanne vom Feuer nimmt, bevor sie süßen Paprika dazugibt, ich bin überzeugt, dass jeder Mensch mehr als ein Gesicht hat, und euer Vater, der hat fünf Gesichter, vielleicht hat er auch mehr, und Mamika rührt die Schwitze langsam in die Suppe ein, ich jedenfalls habe fünfmal in meinem Leben gedacht, jetzt kenne ich ihn schon wieder nicht (und ich, die Mamika in die Augen schaut, Ildi, du fragst dich, wie viele Gesichter ich habe?, ich weiß es nicht, das musst du mir sagen, verraten Mamikas Augen), eure Eltern haben ein kleines Lebensmittelgeschäft geführt, und da haben sie den Sándor kennengelernt, der schon mit seiner Frau in der Schweiz lebte, und der Sándor hat eure Eltern auf die Idee gebracht, in die Schweiz auszuwandern und nicht, wie ursprünglich geplant, nach Australien.

Nach Australien?

Wörter wie

Wir müssen besser werden, sagt Mutter an einem Tag Ende Februar, schneller vor allem, und jetzt wird auch alles besser in der neuen Besetzung, sagt sie, wir fangen nochmals neu an, ja?, und wir besprechen, wer wem hilft während den heiklen Zeiten, und die heiklen Zeiten sind zwischen neun und halb zehn, während der Mittagszeit von zwölf bis eins und nachmittags so gegen halb vier bis etwa halb fünf; wir sitzen zu Hause am Wohnzimmertisch, essen saure Gurken, scharfe Salami, Brot, Joghurt, Mutter, die während dem Essen eine Liste schreibt mit den wichtigsten Punkten, die wir beachten müssen, im Service, im Buffet, in der Küche, Nomi, die meint, wir sollten es nicht übertreiben, auch wenn nicht alles perfekt geklappt habe, sei unser Start doch ganz gut gewesen. Genau, Nomi hat recht, sagt Vater und schneidet mit dem großen Fleischmesser hauchdünne Scheiben von der Salami (und ich würde Vater am liebsten sagen, wie gern ich ihm zusehe, wenn seine Hände so ruhig und sorgfältig arbeiten), Mutter, die nach einer Scheibe langt, uns dann alle der Reihe nach anschaut und einen Satz sagt, den sie in nächster Zeit noch ein paarmal sagen wird, von dem ich nicht weiß, wie ich ihn verstehen soll: Wir haben hier noch kein menschliches Schicksal, das müssen wir uns erst noch erarbeiten.

Und weil Mutter die Einzige ist, die eine Ahnung vom

Ganzen hat, vom ganzen Betrieb, muss sie überall aushelfen, vor allem in der Küche, Vater, der in den ersten Wochen überfordert ist, weil Koch gar nicht sein Beruf ist, er aber alles perfekt machen möchte, nicht nur zu viel, sondern auch alles frisch kocht, und zwischendurch nippt er am Kochwein, weil es so heiß ist, eine unerträgliche Hitze in dieser Spielzeugküche! Das ist der Anfang vom Ende, wenn du trinkst, sagt Mutter auf Ungarisch, das weißt du, am Abend meinetwegen, aber nicht in der Küche, niemals, das hast du mir versprochen, ja, ich hab's dir versprochen, sagt Vater kleinlaut, ich muss mich doch erst mal ein bisschen einleben hier; Dragana, die schon morgens um sieben anfängt, ihren Walfischbauch gegen den Abwaschtrog drückt, Salate rüstet, Gemüse zerkleinert (immer nach Knoblauch riecht, was ich unangenehm finde), Dragana, die dauernd irgendetwas tut, die in den ersten Wochen fast kein Wort gesprochen hat, außer *ja, isch gut*, als Antwort, wenn Vater ihr sagt, was sie als Nächstes zu tun hat, ihre Einsilbigkeit, die sich schlagartig ändert, als Glorija anfängt, bei uns zu arbeiten, Dragana und Glorija, die sich in rasender Geschwindigkeit auf Serbokroatisch unterhalten; und Marlis?, sie ist die Einzige der ehemaligen Angestellten, die bei uns bleibt, sie wäscht ab, putzt, das rhythmische Klacken ihrer schweren weißen Holzschuhe, das genauso zu den Geräuschen der Küche gehört wie das Surren der Mikrowelle und das gierige Saugen des Dampfabzugs. Und Mutter, meistens ist sie es, die mit Schrubber, Eimer, Lappen, Plastikhandschuhen in die Toilette huscht, um die Lache, die sich mindestens einmal wöchentlich neben dem Pissoir bildet, aufzuwischen – Toilette kontrollieren, steht zuoberst auf Mutters Liste, so oft es geht!

An einem ungewöhnlich kalten Märztag, so kalt, dass man meinen könnte, es sei noch Winter, schäume ich Milch. Ich sehe meine Hände, wie sie die Kanne halten und eine gleichmäßige, nicht allzu schnelle Bewegung in der Vertikalen vollführen, der Dampfhahn fährt also langsam durch die blubbernde Milch, ich achte darauf, dass der Dampfhahn den Kontakt zur Milch nicht verliert, weil sie sonst sofort überall hinspritzt, die Kaffeemaschine sprenkelt, die Theke, die Hände, die Bluse. Und das geschieht immer schneller, als man meint.

Weil ich viel Milchschaum brauche, heiße Milch sich nicht mehr schäumen lässt, muss ich ständig umleeren, der heißen Milch kalte zufügen, und ich denke daran, dass es sicher eine plausible chemische Begründung gibt, warum sich heiße Milch nicht mehr schäumen lässt, die kenne ich aber nicht. Dafür kenne ich den Trick mit dem Mineralwasser, ein kleines bisschen Mineralwasser in die Milch, schon lässt sie sich leichter schäumen; Mamika, die mir beigebracht hat, dem Palatschinkenteig nicht nur Milch, sondern auch Mineralwasser beizugeben, dann wird der Teig luftiger und brennt in der Pfanne nicht so leicht an.

Wenn ich mich zu sehr aufs Schäumen konzentriere, gelingt es garantiert nicht. Deshalb stelle ich die Milchkanne am Anfang unter den Dampfhahn, spanne in der Zwischenzeit den Kaffee ein, bereite das Tablett vor mit Untertassen und Löffeln, ich verlasse mich auf mein Ohr, das genau hört, in welchem Stadium sich die Milch befindet. Es ist ein charakteristisches Geräusch, das immer höher wird, je heißer die Milch ist, und mir, wenn es eine bestimmte Frequenz erreicht, anzeigt, dass ich die Kanne jetzt in die Hände nehmen muss, will ich die Milch noch zum Schäumen bringen – und ich schaue kurz aus dem Fenster, das sich vor mir, im Rücken der Gäste befindet, wo der nackte Kastanienbaum seine Fäuste zeigt.

Obwohl ich im Inserat »Schweizerinnen bevorzugt« geschrieben habe, haben sich ausschließlich Ausländerinnen gemeldet (ich, die es geschrieben hat, denke an uns, an die Familie Kocsis, was es bedeutet, wenn wir Schweizerinnen bevorzugen. Nichts. Es bedeutet nichts, es ist einfach so, sage ich mir), Glorija, die von allen Bewerberinnen noch am ehesten als Schweizerin durchgeht, fast fließend Deutsch spricht, also Dialekt, Vertrauen erweckende Augen und gute Arbeitszeugnisse hat, so Mutter, fängt Anfang März an, bei uns zu arbeiten, als Serviertochter, und Nomi und ich, wir teilen uns die zweite Serviceschicht auf, arbeiten ansonsten im Buffet. Und dein Studium?, hat mich Mutter gefragt. Kann warten, eine Zeit lang.

Der Samstag ist normalerweise der hübsche Tag mit der rosaroten Schleife und dem toll aufgeschäumten Milchkaffee, so Nomi – aber heute ist nicht Samstag, sondern ein ganz normaler Mittwoch, an dem der Turnverein bei uns Jubiläum feiert, ich also Milchschaumberge fabriziere, hinter dem Buffet hantiere, ich, die übrigens eine schwarz-weiß gestreifte Bluse trägt und einen Jupe, der mich zum Trippeln zwingt. Ich sehe mir zu, ich, die in einer notwendigen Verkleidung bereitsteht, zeige, dass ich eine geeignete Buffettochter bin, ich, der Kuckuck hinter der Theke, glücklicherweise, denn im Service fühle ich mich vogelfrei, freie Sicht auf sie, die ich bin, aber heute nicht, heute schützt die armeegrüne Theke wenigstens den unteren Teil des Körpers, ja, ich bin jedes Mal froh, wenn ich mit Nomi den Dienst tauschen kann, sie für mich im Service arbeitet.

Great, darling, sagt Glorija, um mich für meine Arbeit auszuzeichnen, und wenn man wirklich *great* ist, kann man aus einem halben Liter Milch, Luft und Dampf drei cremige Cappuccini-Schäume mixen. Zum Abschluss bestäube ich die Milchschaumspitzen mit Schokoladepulver, und die Bewegung meiner Hand, mit der ich die Bestäubungsaktion vornehme, muss leicht und ruhig sein, sonst fallen die fragilen Berge in sich zusammen; ich frage mich wieder, welcher chemische Prozess diesen Zerfall hervorruft. Ich weiß nur, dass das Bestäuben ein feines, leicht zischendes Geräusch verursacht, wenn ich das Schokoladepulver in der richtigen Dosis, nämlich maßvoll, brauche, und wenn ich von einer ruhigen Handbewegung, die für diese Tätigkeit erforderlich ist, gesprochen habe, dann meine ich ein behutsames Tippen des Zeigefingers an die gekippte Dose. Mutter und ihre Schwester, meine Tante Icu, die über Handarbeit gesagt haben, dass sich die Hände schön, in einem ruhigen Fluss bewegen sollen, egal, ob man einen Teig knetet, Konfitüre kocht, stickt, flickt, die Hände müssen angenehm warm werden, dann wird alles gelingen, auch der schwierige Strudelteig.

Und das ist es, was mich an dieser Arbeit interessiert, nämlich die erforderliche Handbewegung möglichst leicht, in einem immer schöneren, das heißt ruhigeren Schwung auszuführen, und ich möchte jeden Tag merken, dass meine Hände die Tätigkeiten des Ausspannens, Ausklopfens, Einspannens besser verstehen und somit der Kaffee mehr als eine solide Qualität erreicht, ich möchte das Zusammenspiel zwischen meinen Händen und der Cimbali, einer Drei-Kolben-Maschine mit Siebträgern, beheizter Tassenabstellfläche und Edelstahlfront – so steht es in der Bedienungsanleitung –, perfektionieren, obwohl ich weiß, dass es negative Einflüsse gibt wie feuchtes, windiges Wetter und Vollmond, gegen die ich nichts ausrichten kann. All dies bedingt, dass ich beim Arbeiten nicht abschweife, mich mit nichts anderem befasse als mit den eben beschriebenen Tätigkeiten.

Von unseren Verwandten könnte niemand hier arbeiten, im Mondial, denke ich an diesem kalten Märztag, ich, stundenlang Milch schäumend (so kommt es mir vor), weder im Service noch im Buffet könnten Tante Manci und Tante Icu arbeiten, egal wie gekonnt ihre Arbeit mit den Händen ist, und dieser Gedanke hat einen unangenehmen Ton, bin ich davon ausgegangen, dass sie irgendwann hier bei uns arbeiten?, meine Onkel, die mit ihrem je speziell schadhaften Gebiss jeden Gast misstrauisch machen würden, denen wir unmöglich beibringen könnten, ihr Zahn-Zahnlücke-Lachen zu verstecken; Csilla, Tante Icus und Onkel Piris Tochter, die jetzt Mitte dreißig ist, an einer Hautkrankheit leidet, keinen einzigen Zahn mehr im Mund hat und auch kein Geld für ein Gebiss, wie uns Tante Icu irgendwann geschrieben hat (Csillas Zähne, die ein Dauerthema sind, da sie damals, als sie einen Sommer lang bei uns gearbeitet hat, in unserer ersten Cafeteria in der Schweiz, Mutter hoch und heilig versprochen hat, einen Teil des verdienten Geldes auf die Seite zu legen für schöne, neue Zähne, dann kannst du auch wieder richtig essen, du bist ja so dürr wie Herbstlaub, sagte Vater! Csilla, die damals in der Küche gearbeitet hat, im ersten Stock, unsichtbar für die Gäste, und mach ja deinen Mund nicht auf, auf der Straße!, haben wir zu ihr gesagt, Nomi und ich, sonst rennen alle vor dir davon, die Schweizer sind so was nicht gewohnt), und wohin mit Béla, frage ich mich, es wäre fast am schwierigsten, meinen Cousin unterzubringen, Tante Icus und Onkel Piris Sohn, Bélas Zähne, die zwar einigermaßen in Ordnung sind, aber er wäre imstande, mit allen einen Streit anzufangen, auch ohne ein einziges deutsches Wort zu sprechen, würde er alle provozieren, Béla, der minutenlang undurchdringlich schauen kann, es gar nicht merkt, wahrscheinlich deshalb, weil er normalerweise stundenlang in den Himmel schaut.

Glorija, die übrigens aus Kroatien stammt und perfekte Zähne hat (das haben wir sofort gesehen beim Bewerbungsgespräch), bestellt immer noch Cappuccini, und das an einem ganz normalen Mittwoch!, und ich fabriziere weiterhin Milchschaumberge, bestäube die fragilen Spitzen, zeichne zwischendurch mit dem Rahmbläser ein spiralartiges Gebilde für einen Kaffee Mélange, und Tante Icu könnte phantastische, schwindelerregende Torten backen, ich meine, Tante Icu würde mit ihren überdimensionierten, großräumigen Torten alle in eine traumhafte Erregung versetzen, Schichten über Schichten aus Biskuit und Creme, und ja, es dauert eine Weile, bis man von der mit karamellisierten Zuckerzärtlichkeiten geschmückten Tortenoberfläche die unterste Schicht aus Biskuit erreicht, ich würde es ihnen gern erzählen, dem Verein oder sonst wem, dass Tante Icu Zuckerbäckerin und Gärtnerin ist und in einer Hanffabrik arbeitet, dass man sie eigentlich mit einer Concorde 787 einfliegen müsste, damit sie mit ihren beseelten Händen, wie Onkel Piri sagt, eine Creme aus natürlichen Sünden rühren könnte.

My darling, ruft Gloria, ich brauche noch einen frisch gepressten Orangensaft, und ich, mit meiner schwarz-weiß gestreiften Bluse, beeile mich, drei Orangen zu halbieren, die wunde Fläche auf den unteren Teil der Presse zu legen, den schwarzen Hebel rasch nach unten zu ziehen, zu drücken, bis schließlich aus den Orangen der erwünschte Saft schießt, und meine Mutter taucht hinter der Theke auf, fragt, ob sie mir helfen könne, ja, ich brauche noch zwei kalte Schokoladen, drei Rivella, einen gespritzten Apfelsaft, und eine Frage, die musst du mir auch noch beantworten, sage ich. Das hat aber noch ein bisschen Zeit, oder?, und Mutter klemmt die kalte Milch mit dem Schokoladenpulver in den Mixer, Gloria, immer noch Bestellungen aufgebend, und die ziemlich laut surrende, blubbernde, pfeifende Komposition für Dampfhahn, Kaffeemaschine, Mixer verhindert im Moment sowieso jede Unterhaltung hinter dem Buffet, wir können bald eine kurze Pause machen, sagt Mutter.

Und als wir eine halbe Stunde später am Personaltisch sitzen, Nomi sich zu uns setzt, frage ich, Mutter, hast du noch nie daran gedacht, dass Tante Icu bei uns in der Küche arbeiten könnte? Ich meine, wir könnten doch wenigstens Tante Icu zu uns holen, und ich spreche ganz leise, fast flüstere ich, weil es plötzlich so still ist in der Cafeteria, sogar das dezente Ticken der Wanduhr ist zu hören, weil jetzt fast keine Gäste mehr da sind, Mutter, die mich anschaut, sie schaut mich lange mit ihren großen Augen an, und ich weiß nicht, ob es stimmt, dass die Augen das Spiegelbild der Seele sind, vielleicht spiegeln sie wirklich etwas, das im tiefsten Inneren eines Menschen vor sich geht, aber was nützt einem das, wenn man es nicht zu lesen versteht? Ich, die gelernt hat, in Mutters Augen zu lesen, bin fassungslos, weil ich sie so nicht kenne, das Grün ihrer Augen, das fast schwarz wird, der flächige, weiche Glanz, der sich zu einem Punkt zusammenzieht, was ist los, denke ich, Mutter, sage ich (und schaue zu Nomi), ich habe mir gerade vorgestellt –

Meinst du, ich habe noch nie daran gedacht, was ich tun könnte für Tante Icu? Doch, schon, sage ich, aber Mutter lässt mich nicht weiterreden, ihre Augen, die mich ohrfeigen, weißt du, was ich nachts tue?, weißt du, ob ich schlafe?, du, du bist doch so empfindlich, Ildi, und jetzt? (Mutters Blick, der mich nicht am Ohr, sondern an der Wange trifft), und was meinst du würden Onkel Piri und Csilla tun ohne sie?, wie soll sie denn ausreisen, wie sollen wir ein Visum für sie bekommen?, meinst du, ich zerbreche mir nicht den Kopf darüber, was wir tun könnten, weißt du, wie oft ich schon vergeblich mit der serbischen Botschaft telefoniert habe, seit 1991 der Krieg ausgebrochen ist?, Glaubst du, das lässt mich kalt, was unsere Familie jetzt ertragen muss?

Nomi, die Mutters Hände nimmt, nein, das hat sie nicht gesagt, du bist nicht fair, sagt sie.

Fair?, was ist das wieder für ein Wort von euch, von mir, sagt Nomi, fair heißt gerecht, gut, dann hab' ich wieder einmal etwas gelernt, und jetzt könnt ihr etwas lernen. Neulich habe ich Icu einen Brief geschickt und Geld, Deutsche Mark, mindestens ein halbes Jahr hätten sie und Onkel Piri davon leben können. Meint ihr, der Briefträger fährt dort wie in der Schweiz mit einem gelben Motorrad von Haus zu Haus und bringt mit einem freundlichen »Hallo« die Briefe vorbei? Meint ihr, die Post kommt noch da an, wo sie ankommen sollte? Meint ihr, es gibt da noch irgendeinen ehrlichen Menschen in den öffentlichen Ämtern? Wie soll ich es anstellen, dass auf meinem Brief keine Briefmarke aus der Schweiz drauf ist, sagt mal, habt ihr eigentlich schon mal irgendwas überlegt, das über eure Nasenspitze hinausgeht? (normalerweise sagt das Vater), Mutter, die schon längstens ins Ungarische gewechselt hat, offenbar vergessen hat, dass wir nicht zu Hause sind, ich will nicht über den Krieg – *háború* – reden, hört ihr, wir können hoffen, dass es bald vorbei ist, das ist das Einzige, was wir tun können, Ildi, ich kann nicht verstehen, dass du so was fragst, ich kann nicht verstehen, dass du mitten in der Arbeit mit so was anfängst, so leichtfertig, Glorija, die den Kopf zu uns dreht, fragt, ob alles gut sei, ob sie uns noch einen Kaffee machen solle. Die Pause ist fertig, sagt Mutter, steht auf, schaut mich nicht mehr an, weder mich noch Nomi, und wahrscheinlich ist es ihr Kleid, die Art, wie ihr Kleid seitlich und energisch ausschwingt, die mir verrät, dass es eine fast unmenschliche Energie braucht, um die Normalität, den Alltag hier aufrechtzuerhalten – eine Energie, die ich nicht werde aufbringen können.

Nomi und ich, wir schauen uns kurz an, stehen dann gleichzeitig auf, um weiterzuarbeiten.

Ja, wahrscheinlich war es leichtfertig von mir, ich habe mir tatsächlich nicht viel überlegt, und dann war ich völlig erschlagen von Mutters heftiger Reaktion, wir, die eigentlich nie über den Krieg reden zu Hause, und als der Krieg in Jugoslawien ausbrach, sagte Vater nur: Das ist ein Krieg, der wird schnell zu Ende sein. Schnell?, wie schnell, habe ich gefragt. Ein paar Monate, höchstens. Ein Verbrecher wie Milošević hat heute keine Zukunft mehr in Europa, und es klang so überzeugend wie die Stimme eines geübten Fernsehsprechers, Vater, der sich seit Ausbruch des Krieges die frühen Nachrichten anschaut, die regulären, zur besten Sendezeit, und die Spätnachrichten, er zappt vom deutschen zum österreichischen zum ungarischen Sender und wieder zurück (unsere Sprache, die seit ein paar Monaten per Satellit in unser Wohnzimmer gekommen ist), wir sitzen auf dem Sofa, Nomi, Mutter und ich, schauen manchmal mit, hören zu, worüber sie berichten, auf ARD oder im ORF oder MTV *(Magyar Televízió)*, und wir warten, was Vater von seinem Sessel aus dazu sagt: Dazu braucht's Mut, ist aber das einzig Richtige, meint er, als Deutschland und Österreich die Unabhängigkeitserklärung von Kroatien und Slowenien anerkennen. Und wir sitzen am Esstisch, als im Mai 1992 der UN-Sicherheitsrat ein umfassendes Embargo gegen Serbien und Montenegro verhängt, endlich tun sie etwas, sagt Vater, es ist doch klar, dass einschneidende Maßnahmen ergriffen werden müssen, um diese verdammten Kommunisten endlich zu vertreiben, die Kommunisten und die Serben, was ja ein und dasselbe ist! Und wir essen kalt, Brot, Schinken, Käse, hart gekochte Eier, eingelegte Peperoni, so wie wir es an allen anderen Abenden auch tun.

Vielleicht haben wir vergessen, dass die Vojvodina zu Serbien gehört, dass die einschneidenden Maßnahmen, wie der Nachrichtensprecher sagte, wie Vater sagte (und auf

Ungarisch klingen die einschneidenden Maßnahmen noch einschneidender), auch unsere Familie treffen werden, dass das Handels-, Öl-, Luftembargo möglicherweise drastische Auswirkungen haben wird auf das Leben von Tante Icu, Tante Manci, Onkel Móric, Onkel Piri, Béla, Csilla, Großonkel Pista, aber vielleicht haben wir gar nichts vergessen, denkt jemand von uns eine Sekunde lang sogar an Juli, an Julis Mutter oder an Herrn Szalma, Mamikas Nachbarn, möglicherweise fällt jemandem von uns das winzige Geschäft ein, an der *Beogradska*, wo Mutter ihre kaufmännische Lehre gemacht hat, dass dieses winzige Geschäft, in dem Nomi und ich jedes Jahr Salzstangen, Süßigkeiten, Tonic und Traubisoda gekauft haben, jetzt ganz leer ist, geschlossen, wie uns Onkel Móric und Tante Manci in ihrem letzten Brief geschrieben haben.

Wir essen, essen weiter, reden über den nächsten Tag.

Weißt du, was mit Mutter los war?, frage ich Nomi, als wir zusammen mittagessen.

Nicht so schwierig zu verstehen, antwortet Nomi, sie hat Angst.

Vater und ich, wir gehen zusammen den Hang hinunter, und ich wundere mich jedes Mal darüber, dass wir fast gleich schnell gehen, mein Vater hat kleine Füße, denke ich, nicht viel größer als ich, wahrscheinlich deshalb, und Vater zündet sich eine Zigarette an, meistens an derselben Stelle, wo man auf den See hinuntersieht, der jetzt noch schwarz daliegt, eingerahmt von Lichtern, von Gelb bis Orange, oder ist der Himmel der See? Zu dieser Tageszeit sind die Dinge noch nicht klar voneinander unterscheidbar, denke ich, Vater und ich, wir reden selten, wir gehen, und Vaters Rauch kitzelt meine Nase, ich weiß nicht, ob Vater unserem Gehen zuhört, den Geräuschen, unseren pendelnden Armen, unseren Schritten.

Du hast mit dem Studium aufgehört, hat Mutter erzählt, sagt Vater, in einen unserer Schritte hinein, nein, nicht aufgehört, nur reduziert, antworte ich, vorübergehend. Wird man dich nicht vermissen da, beim Studium?, fragt Vater und zeigt mit der brennenden Zigarette auf einen Igel, der soeben unter einem geparkten Auto verschwindet. Kann mir ja alles selber einteilen, sage ich und möchte Vater bitten, still zu sein, weil ich diese Viertelstunde, in der wir schweigend zusammen gehen, mag, weil ich mich während der Zeit, in der wir uns in diesen dunklen Tönen bewegen, frei fühle, und ich könnte ein bisschen später ins Dorf hinunterfahren, mit dem Bus, dann könnte ich sogar länger schlafen, aber das will ich nicht, mich in diese Dorfbus-Atmosphäre setzen, frühmorgens in ausgeleuchtete Gesichter sehen, das ertrage ich nicht.

Die Schule ist das Wichtigste, sagt Vater, wir sind froh, wenn du uns hilfst, aber die Schule muss weitergehen, und ich sage nichts, sage nicht, Vater, hör auf, »Schule« zu sagen, das ist keine Schule, sondern die Universität, ich bin eine von zwanzigtausend Studierenden, die unklare Vorstellungen haben, sich in irgendwas vertiefen, sich in riesigen Bibliotheken verirren, und bis jetzt finde ich nur einen Professor überzeugend, der eigentlich gar kein Professor ist, sondern ein Privatdozent, an der Universität, meine Damen und Herren, werden Sie lebendig begraben, sagt er, ohne die Miene zu verziehen, Sie müssen sich darauf einstellen, dass Sie nichts weiter sind als Angestellte in einem musealen Betrieb, und wenn Sie das akzeptiert haben, können Sie anfangen, eigenständig zu denken, gegen den Strom zu schwimmen (Vater, dem ich gern erzählen würde, dass ich seit einem Jahr nicht mehr Rechtswissenschaften studiere, dass ich mir ein Semester lang Vorlesungen in Philosophie, Religionswissenschaften, Literatur, Pädagogik angehört habe, aber das Einzige, was mich interessiere, ist Geschichte, die Geschichte der Neuzeit und Schweizer Geschichte; Vater, der mit Wissen schwer zu überzeugen ist, vor allem mit Geschichte, weil er ja Geschichte selber erlebt habe, deswegen reagiert er jetzt schon allergisch, wenn ich ihm etwas über den Zweiten Weltkrieg erzähle, hast du das in einem Buch gelesen?, fragt er dann gereizt, der Zweite Weltkrieg passt in kein Buch, meint Vater, und da gebe ich ihm sogar recht, und aus diesem Grund habe ich Vater noch nicht erzählt, dass ich Geschichte studiere, weil es für ihn am weitesten von dem entfernt ist, was ein sinnvolles Studium ist, gut, dass du nicht Zahnärztin werden willst, das kann ich ja verstehen, es gibt Schöneres, als allen in die Innenausstattung zu schauen, aber warum nicht Ärztin?, am besten aber Rechtsanwältin! Ein Beruf schwarz auf weiß, nennt das Vater, das brauchen die Menschen immer, weil sie immer streiten, und dann verdienst du viel Geld und kutschierst mich in einer Limousine durch die Welt – Vater, nachdem er ein paar Schnäpschen getrunken hat), und Vater bleibt plötzlich stehen, vor der Treppe, die zum Bahnhof führt, warum gibst du mir keine Antwort, und ich, ich habe schon die ersten zwei Stufen der Treppe genommen, bleibe dann stehen, drehe mich zu Vater, ich mache weiter, das hab ich dir ja schon gesagt, und ich merke, dass meine Stimme wenig überzeugend klingt, such dir einen anderen Grund, wenn du aufhören willst, sagt Vater und kommt auf mich zu mit seiner dunkelgrünen Wildlederjacke, Vaters Locken, die in diesem Dämmerlicht wild aussehen (ich, die Vater nicht sagen kann, dass sie immer noch am Suchen ist, weil das für Vater ein Reizwort ist, suchen, ihr sucht immer etwas, alles ist da, hängt vor eurer Nase, und was tut ihr?, ihr seht Sternchen überall um euch herum, dreht euch im Kreis wie dumme Tiere), und als Vater auf derselben Stufe steht wie ich, schauen wir uns einen Moment lang an, ein Schnellzug fährt an uns vorbei, vielleicht hat Vater etwas gesagt, als es laut dröhnte, die kalte Luft uns ins Gesicht schlug, unsere Haare auffliegen ließ; wir nehmen im gleichen Schritt die Stufen, gehen durch die Unterführung und die paar Schritte, die es noch sind bis zum Mondial.

Drei Sonnen mit Strahlen und Gesichtern, die uns anlachen, als wir vor unserer Eingangstür stehen, was ist denn das?, drei Flugblätter, A4, die fein säuberlich, mit durchsichtigen Klebstreifen fixiert, auf der Glasscheibe unserer Eingangstür kleben. Eine Einladung zum *Puure Zmorge*, sage ich, Bauernfrühstück, gratis! Was soll das?, warum klebt das Zeug da an unserer Tür, und Vater fängt an, die Klebstreifen vom Glas zu kratzen. Die legen Wert auf unseren Besuch, sage ich, die Schweizerische Volkspartei, man darf umsonst *Chäs und Wurscht* essen, dafür wollen sie als Gegenleistung eine Unterschrift, in der man eine Initiative unterstützt, meist eine menschenfeindliche. Die ist hier gut vertreten, in der Gemeinde, die svp, und ich schaue mich um, vielleicht ist er ja noch zu sehen, der Botschafter. Ist mir völlig egal, wer hier wie vertreten ist, sagt Vater, hilf mir lieber, wir haben nicht mehr viel Zeit. Lass sie doch kleben, sage ich, wir können ja noch einen Zettel dazuhängen, ein Dankeschön an die unbekannte Person, die uns zum *Puure Zmorge* eingeladen hat.

Hülye csíny, sagt Vater. Was?, frage ich. Und Vater übersetzt, weil er glaubt, ich hätte die ungarische Wendung nicht verstanden, ein *Streik*, ein dummer *Kinderstreik*, sagt er, Streich, antworte ich (aber professionell geklebt, denke ich), und Vater und ich, wir kratzen, rubbeln an verschiedenen Stellen, und weil das Klebband hartnäckig ist, holt Vater eine Kuchenspachtel und Alkohol, so eine blöd gemalte Sonne kann man doch nicht ernst nehmen, sagt Vater (der sich nicht für die Schweizer Politik interessiert, die Politiker hier sind Schlafsäcke, die Schweizer Politik ist etwas für Rentner, sagt er und schaut sich die Debatten an, die vom deutschen Bundestag übertragen werden), Schweizerische Volkspartei, was soll denn das sein?, fragt Vater mich in allem Ernst, das klingt für mich wie tiefster Kommunismus, Volk!, Partei!, Vater, der ganz offensichtlich alles wieder vergessen hat, was er für die Einbürgerungsprüfung hat lernen müssen, und ich frage mich, ob die Experten der Einbürgerungskommission meine Eltern auch über die Schwarzenbach-Initiative abgefragt haben, die sogenannte Überfremdungsinitiative, die eine zahlenmäßige Begrenzung des ausländischen Bevölkerungsanteils in der Schweiz erreichen wollte; Mutter und Vater, die nicht oft, aber ab und zu darüber erzählt haben, über die Wochen vor dieser Abstimmung, wie sie überhaupt von der Abstimmung erfahren haben, mit ihrem spärlichen Deutsch erst mit der Zeit begriffen, dass es um sie ging, um ihr Leben, dass etwa die Hälfte der Ausländerinnen und Ausländer die Schweiz hätte verlassen müssen, wäre die Initiative angenommen worden. Sie hätten Angst gehabt, in die Vojvodina zurückzukehren mit fast nichts, wieder von Neuem anzufangen, zurück in diese jugoslawische Wüste, sagte Vater, zu diesen idiotischen Titoisten!, aber ein gewisser Respekt sei geblieben seit diesem *Schwarzback*. Respekt? Ja, dass man immer damit rechnen müsse, ausgewiesen zu werden. Vater, der sich am 7.6.1970 ins Wohnzimmer von Herrn Fluri setzen und mit ihm Radio hören durfte, sein Chef habe eine Flasche Bier aufgemacht, mitten am Nachmittag, als der Radiosprecher das Resultat bekannt gab – ziemlich knapp, aber abgelehnt!, habe sein Chef gerufen, und: *Proscht, uf ois*, auf uns, Miklós! Und sie hätten sogar eine zusammen geraucht, und er habe die Asche seiner Zigarette ganz vorsichtig in den Aschenbecher aus Kristall getippt. 75 %!, habe sein Chef immer wieder gesagt, das sei eine große Sache! Miklós, du musst dir vorstellen, drei Viertel eines Kuchens ist an die Urne gegangen, um abzustimmen! Und Vater musste innerlich lachen, weil er sich vorstellte, wie ein angeschnittener Kuchen ins Gemeindehaus spaziert, um einen Zettel in den Schlitz zu werfen. *Ein grosse Dank an Schwiiz!*, sagte mein Vater, als sie das nächste Mal die Gläser gegeneinanderstießen, und sein Chef sei ganz gerührt gewesen über seinen Trinkspruch, ja, Miklós, Prost!, *es grosses Dankeschön ad Schwiizer Männer!*

Als wir die Fensterscheibe nochmals prüfen, ob sie wirklich sauber ist, ich Vater noch etwas über die Schweizerische Volkspartei erzählen möchte, grüßt uns schon der erste Gast, guten Morgen, ich bin etwas zu früh, sagt er, ich hoffe, das macht Ihnen nichts aus. Nein, nein, antworte ich schnell, als müsste ich etwas verbergen, die drei Flugblätter, die ich noch in der Hand halte, wir sind ja auch schon da, sage ich, und der Gast lacht, ja, tatsächlich!, und wir lachen alle zusammen, über meinen Witz, der nicht beabsichtigt war.

Heute arbeite ich im Service.

Und auch mein Rücken ist aufgeregt, ich habe ständig das Gefühl, dass ich jemanden übersehe, der bestellen oder zahlen will (den Überblick darf man beim Servieren nie verlieren!), und ich bestelle fünf Kaffees, drei Espressi, zwei dunkle Milchkaffees, Nomi, die mittlerweile hinter der Theke steht, heute hinter dem Buffet arbeitet, die Glückliche, denke ich (in einem Kleinbetrieb, in einem Familienbetrieb muss man jeden Arbeitsschritt von Grund auf beherrschen), Nomi, die schnell arbeitet, genau, die mir hilft, weil ich den Überblick zu verlieren drohe, jetzt, um neun Uhr, und die Tür geht ständig auf und zu, die Beamten und Bauarbeiter, die alle um dieselbe Zeit Pause haben, möglichst rasch bedient werden wollen, Nomi, die mich mit einem Blick beruhigen kann, mit einer kleinen Geste, die mir ein Glas kaltes Wasser hinstellt, und es ist eine Kunst, im Service auch beim schlimmsten Ansturm allen das Gefühl zu geben, dass sie, das Fräulein, nur dazu da ist, die unterschiedlichsten Wünsche schnell und ohne Hektik zu erfüllen, und wenn man wirklich professionell ist, kann man da und dort noch etwas Passendes sagen, ein unaufdringliches Kompliment platzieren (Sie haben aber eine schöne Brosche), und wenn man so professionell ist, dass einem niemand die Professionalität anmerkt, dann läuft wirklich alles spielend, rund, und jeder Gast fühlt sich individuell bedient, nicht abgefertigt, merkt nicht, dass jeder Platz in der Cafeteria besetzt ist.

Nomi stellt meine Bestellung aufs Tablett, was eigentlich

meine Aufgabe wäre, Nomi, die außerdem das Radio nie anstellt, wenn ich im Service arbeite, weil sie weiß, dass mich das nervös macht, der Pfister hat sein Ei schon bekommen, sagt sie leise und zwinkert mir zu (und Mutter hat uns verboten, uns in unserer Geheimsprache zu unterhalten, weil das die Gäste provoziert, dann glauben sie, dass wir über sie tratschen), ich setze mich mit vollem Tablett in Bewegung, um die Menschen zu besänftigen, denke ich, und ich mag die Bauarbeiter, ihre ausgehungerten Augen, die ungeduldig warten, ihre müden Gesichter, die sich keine Mühe geben, nett auszusehen, sechs, sieben Männer, die am Tisch sitzen, rauchen, kauen oder Kaffee trinken, die aber vor allem eines nicht wollen, nämlich zu viel reden, guten Morgen!, und ich stelle die Kaffees auf die zusammengerückten Tische, alle trinken Kaffee, stark, mit viel Zucker, und auch deswegen mag ich die Bauarbeiter, weil sie klare Wünsche haben.

Um neun Uhr ist der Lärmpegel hoch, es fällt deshalb niemandem auf, dass das Radio ausgeschaltet ist, und das ist der einzige Vorteil am Neun-Uhr-Ansturm: Im Stimmengewirr beschwert sich niemand darüber, dass *Friedhof* ist (Glorija, die sagt, dass *Friedhof* sei, wenn keine Musik läuft, Musik gehöre dazu, um sich wohl zu fühlen, beim Kaffeetrinken, in Zeitschriften Blättern, eine schöne Melodie mache den Tag positiv), unterschiedliche Tonlagen, Dialekte, gepresste Nackenstimmen, die sich immer durchsetzen wollen, und nuschelnde, undeutliche Stimmchen, zu denen ich mich dezent hinbücke, und gerade in diesem Stimmenchaos fällt mir auf, welche Stimmen wie auf mich wirken, dass es manchmal nur ein Wort in einem schrillen Frequenzbereich braucht, *Froilein zalle!,* dass ich mich in mein Innenleben zurückziehe (es gibt keinen schlimmeren Fehler im Service, als die Nerven zu verlieren, in der Küche geht das, im Service nie, nicht einmal im größten Stress!), ja, Mutter hat schon recht, ich arbeite nicht gern im Service, und das Einzige, was mich herausfordert, ist, ob ich es schaffe, von sechs bis zwei ein Fräulein zu sein (es geht also gar nicht um die Nerven, denke ich).

Laufen, das ist ein weiterer Grundsatz, ist absolut verboten, egal, was passiert, egal, wie rasch sich die Cafeteria füllt, man darf höchstens schnell gehen (zackig, aber nicht überhastet, flink, aber niemals übereilt), eine Kellnerin, die rennt, hat bereits etwas verpasst, ist schon zu spät (wir müssen den Gästen das Gefühl geben, dass uns unsere Arbeit leichtfällt, versteht ihr?), und ich, die versteht, versuche, um neun Uhr den Überblick nicht zu verlieren, elegant beiläufig den Kaffee zu servieren, einzukassieren, die Gäste nicht zu drängen (auch wenn wir nicht mehr wissen, wo uns der Kopf steht), und Nomi übernimmt die Tische bei der Theke, die Strumpfhose übt einen unangenehmen Druck auf meine Schenkel aus, Nomi, die mir zu verstehen gibt, dass wir alles im Griff haben, um halb zehn wird der Spuk vorbei sein, mein Blick zur Wanduhr, und es ist nicht wahr, dass die Zeit schnell vergeht, wenn man viel zu tun hat, Nomi und ich, die genau wissen, dass die Zeit zwischen neun und halb zehn in einzelne, endlos lange Minuten zerfällt und wie viele Blicke, Hände, Krawatten, Blusen, Eheringe, Turmfrisuren, Glatzen, Zigarettenmarken, Duftnoten, Titelseiten, Schlagzeilen man in einer halben Stunde aufnehmen kann oder zumindest mit dem Blick streifen kann.

Du, wie sich die auf dem Balkan die Köpfe einschlagen, und die Serben, das ist eine ganz schön kriegerische Meute, die sind wie die Hyänen (Herr Pfister, der Umzüge organisiert, weltweit, auch nach Übersee, der sich mit seinem Freund unterhält), Sie haben eine helle Schale bestellt, oder? Ja, danke schön, und wie heißt der Serbenführer in Bosnien? Ah ja, Mladić, genau, danke, Fräulein, der und Milošević, die sind noch schlimmer als echte Nazis, glaub mir.

Frau Müller, Frau Zwicky, Herr Pfister, Herr Walter, Frau Hungerbühler, Herr und Frau Schilling, der Lehrer, die Kassiererin, der Gärtner vom Nachbarsdorf, die Coiffeuse, die bis anhin den Kaffee bei der Konkurrenz getrunken hat, die Postbeamten, die Bauarbeiter, sie alle wollen einen Kaffee und möglicherweise etwas dazu, möchten Sie etwas dazu, etwas Süßes oder etwas Salziges?

Und stimmt es eigentlich, dass Milošević Vater Schuhmacher war?

Es ist nicht wahr, dass die Zeit schnell vergeht, je schneller man arbeitet, desto langsamer vergeht die Zeit, ja, Frau Wittelsbacher, ich komme gleich, und es ist eine Kunst, alles reibungslos hinzukriegen, so zu arbeiten, dass alles läuft wie geschmiert, Tisch zwei und drei wollen zahlen, sagt Nomi (ja sofort, ich komme gleich), ein Spezialwunsch, der einen auch zwischen neun und zehn nicht aus dem Konzept bringen darf (ja, selbstverständlich!), der Schnabelkragen meiner umständlichen Bluse, der sich bei jedem Schritt bemerkbar macht (finden Sie?, danke!, ja stimmt, das ist eine Farbe, die ich sonst nicht trage), Nomi, die mir wieder ein Glas Wasser hinstellt, Frau Hungerbühler, die ihren zweiten Schuh sucht, sie hüpft mit einem Schuh zur Theke, sagt, die Kinder hätten ihren zweiten Schuh gestohlen, die Rotzgören, wo sind sie?, ich, die unter die gepolsterte Sitzbank kriecht, um Frau Hungerbühlers zweiten Schuh zu finden (und das alles zwischen neun und halb zehn), den dunkelblauen Halbschuh, der geduldig im hintersten Eck auf Frau Hungerbühlers Fuß wartet, auf meine Hand, die Frau Hungerbühler ihren Schuh überreicht, vielen Dank, herzlichen Dank, und was kann ich Ihnen dafür geben? (eine weitere Regel, die man nicht vergessen darf: Nie mit leeren Händen gehen, man kann immer, vor allem zwischen neun und halb zehn, etwas mitnehmen, Teller, leere Tassen und Fläschchen, zerknüllte

Servietten, die Aschenbecher nicht vergessen, wer setzt sich schon gern an einen Tisch mit Kippen), wie kam der Schuh bloß dahin? Das ist mir völlig unerklärlich! Nomi fragt, ob sie mich ablösen solle, und Frau Hungerbühler, die mir bestimmt einen *Fünfliber* in die Hand drücken wird, ein Fünffrankenstück (fürs Hinknien, fürs Suchen, fürs Finden, fürs Schwitzen), nein, ich schaff das schon, sage ich, und Frau Hungerbühler nimmt meine Hände, ich wohne nicht weit von hier, am Hornweg, besuchen Sie mich doch, wenn Sie mal Zeit haben, das würde mich sehr freuen!, und ich, die darüber so überrascht ist, dass Frau Hungerbühlers Augen die Einladung wirklich ernst meinen, bin unfähig, die passenden Worte zu finden, sage nur, ist schon gut; statt mich über Frau Hungerbühlers unerwartete Herzlichkeit zu freuen, ärgere ich mich über Herrn Pfister, der sich gern amüsiert, der herzhaft und ausgiebig lacht, wenn ich auf meinen Knien umherrutsche, um Frau Hungerbühlers Schuh zu finden, und Fräulein, sagen Sie mir doch, warum arbeitet Anita nicht mehr hier?, die war doch gut, die war doch ausgezeichnet?, und ich, die also zwischen neun und halb zehn plötzlich die Augen von Herrn Pfisters Hund vor sich sieht, dunkelbraune, schreckhafte Augen, ein schwarzes Fellknäuel, das sich unter die Sitzbank verzogen hat, ich, mit Bluse und Jupe auf Knien, habe eine nasse Hundeschnauze vor mir, und ich werde Herrn Pfister irgendwann, so wie sein Hund es tun würde, ins Bein beißen, warum? Wahrscheinlich, weil Herr Pfister sich ein bisschen bückt, unter die Sitzbank schaut, zu mir und zu seinem Hund sagt, ich bin ja selbst Arbeitgeber, ich weiß ja, dass der Schweizer heute andere Ansprüche hat, und dann, wenn die Schweizer erst mal weg sind, muss man sich mit Albanern oder sonstigen Balkanesen zufriedengeben; Herr Pfister, der jetzt irgendwas merkt, bei Ihnen, das ist ja etwas anderes, Sie sind ja schon eingebürgert und kennen die Sitten und Gepflogenheiten unseres Landes, aber die, die seit den 90ern kommen, das ist ja rohes Material, sagt Herr Pfister und sitzt wieder aufrecht, spricht nicht mehr zu mir und seinem Hund, sondern wieder zu seinem Freund, der sicher auch Arbeitgeber ist, wissen Sie, der *homo balcanicus* hat die Aufklärung einfach noch nicht durchgemacht, sagt Herr Pfister, übrigens, mein Hund beißt nicht, ruft er mir zu, und sein Lachen erschüttert die Sitzbank, die gepolsterte, gemütliche, senfgelbe, und ich finde, dass die Aussicht unter einer Sitzbank überraschend ist (vor allem zwischen neun und halb zehn), und während ich mich strecke, um Frau Hungerbühlers Schuh aus der Ecke zu fingern, beobachtet mich dieser aufmerksame Hundekopf, und einen Augenblick lang denke ich daran, dass man Hunde retten müsste, unbedingt die Hunde, man müsste sie retten vor schamponierten Teppichen, Hundeparcours, Flanellhosenbeinen und lustigen Witzen (wissen Sie eigentlich, wie mein Hund heißt?, fragt Herr Pfister vergnügt), die Aussicht also ist überraschend, etwas ganz anderes, unter den Bänken die Beine, Socken, Strümpfe, Croissantkrümel zu sehen, Herrn Pfisters Waden, die erstaunlich dünn sind, der wuschlige Hundekopf, der mit alldem nichts zu tun hat, haben Sie ihn, zittert Frau Hungerbühlers Stimme, ja!, und nächstes Mal werde ich länger bleiben, werde mich womöglich zu Herrn Pfisters Hund legen (vielen Dank!) mit meiner umständlichen Bluse und meiner Stützstrumpfhose, ich werde das tun, um das Mondial aus einer anderen Perspektive zu sehen, ein amüsanter Gedanke, ein erschreckender Gedanke, dass ich da liegen bleiben möchte, bei den unter den Sitzbänken unsichtbar gemachten Heizkörpern, ich, die schwitzt, bin ganz nass, weil ich mehr als schwitze, der Schweiß bricht aus mir heraus, Tisch sieben, der mich fixiert, die Gebrüder Schärer mit ihren doppelt hintergründigen Augen. Entschuldigen Sie, sagt Herr Pfister, als er aufsteht, sich sein Jackett zuknöpft, ich finde, Sie machen Ihre Sache sehr gut (danke schön, ja, ich wünsche Ihnen auch einen schönen Tag, Herr Pfister, bis morgen!), ich, die sich trotz allem geschmeichelt fühlt, ärgere mich, über sie, die ich bin.

Was ist mit dir los?, fragt mich Nomi, als das Mondial wieder halb leer ist, Nomi, die mir eine Zigarette anzündet, mir sagt, dass ich mich hinsetzen soll. Ich habe die falsche Strumpfhose angezogen, die falsche Bluse, ich habe nicht geschlafen, ich habe noch nichts gegessen, heute ist Freitag, und Freitag ist der Tag, den ich grundsätzlich nicht mag, warum, weiß ich nicht, vielleicht, weil es ein Tag ist, der sich auflädt vor dem Wochenende …

Hör auf, sagt Nomi, komm schon, was ist los, Nomi, die mich aufmerksam anschaut, mir die Schulter streichelt; aber wir können, wie so oft, nicht weiterreden, die Tür geht wieder auf und zu, wir drücken unsere Zigaretten aus, trinken rasch noch einen Schluck Kaffee, wir reden später weiter, morgen Abend gehen wir zusammen aus, ja?

Himmlisch

Mitten in der Nacht fahren wir ein, 1986, wir fahren nicht, wie üblich, zur *Hajduk Stankova*, zu Mamika, sondern zu Tante Icu, mit unserem weißen Mercedes bleiben wir, kurz vor dem Ziel, im Dreck stecken. Ein plötzlicher Regen verwandelt die unasphaltierten Nebenstraßen in eine schlammige Masse, wir sitzen fest, die Räder drehen durch, mein Vater fängt an zu fluchen, Breschnew, du sollst deinen stinkenden Arsch ficken (und niemand von uns sagt, dass Breschnew schon lange tot ist), die Scheibenwischer sind hysterisch, Nomi und ich blicken in das gelbe Licht einer Straßenlaterne, der Regen ist … auf Jagd!, sagen wir und lachen nicht, weil Vater aufs Pedal drückt, das System verflucht, den Zweitakter und den Kommunismus, der Wagen ist nicht für hier gemacht, sagt meine Mutter leise, hält sich immer noch am Seitengriff fest, wir sollten Hilfe holen, sagt sie, mein Vater stülpt sich die Jacke über den Kopf, versinkt mit seinen grauen Halbschuhen im Dreck, ich höre das sumpfige Geräusch, das schmatzende, gierige Geräusch von nassem Dreck, mein Vater, der schließlich seine Schuhe auszieht, seine Socken, nacktfüßig durch den Dreck watet, über die Kanalisation springt, bis zum Haus meiner Tante rennt, die Klingel drückt, und ich kann das Bellen der Hunde hören, zwei Schäferhunde, die nichts anderes tun, als in einem Zwinger hin und her zu patrouillieren, nur wenn sich Béla, unser Cousin, mit breitbeinigem Schritt dem Zwinger nähert, fangen die Hunde an zu winseln, ziehen sich jammervolle Töne wie dünne, scharfe Fäden durch die Luft, Nomi und ich stehen dann meist abseits, beim Ziehbrunnen, beobachten, wie die Hunde ihre Schädel demütig auf den staubigen Boden drücken, als hätte sie Béla betäubt oder verzaubert, was dasselbe ist, als würden sie sich für die soeben noch gefletschten Zähne entschuldigen. Béla, der mit einem routinierten Handgriff den Zwinger öffnet, den Hunden ein paar beiläufige Klapse auf den Rücken gibt (wie wenn er nie mit Teddybären gespielt hätte), ebenso routiniert deren Scheißhaufen mit dem Reisigbesen aufkehrt, die Restscheiße mit dem Gartenschlauch wegspritzt, Béla, der nicht nur die Hunde mit seinem Blick bändigt, der jetzt mit meinem und seinem Vater ohne Hast auf uns zukommt, auf unseren Wagen, während die Väter rennen, als hätte Béla sie aufgescheucht, als würde er sie vor sich hertreiben, er, der mit erhabenen Schritten, verschränkten Armen den Dreck besiegt, indem er ihn gar nicht beachtet.

Béla, der seine Begabung oder seinen Trieb zum Dompteur im Laufe der Jahre weiter perfektioniert, einer der besten Taubenzüchter des Landes wird, mit seiner Tippler-Taubenzucht weit über die Landesgrenzen hinaus Aufsehen erregt ... und als man für die systematische Tötung und die Zerstörung des Landes Männer braucht, wirkt die Geste, mit der Béla auf seine mit akribischer Sorgfalt ausgestellten Pokale zeigt, unübertroffen hilflos, und die Männer in ihren erdfarbenen, nüchternen Uniformen lachen im ersten Moment fast verlegen, als sie die Trophäen erblicken, welche in ihrem aufwendigen, vergoldeten Kitsch tatsächlich eine glänzende Laufbahn dokumentieren. Und einer von ihnen muss die Hacken zusammenschlagen, verkünden, dass jetzt, in der heutigen Zeit, alles in die Luft fliege, und da, wo Béla nun hinkomme, werde er vieles vergessen, zuallererst aber seine himmlischen Geschöpfe oder besser gesagt: seine fliegenden Ratten.

Begrüßung verschieben wir auf später, sagt Béla, da sein Gesicht zur Wagentür hereingrinst, wir ihn umarmen wollen, jetzt wird erst mal gearbeitet, er und Onkel Piri schieben, während mein Vater aufs Gas drückt, meine Mutter sich immer noch an der hellbraunen Lasche festhält, meine Schwester und ich, wir sind zwei zappelige, aufs Trockene gesetzte Fische, sehnsüchtig nach diesem warmen Sommerregen, der unsere hellen Sommerhosen, unsere in glitzernder Schrift und mit »Hollywood« bedruckten T-Shirts sekundenschnell durchnässt, die Kleider, die am Körper kleben wie eine zweite Haut, die Räder, die noch ein paarmal durchdrehen, bevor sie sich, begleitet vom Fluchen der Männer, entschließen, das zu tun, was man von ihnen erwartet, nämlich drehen und nicht durchdrehen.

Tante Icu stellt Brot auf den Tisch, Tomaten, Würste, Paprika, ihr müsst ausgehungert sein, Sahne, Quark, frische Butter, meine Tante, deren trockene Locken jetzt, spät in der Nacht, am Kopf kleben, ihre himmlischen Augen, die sich mädchenhaft freuen, Kinder, Kinder, dass ihr endlich da seid! Und der Tisch ist noch nicht voll genug, den Speck muss ich noch holen, wie konnte ich den Speck vergessen und den Schnaps!, ihr fülliger Körper, der nochmals in der Speisekammer verschwindet, um im nächsten Augenblick den Tisch mit einer unglaublichen Torte zu verschönern, ach, und jetzt hab ich den Schnaps und den Speck wieder vergessen!

Und wir sitzen alle um den Tisch, dicht gedrängt, ein greller Lichtkegel, der uns, unsere aufgeregt umherwandernden

Augenpaare beleuchtet, wir alle wollen schauen, sehen, was die Jahre gebracht haben, die Zeit, wie sie vergangen ist!, und wie lange haben wir uns nicht gesehen?, wie oft haben wir irgendwas ohne euch getan, wie viele Gefühle fühlten wir ohne euch? Und die Zeit ist ein Sack, in dem alles Mögliche Platz hat, die Rosen wollten dieses Jahr nicht blühen, und das Mutterschwein hat zwanzig Junge geworfen, die Jungen, die man vor der Mutter retten musste, weil sie sie sonst zerquetscht hätte, und die Kanalisation, die immer noch vor sich hin stinkt, und unsere lieben Herren da oben, deren Leben ein einziges, leeres Versprechen ist!, aber lasst uns nicht von Politik sprechen, Onkel Piri füllt die Schnapsgläser mit einem gekonnten Schwung, beeilt sich, das Glas zu heben: Zur Feier des Tages soll Gott allen verzeihen, den Tagedieben, den Strolchen, die mir neulich mein Fahrrad wie eine warme Semmel weggestohlen haben! Ach, Kinder, Gott soll uns einen Tropfen gönnen, der uns das Herz wärmt und nicht nur das Herz, lasst uns die Sorgen des Tages vergessen, die Politiker sollen sich ans Bein pinkeln, wir haben was zu feiern, und wenn es das Letzte ist, was wir tun! Béla, der sich nach ein paar Gläsern verabschiedet, sich entschuldigt, hab morgen noch zu tun.

Und in solchen Momenten, wenn sich die Anzahl der Gläser in den Augen von Onkel Piri und Vater widerspiegelt, die Trinksprüche, Beteuerungen, Flüche mit den auffliegenden Armen, den immer tiefer hängenden Rauchschwaden eine kompakte Einheit bilden, die Stimmung ein ausgeglichenes Wechselbad ist zwischen überbordender Zärtlichkeit (Arme, Hände, die verschmelzen, Münder, die plötzlich aufeinander zufliegen) und genießerischer Wut (eine Faust, die den Tisch bestrafen muss), dann wünsche ich mir, dass die Nacht und der Tag zusammengehören, sodass die Nacht sich nicht an den nächsten Morgen verliert – und um uns noch besser an der immer fiebriger werdenden Stimmung der Erwachsenen berauschen zu können, verziehen Nomi und ich uns auf die Veranda, saugen uns am mit einem grünen Moskitonetz überspannten Verandafenster fest, hören zu, staunen darüber, dass sich unsere Eltern verwandeln, unsere Geheimsprache, mit der sie sich jetzt fließend, immer schneller unterhalten, Wörter brauchen, die wir noch nie aus ihrem Mund gehört haben, und wenn das Glück einen Namen hat, dann müsste es auch ein Gesicht haben, ein Gesicht, das in einem freien, leichten Singsang erzählt.

Ihr seid ganz schön verwöhnt bei euch im Westen, Luxussorgen nenne ich das, wenn eure Eltern erzählen, dass bei euch alles so teuer ist, sagt Béla und schiebt sich einen Zahnstocher in den Mundwinkel, als er am nächsten Tag mit Nomi und mir auf der überdachten Veranda sitzt, in der Mittagshitze, da unsere Eltern schlafen, im Innenhof kein Schatten mehr zu sehen ist, die Hunde sich in ihre Hütte verzogen haben, das Wasser in ihrem Blechnapf verdampft ist, es muss ja erst mal etwas da sein, damit es teuer sein kann!, und Béla drückt mit seinem Daumen auf das Ventil des Siphons, und das Wasser schießt ins Glas, der Strahl ist so scharf, dass er das Tischtuch bespritzt, Nomi und ich, die Béla bewundern müssen, als wären wir eigens dafür erschaffen worden, wir hängen an seinen Lippen, weil er etwas Furchtloses und Beunruhigendes hat (Béla, dessen Frisur mich an diejenige von Limahl erinnert, einem englischen Popsänger der achtziger Jahre, der ihn, würde er ihn kennen, bestimmt als warmen Bruder bezeichnete).

Ihr habt außerdem das Gefühl, dass ihr immer in Sicherheit leben könnt, sagt Béla, so ein Trugschluss wäre bei uns gar nicht möglich, und er setzt sich unseren Kopfhörer auf, drückt auf »play«, und die Musik übt offenbar keine Wirkung auf ihn aus; er wippt weder mit dem Oberkörper noch mit den Beinen, statt mitzusingen, klopft er aufs Zigarettenpäckchen, klemmt sich eine Multifilter zwischen die Zähne. Seine Augen lösen sich von uns, ihr Mädchen!, wandern himmelwärts, während er sich die Zigarette anzündet, den Kopfhörer mit einer lässigen Handbewegung in den Nacken streift, das sind meine, sagt er, zeigt mit der Multifilter zum wolkenlosen Himmel, der Walkman spielt also ein Lied von irgendjemandem, der Béla nicht zu beeindrucken vermag, schaut euch das an, sagt er, und wir versuchen, seinem Blick zu folgen, seinen blauen, scharf gewetzten Augen, die nun das angemessene Faszinosum finden, seine überraschend kleine Hand, die mit dem qualmenden Ende der Zigarette auf einen Vogelschwarm zeigt, das sind zwar nur die hübschen Langweiler, sagt Béla, aber gleich werdet ihr die Richtigen sehen, und wir wissen natürlich, wer die Richtigen sind, nämlich seine Tauben, mit denen er seit Jahren fast jeden Wettbewerb gewinnt, wisst ihr, ich hab schon aus Deutschland und England Besuch bekommen, *United Kingdom!* Ich will nichts von denen, aber die wollen was von mir, na, was sagt ihr dazu?

Und weil Nomi und ich nicht antworten, nichts zu sagen wissen, sagt Béla: *Business is international* – Was? *Business is international*, das wahre Geschäft kennt keine Grenzen, merkt euch das, wenn du wirklich was drauf hast, dann kümmert's niemanden, ob du im Osten oder im Westen dein Häuschen hast, unsere Väter, die über die Politiker fluchen, wozu denn? Alles unwichtiger Scheiß, ihr werdet sehen, wir sind jung, wir werden sie noch erleben, die Freiheit!, und Béla stützt seinen Ellbogen in die linke Hand, raucht in den Himmel, formt mit seinem prallen Mund Ringe, und wenn ihr das nächste Mal kommt, investieren bei uns jede Menge ausländischer Firmen, und denen sind die Politiker so was von egal, die *business men* werden entdecken, dass es bei uns etwas zu holen gibt, ihr werdet sehen!

Tante Icu wickelt ein paar Frikadellen, die von gestern übrig geblieben sind, in eine Serviette, legt sie in einen Korb, legt ein Stück Speck dazu, einen Laib Brot, ein gutes Dutzend Rosenkartoffeln, gelbe und grüne Peperoni, was meinst du, soll ich noch ein bisschen was von der Torte einpacken?, fragt sie flüsternd, und meine Mutter antwortet, etwas Süßes kann nie schaden, oder doch? Tante Icu lacht, tätschelt ihren mächtigen Bauch, ich hab was zu tragen an mir!, und sie schneidet ein großes Stück von der Torte ab, legt es in eine Plastikschüssel, überdeckt sie mit einem Suppenteller, schaut sich nochmals in ihrer Speisekammer um, was könnten wir denn noch mitnehmen?, fragt sie, nimmt den kleineren Knoblauchzopf vom Nagel, verstaut ihn im Korb, so!, und jetzt noch Kaffee, Zucker und ein Päckchen Rosenpaprika, dann können wir gehen.

Tante Icu, Mutter, Nomi und ich haben was vor, und die Männer sollen ruhig ihren Rausch ausschlafen in den oberen Zimmern, wie Tante Icu und Onkel Piri sagen, obwohl ihr Haus, wie alle anderen Häuser in der Gegend, ebenerdig ist (und manchmal sehe ich sie wirklich, wie sie Händchen haltend eine Treppe hochsteigen, um sich in ihren oberen Gemächern hinzufläzen, wahrscheinlich sehe ich sie, weil ich Onkel Piri unzählige Male darüber habe schwärmen hören, wie er das Haus irgendwann einmal, in einer unglaublichen Aktion!, umbauen werde), die Männer schnarchen also in den hinteren Zimmern, wo die Rollläden im Sommer tagsüber nie hochgezogen werden, damit es schön kühl bleibt, und tut es trotzdem jemand, Tante Icu zum Beispiel, dann will sie einen schweren Schädel ärgern, ihren Piri, der so viel säuft, als wären seine Füße immer am Verdursten, und wenn ihr Mann sich die Hand schützend vor die Augen hält, damit sein Mund umso hemmungsloser wüste Wörter speien kann, dann sagt Tante Icu gelassen, ab und zu brauchen meine Pflänzchen ein bisschen Licht, außerdem hast du mir versprochen, den Maschendraht zu flicken, die Hühner picken mir meine Blumen weg! Ja, ja, und Onkel Piri zieht sich die Decke über den Kopf, und die schmalen Füße, die zum Vorschein kommen, erzählen nichts darüber, dass da einer liegt, der so unglaublich viel gesoffen hat.

Es ist kurz vor sechs, als wir, in der Sommerküche stehend, einen Kaffee trinken, und Tante Icu zeigt auf die Fliegen, sagt, heute werde die Luft kochen, weil die Fliegen so früh schon wie verrückt im Zickzack herumtanzten, und obwohl ich noch ganz schlaftrunken bin, schaue ich meine schöne dicke Tante an, die in einem wild gemusterten Kleid vor mir steht, als wären die siebziger Jahre noch in voller Blüte, und ich bin beeindruckt, dass sie die Fliegen, die mich nur nerven, in einen größeren, mir unverständlichen Zusammenhang bringen kann. Kommt, wir müssen los, damit wir beizeiten wieder zurück sind, und Tante Icu packt ihren Korb, den ihr Mutter sofort wieder aus der Hand nimmt, ich bin ja die Jüngere!, und Nomi und ich schultern unsere Taschen, die wir gestern mit Kleidern vollgepackt haben, und bevor wir das Tor öffnen, macht Tante Icu eine gebieterische Handbewegung zu den Hunden hin, damit sie es nicht wagen, an ihrem Zwinger hochzuspringen und zu bellen, sondern sich mit eingezogenen Schwänzen in ihre Hütten verziehen.

Kaum haben wir das Haus verlassen, haken sich Tante Icu und Mutter ein, fangen an, gedämpft miteinander zu reden, als hätten sie tagelang auf diesen Moment gewartet, und Nomi und ich, wir trippeln hinter ihnen her, lauern darauf, einen Fetzen ihres Gesprächs aufzuschnappen, Nomi, die jetzt offensichtlich aufgewacht ist, fragt, könnt ihr nicht ein bisschen lauter reden? Nein, antwortet Tante Icu und dreht den Kopf nicht einmal zu uns, ihr müsst nicht alles wissen, und das Wichtigste werdet ihr noch früh genug erfahren! Nomi ärgert sich, flüstert mir zu, dass die beiden ihre Hintern so einmütig schwenkten, als wären sie siamesische Zwillinge, und Nomi steckt mich mit ihrem Lachen an, aber schon bleiben die beiden stehen, und Mutter sagt verärgert über ihre Schulter hinweg, ihr seid zu alt, um so blöd zu kichern wie kleine Mädchen! Aber zu jung, um alles wissen zu dürfen, denke ich, und Nomi und ich, wir imitieren Mutter und Tante Icu in ihrem Gang, schneiden Faxen, verständigen uns mit Handzeichen, tun also genau das, was bescheuerte kleine Mädchen tun, einfach deshalb, weil wir zu gern mehr wüssten über Csilla, unsere Cousine, über die sich Mutter und Tante Icu garantiert unterhalten.

Was, unsere Csilla?, sagte Mutter vor ein paar Monaten am Telefon, als Tante Icu sie von der Post aus anrief, völlig aufgelöst, weil Csilla mit irgendeinem Kerl abgehauen sei, sie habe nichts mitgenommen, nicht einmal Wäsche, und niemand wisse, wo sie sei. Onkel Piri, der daraufhin durchstartete und tagelang nüchtern blieb, kein Wort mehr redete, sich dann am Abend des Sankt Josef an den Küchentisch setzte, abwechslungsweise Brot und Speck auf die Klinge seines Klappmessers legte, so ein halbes Brot und ein großes Stück Speck aß, und nachdem er fertig gegessen und ein Glas Soda getrunken hatte, verkündete er, er werde Csilla eigenhändig und schneller als jeder dummen Gans den Hals umdrehen, wenn sie sich hier, in seinem Haus, wieder blicken lasse. Über mehr als sieben Ecken hat Tante Icu erfahren, wo Csilla steckt, hat sie aufgesucht, sie angefleht, zurückzukommen, sie solle ihren Vater um Verzeihung bitten, dann werde alles wieder gut. Aber die ist stur wie ein Bock, sagte Tante Icu, und Mutter konnte fast nicht auflegen, obwohl Tante Icu nichts anderes mehr tat als heulen, Mutter, die ihr versprechen musste, dass sie mit Csilla reden werde, das nächste Mal, wenn wir kämen, und das sei ja schon bald, auf dich wird sie hören, ganz bestimmt!

Csilla haut mit ihrem Liebhaber ab. Na und?, was ist daran so schlimm?, in unserer Verwandtschaft ist das ja schon einmal vorgekommen, das hast du uns doch erst kürzlich erzählt, sagten Nomi und ich einstimmig, als Mutter lange nachdenklich aufs Telefon schaute und ihre Hände auf den Tisch legte, als müsste sie sich versichern, dass da, unter ihren Händen, wirklich ein Tisch war, und in unserem winzigen Garten blühte der Forsythienstrauch, Mutter drehte ihren Kopf zum Fenster, zum gelben Regen, wie Nomi und ich den Strauch auf Ungarisch nennen, und sagte leise, habt ihr eine Ahnung, nein, ihr habt keine Ahnung, was das bedeutet, und ich wünsche es euch auch nicht, aber wie soll ich euch das klarmachen, wie es ist, wenn ein Vater so was sagt, er werde ihr den Hals umdrehen, seiner Tochter!, ihr mit dem Schlimmsten droht, ihr könnt das nicht verstehen. Nomi und ich waren es gewohnt, dass uns Vater mit Bruchstücken aus seiner Lebensgeschichte schachmatt setzte, aber Mutter hatte uns oft vor Vater in Schutz genommen, lass sie doch in Ruhe, du willst doch auch, dass sie ein besseres Leben haben als wir, Mutter, die uns jetzt zum ersten Mal zu verstehen gab, wir hätten von gewissen Dingen, die sich in unserer Heimat abspielen, keinen blassen Schimmer.

Wir müssen doch fragen, wenn wir keine Ahnung haben, sagte Nomi, oder kannst du mir sagen, was wir sonst tun können?, und ich schaute zu Nomi, ich fühlte mich stolz und war überrascht, weil sie so etwas Treffendes sagen konnte; Mutter, die sehr merkwürdig antwortete, nämlich: Gut, ich werde euch etwas erzählen, aber ich rede zu den Pflanzen da draußen. Und weil Mutter zu den Pflanzen redete und nicht zu uns, schaute sie uns auch kein einziges Mal an, während sie erzählte. Und wie ihr wisst, stellen die Pflanzen keine Fragen, sagte Mutter noch, bevor sie zu reden anfing, uns die Geschichte erzählte, die für Nomi und mich seither Mutters Gelbe-Regen-Geschichte war, an die wir uns erinnerten, wenn wir begreifen wollten, dass jeder Mensch ein Geheimnis hat, sogar unsere Mutter, von der wir lange Zeit geglaubt hatten, wir kennen sie in- und auswendig.

Ich weiß nicht mehr, wie lange wir gegangen sind, wahrscheinlich fast eine Stunde, und Nomi und ich, wir hörten auf zu kichern, wir wurden immer stiller, weil uns die Gegend nicht mehr vertraut vorkam, die Häuser waren nicht mehr verputzt oder waren baufällig (ich erinnere mich an ein Dach, das so aussah, als hätte es die Hand eines Riesen eingedrückt), wir gehen und müssen auf jeden einzelnen unserer Schritte achten, und der holprige Gehweg mündet in einen Feldweg, Nomi zeigt auf den Abwasserkanal, in dem eine tote Katze liegt, Haushaltsmüll, sogar der Klatschmohn und die Feldblümchen sehen dreckig aus, woran das liegt, fragt mich Nomi, aber ich weiß es nicht, ich ahne nur, dass wir das, was wir bald sehen, nicht so leicht wieder vergessen werden.

Häuser, die aus Brettern, Wellblech, Kotflügeln, Stofffetzen, aus irgendwelchem Material gezimmert sind, ein paar offene Feuerstellen, überall schlammige Erde, obwohl es seit Tagen nicht mehr geregnet hat, es riecht nach Mist und Rauch und verbranntem Plastik und Urin und Hühnerdreck und Schweinekot, hier lebt jetzt meine Csilla, sagt

Tante Icu und zeigt auf ein Haus, neben dessen Eingang ein dunkelrotes Fahrradgestell steht, soll ich mich dafür schämen, sagt Tante Icu zu Mutter und ruft laut: Csilla, Csilla, deine Tante ist da, deine Cousinen, komm schon! Und ich will mich nicht umschauen, ich will nicht zu viel sehen, ich möchte meine Augen irgendwohin drehen, zum Himmel vielleicht, damit ich die halb nackten, verdreckten Kinder nicht sehe, die ich sonst nur aus der Distanz kenne, ein paar Frauen, die uns mit rohen Augen beobachten, uns mit ihren Blicken die Kleider stehlen, unsere gesunde Haut; ja, genauso sieht es hier aus, wie beim Müllberg, da, wo die Zigeuner leben, außerhalb der Kleinstadt, und weil ich schon ein paar Brocken Englisch kann, fällt mir wahrscheinlich ein englisches Wort ein, *Slum*, fällt mir der Film ein, den uns der Geschichtslehrer vor den Ferien gezeigt hat über die Vorstädte von São Paulo, aber hier ist nicht São Paulo, sondern meine Cousine Csilla, die uns mit verschlafenem Gesicht um den Hals fällt, sich sofort eine Zigarette anzündet, aus den Lücken ihrer Zähne raucht, dass ihr mich besucht, sagt sie, ich wusste es!, und sie weint, verschluckt sich, küsst Mutter die Hände, Csillas Haare, die verbrannt aussehen, Nomi, Ildi, sagt Csilla, so ist es, wenn man sich unsterblich in einen Mann verliebt hat, aber jetzt kann ich euch meinen Csaba nicht einmal vorstellen, er ist schon früh raus, sagt sie und weint immer noch, schon gut, sagt Tante Icu, mach uns einen Kaffee, Tante Rózsa möchte mit dir reden.

Csilla, die uns also ins Haus führt, Kaffee ist keiner da, sagt sie, zieht den Rotz die Nase hoch, Tante Icu, die den Kaffee wortlos auf den Tisch stellt, Csilla, die den Kaffee und den Korb mit den Esswaren wortlos entgegennimmt, setzt euch, sagt sie, aber wohin? Unsere Cousine, die bei der Nachbarin zwei Stühle holt, wie kann sie hier leben, sagt Nomi leise zu mir, aber Tante Icu hat gute Ohren, das könnt ihr sie ruhig fragen, und Tante Icu atmet tief durch, wischt mit einem Lappen über den Tisch, und es ist schwer zu beschreiben, wie es da drinnen aussieht. Das liegt daran, dass ich die Dinge, die ich sehe, nicht so leicht identifizieren kann als Schrank oder Bett oder Abwaschtrog, an der Decke, wo überall Konservendosen an Schnüren hängen, sieht lustig aus, sage ich, es tropft, meint Tante Icu und sucht nach dem Kaffeekännchen, hier, sagt Csilla, als sie wieder reinkommt mit zwei Stühlen, und sie zeigt auf eine Holzkiste mit Geschirr, ein paar Gläsern, Tassen, Tellern. Setzt euch, sagt Csilla, setzt euch, damit ich euch bestaunen kann, und unsere Cousine küsst nochmals Mutters Hände, meine Herzenstante Rózsa, du siehst immer jünger und schöner aus!, was tust du hier, meine liebe Csilla?, fragt Mutter, während Tante Icu das Wasser aufsetzt, den Zucker abmisst, Nomi, die mit ihrem Blick am Fenster hängen bleibt, da, wo man sieht, was ein Fenster ist, nämlich ein Loch, das je nach Witterung mit einem dicken Plastik oder einem dünneren Stoff aus Flicken zugedeckt werden kann, und neben dem Fenster hängt ein Schwarz-Weiß-Foto an einer Stecknadel, Tante Icu, Onkel Piri, Béla und Csilla, ein Bild, das ich am liebsten mitnehmen würde, ich würde das Bild immer bei mir tragen wollen, warum, weiß ich nicht, vielleicht, weil ich das Gefühl habe, das Foto trage ein winziges Stück Glück, einen Moment, in dem alles möglich zu sein scheint – Csilla, die ein kurzes, gepunktetes Sommerkleid trägt und ein Hütchen, Csilla, die der Mittelpunkt des Bildes ist, von Onkel Piri, Tante Icu und Béla umarmt.

Mutter, Tante Rózsa, die jetzt Csilla dieselbe Geschichte erzählt, die sie nicht uns, sondern den Pflanzen erzählt hat, nachdem Tante Icu sie vor ein paar Wochen angerufen hat.

Ich, die am herabhängenden Plastik, an den Tüchern vorbei ins Freie schaut, höre zu, höre der ruhigen, weichen Stimme von Mutter zu, wie sie die Geschichte einer jungen Frau erzählt, die eigentlich Lehrerin werden will, es aber nicht werden kann, weil zu Hause kein Geld da ist und ihr Vater es sowieso unnötig findet, eine Ausbildung, für ein Mädchen!, und es seien schon genügend Verehrer da für die junge Frau, aber sie hat sich geschworen, wenigstens eine Lehre abzuschließen, wenn sie schon nicht Lehrerin werden kann, und in dem Geschäft, wo sie ihre Lehre macht, lernt sie einen Mann kennen, der anders ist als alle anderen (einer ist immer anders, sagte Mutter und lachte), Imre Tóth heißt er, und wenn du wissen willst, warum sich die junge Frau in diesen Mann verliebt, dann gibt es darauf nur eine Antwort, wegen seinem Humor, er war schön in seinem Humor, sagt Mutter, das kann man sich gar nicht vorstellen. Der Imre wird eingezogen, zum zweijährigen Militärdienst, nach Kroatien, die junge Frau hat ein paar freie Tage an Pfingsten, sie reist mit dem Bus nach Kroatien, und ihr Vater tobt, natürlich hat sie ihm nicht gesagt, dass sie zu ihrem Geliebten fährt, ihr Vater brüllt vor Wut, weil sie so weit wegfahren will, allein, wahrscheinlich hat er doch etwas geahnt, die junge Frau hat nämlich plötzlich ein ganz anderes Gesicht, das kann sie nicht verstecken, ihre Mutter nimmt sie in Schutz, lass das Mädchen, wenn du sie nicht gehen lässt, wirst du sie für immer verlieren. Die junge Frau hat einen Fensterplatz, im Bus fühlt sie sich das erste Mal frei in ihrem Leben, und wenn mein Vater mich grün und blau schlägt, ich werde nichts bereuen, denkt sie und hat keine Angst, sie steigt fünfmal um, und in jeder Sekunde denkt sie an ihren Imre, an die Stunden, die sie endlich mit ihm allein verbringen wird. Und der Imre holt sie ab, am Busbahnhof, er hält ein paar Blumen in der Hand, und die nächsten drei Tage sind so, dass die junge Frau niemandem darüber erzählen mag. Sie fährt zurück, mit Imres Versprechen, dass sie nach seinem Militärdienst heiraten werden, heiraten, und nichts wird so sein wie bei meinem Vater, denkt die junge Frau, er wird mich nicht schlagen, er wird mich nicht beleidigen, er wird gut sein zu mir, jeden Tag. Im selben Jahr stirbt ihre Mutter, was schwer ist für sie, weil sie alles an ihrer Mutter geliebt hat, sogar wenn sie schlechte Laune hatte, heute habe ich die Laune eines alten Hundes, sagte ihre Mutter dann und rümpfte ihre Nase, oder sie sagte, heute muss der Tag ohne mich auskommen (Tante Icu, die die Kaffees auf den Tisch stellte, sich neben Mutter setzte, ihr die Hand auf den Arm legte), es gäbe noch viel zu erzählen über die Mutter der jungen Frau, »meine über alles geliebte Mutter«, lässt sie in den Stein eingravieren, ihr Vater zittert vor Wut, weil es viel Geld gekostet hat, der Stein, die Gravur, aber sie hat es selbst bezahlt, und das erzähle ich nur, sagt Mutter, weil die junge Frau spürt, wie sie mit dem Tod der Mutter auch einen umfassenden Schutz verliert. Wenige Tage nach der Beerdigung der Mutter weiß sie, dass sie schwanger ist. Sie erzählt ihrem Vater von Imre, nicht aber davon, dass sie in anderen Umständen ist, sie will prüfen, wie er reagiert, und ihm dann die ganze Wahrheit sagen. Du bist eine gewöhnliche Hure, das sagt ihr Vater. Ein paar Wochen später rennt er nach einem Streit mit einem Stößel aus Bronze auf sie los. Sie hat nach dem Tod ihrer Mutter für den Vater gewaschen, gekocht, das Vieh versorgt und hat ihn dann um Geld gebeten, um Holz zu kaufen, für den Herbst und Winter, und Mutter schlürfte ein bisschen Kaffee, bevor sie weitererzählte, was?, Geld willst du haben, flucht ihr Vater, versucht, sie mit dem Stößel zu schlagen, sie wehrt sich, weicht aus. Wenige Tage später verliert die junge Frau ihr Kind. Ihrem Vater kann sie sich in ihrem Schmerz nicht anvertrauen, er beschimpft sie seit jenem Streit fast täglich als Hure. Sie wartet auf den Tag, wo Imre aus dem Militär zurückkehrt. Imre kommt nicht.

Erst viel später erfährt sie, dass ihr Vater Imre aufgesucht hat, ihm erzählt hat, seine Tochter habe mit einem anderen angebandelt, so leid es ihm selbst tue, er müsse ihm, von Mann zu Mann, die Wahrheit sagen. Und Imre? Die junge Frau will nicht glauben, dass er sie nicht selbst gefragt hat, er hat sie, von ihrem Vater beschmutzt, allein stehen lassen.

Wenn du etwas gegen den Willen deines Vaters tust, dann hast du die ganze Welt gegen dich, sagt Mutter, du musst dich mit ihm versöhnen, ihm wenigstens das Gefühl geben, dass du nichts über seinen Kopf hinweg entscheidest. Und: alles, was du tust, bleibt an dir hängen, verstehst du das? (aber Onkel Piri ist doch ganz anders, er ist nicht so, wie der Vater in deiner Geschichte; Mutter, die Nomis Einwand ignoriert), Csilla, die antwortet, sie respektiere Mutters Geschichte, sie danke ihr dafür, dass sie hierher gekommen sei, um ihr die Augen zu öffnen, aber ihr mache es nichts aus, hier zu leben, und neulich, im Schlaf, sei ihr ein Engel erschienen, der ihr gesagt habe, dass es ihre Bestimmung sei, mit ihrem Csaba in Armut zu leben, Armut, das sei nichts Schlimmes, und der Engel, er habe gesagt, er sei zwar ein Engel, aber er könne nicht fliegen, weil er einen gebrochenen Flügel habe, das sei doch ein Zeichen – Tante Icu, die mit einem Ruck aufsteht, sodass ihr mächtiger Bauch wackelt, mit ihren Fingern über ihr Kleid wischt, als hätte es jemand beschmutzt, Csilla, dass du mir mit den Engeln kommst! Sag deinem Engel, er soll dir den Unterschied zwischen Armut und Verwahrlosung erklären, behüte dich Gott vor solchen Eingebungen. Du weißt, dass meine Tür für dich offen steht, sagt Tante Icu, aber komm mir nicht mit den Engeln!, und sie dreht sich grußlos weg; Mutter, die noch zwei Päckchen Zigaretten auf den Tisch legt, Nomi und ich, die Csilla flüchtig umarmen, als hätte sie eine ansteckende Krankheit, komm zurück, sagt Mutter, bitte!

Onkel Piri, der uns nicht glaubt, dass wir auf dem Markt gewesen sind, wie Tante Icu blumig erzählt, auch nicht, als wir Honigmelonen, gelbe Pfirsiche, türkischen Honig, ein Schälchen Himbeeren auf dem Tisch ausbreiten (die Männer ablenken, das ist ein Handwerk, das gelernt sein will, sagte Tante Icu), wenn ihr mir so viel Süßes auftischt, habt ihr etwas zu verbergen, sagt Onkel Piri, während Tante Icu ihm einen starken Kaffee braut (Vater, der immer noch »oben« schläft), ach, du bist mein Hellseher, sagt Tante Icu, ich wundere mich schon lange, dass du deine Begabung nicht zu Geld machst.

Onkel Piri legt sich ein zweites Kissen auf den Stuhl, setzt sich, bittet uns, Platz zu nehmen, und er legt die Hände übereinander, wartet schweigend, dass Tante Icu ihm einschenkt, und als der Kaffee vor ihm dampft, wir uns alle an den Tisch gesetzt haben, schiebt Onkel Piri sein Kinn nach vorn, fährt sich über die Bartstoppeln und sagt, im letzten Krieg, da hat man mir meine Schulter durchschossen, die Kugel ist rein und wieder raus; unser schöner, liebenswürdiger Onkel, der jetzt sein Sommerhemd aufknöpft, um uns die Stelle zu zeigen, die Wunde, seither ist mein linker Arm immer ein bisschen kälter als der rechte, sagt er und nippt an seinem Kaffee, seither spüre ich hier, genau an dieser Stelle, seht ihr?, hier!, was man vor mir verheimlichen will, und Onkel Piri langt nach seiner Mütze, knallt sie mit einem Schwung auf den Tisch wie einer, der einen Trumpf ausspielt, seine schwarzgrauen Borsten, die spitz von seinem Kopf wegstehen, jeden seiner Sätze bekräftigen, Onkel Piri, der sich vergisst, der uns vergisst – und die rohe Sprache, die wir von Onkel Piri kennen, hatte immer etwas Komisches, er habe keine Kopfschmerzen mehr, sagte Onkel Piri, wenn jemand gestorben war, Nomi und ich, wir haben gelacht, als unser Onkel über einen dummen Menschen sagte, er habe nur Schuppen im Kopf –, aber jetzt sitzen wir ganz still am Tisch, Nomi schaut schon lange niemanden mehr an, sondern fährt mit ihrem Zeigefinger das winzige Muster des Tischtuches nach, und ich, die auf die Plastikfrüchte starrt, die in einem Korb neben dem monströsen Radio aufgestellt sind, will diesen Tag jetzt schon aus meinem Gedächtnis streichen, wo Onkel Piri alle Derbheiten aufbietet, um seine Tochter zu verwünschen, die sich mit einem einlässt, der keinen Beruf, also kein Brot und kein Haus, nur einen Schwanz hat, und der sei wahrscheinlich nicht größer als derjenige eines Maulwurfs! Eines Maulwurfs?, fragt Tante Icu, aber nicht so witzig, so leichtfertig, wie sie es sonst tut, ja, grüß Gott und verdammt noch mal, eines Maulwurfs oder eines Igels, wenn dir das lieber ist! Und es wird nicht mehr lange dauern, dann werden solche Männer wie Csillas Hundskopf von der Bildfläche verschwinden, alle reden ja davon, dass es bald Krieg geben wird, und das sind die Ersten, die man einziehen wird in die jugoslawische Volksarmee, so einen Halb-Zigeuner heißt man willkommen, soll er doch kämpfen und krepieren für die Serben! Tante Icu, die nach der Fliegenklatsche schnappt, sie knapp neben Onkel Piris Hand niedersausen lässt, schade, ruft Tante Icu, hab sie nicht erwischt, da war gar keine Fliege, flucht Onkel Piri, aber deine schlechten Worte, siehst du sie nicht, da, auf meinem unschuldigen Tisch? Du-uuuu, ruft Onkel Piri so laut, dass der Holztisch vibriert, meinst du, du liebst deine Tochter, wenn du sie einem Nichtsnutz überlässt, ihn und sie durchfütterst?

Und was ist das für eine Liebe, wenn du dem Liebhaber deiner Tochter den Tod wünschst?

Sie hätte einen Soliden haben können, sagt Onkel Piri, und sein Blick verliert sich irgendwo zwischen Abwaschtrog und Namenskalender, dann packt er seine Mütze, steht auf, jetzt hat sie einen, den man als Kanonenfutter brauchen wird, so ist das, und Onkel Piri vergisst, sein Hemd zuzuknöpfen, aber die Mütze, seine *Mici*, setzt er sich auf, schiebt mit einer raschen Handbewegung den Vorhang zur Seite, der die Grenze zwischen Küche und überdachter Veranda markiert, öffnet die Tür zum Hof, aber Csilla, Csilla ist für mich jetzt schon tot, ruft er, zu den Hunden, zu uns, hört ihr, ihr sollt es alle wissen!, zu den Nachbarn, ich hatte einmal eine Tochter ... Tante Icu, die sich bekreuzigt, ihm nachschaut, und du, sagt sie, du warst genauso als Kanonenfutter gedacht im letzten Krieg, als Ungar bei den Partisanen, wo du in deinem Petőfi-Regiment nicht einmal eine Waffe bekommen hast, aber du und deine Schulter haben das längst vergessen, mein Piri, aber ich nicht.

Und nachts, als alle anderen schon längstens schlafen, sagt Nomi, sogar das Bett hat sich verändert – oder die Nacht, antworte ich, und wir schlafen beide so lange nicht, bis es dämmert.

Welten

Wir setzen uns ins Abteil, wo wir rauchen können, wir setzen uns hin und sind beide erschöpft, vom Samstag, an dem immer viel los ist, im Mondial (nicht mehr so viel wie früher, bei den Tanners, aber doch), und unser Zug fährt los, Richtung Stadt, ich bin gar nicht in Stimmung, sage ich, wollen wir nicht beim nächsten Halt aussteigen und zum See runter? Komm schon, sagt Nomi, du kennst das doch, wie das ist, wenn man sich erst mal hinsetzt, merkt man erst, wie müde man ist, aber das geht schnell vorbei, nach einer halben Stunde, höchstens. Außerdem ist heute ein großes Konzert, die ganze Nacht spielen Bands, Ildi, das sollten wir nicht verpassen, und Mark, der wird auch da sein, meinst du nicht? Schon möglich, und ich nehme mir eine Dose aus der Tasche, willst du auch?

Nomi und ich, wir trinken Bier, wir schauen uns an, wie wir uns spiegeln im Zugfenster, wir sind es doch, obwohl wir ganz anders aussehen als sonst, im Mondial, wir sehen aus wie Männer, wie schmuddelige Männer, findet Vater und ereifert sich, endlos lang seine Ausführungen über seine Töchter, die die falschen Freunde hätten, falsche Freunde mit falschen Ideen!, und ich sag's euch, wenn ihr euch so im Mondial blicken lasst ... und Mutter sagt gar nichts, wenn sie uns so sieht, höchstens schüttelt sie den Kopf, da, wo wir hingehen, spielen die Kleider keine Rolle, sagen wir, und manchmal glauben wir uns, und manchmal wissen wir, dass wir lügen, wenn wir vor dem Spiegel stehen, schauen, ob die Handwerkerhose, die dunkelblaue, so sitzt, dass man meinen könnte, man hätte ihr noch gar nie Beachtung geschenkt – wo geht ihr denn hin?, fragt Vater. An einen Ort, wo es keine Gesetze gibt, da ist alles erlaubt, alles, was einem anderen nicht wehtut, sagt Nomi oder sage ich, unsere verwaschenen, überdimensionierten Sweatshirts, die uns geschlechtslos machen. Auf jeden Fall habt ihr da nichts verloren, das sagen wir nicht, aber fast, wenn Vater meint, er komme uns abholen mit dem Auto, er wolle sich das mal anschauen, er wolle wissen, was das für ein Ort sei, ohne Gesetze?, da lach ich ja im Schlaf noch, so was gibt's nicht, gesetzlos ist nur der Krieg, und vom Krieg habt ihr keine Ahnung, nicht die geringste, und: Warum soll ich euch nicht abholen, schämt ihr euch denn für mich?

Vater hat heute gar nichts gefragt, sagt Nomi, Mutter hat ihn wahrscheinlich bearbeitet, ich habe gehört, wie sie gestern zu ihm gesagt hat, dass wir, wenn er sich weiter so benehmen würde, bestimmt bald ausziehen, davor hat er, glaub ich, wirklich Angst, sagt Nomi. Meinst du? Ja, ganz sicher.

Was war denn gestern los?, fragt Nomi und klopft gegen meinen Kopf im Fenster, du hast plötzlich so anders ausgesehen, ich weiß gar nicht, Ildi, manchmal mache ich mir Sorgen um meine große Schwester, und ich, die mit dem Zeigefinger Nomis Nasenspitze im Fenster antippt, Sorgen, warum denn? Ich komme mir manchmal so unwirklich vor, im Service vor allem, vielleicht sogar unecht, dann fange ich an zu schwitzen, alles dreht sich … Unecht, fragt Nomi, das verstehe ich nicht, in einem normalen Betrieb ist man doch weder echt noch unecht, und Nomi nimmt einen Schluck aus der Dose, die Gäste wollen was von uns, wir wollen was von ihnen, und das Reizvolle daran ist, dass in diesem Umfeld alles ein bisschen ist wie Katzengold. Das gefällt mir, Katzengold, antworte ich, ich glaube trotzdem, dass es einen echten Kern geben muss, in der eigenen Arbeit ... Mein Kern geht niemanden im Mondial was an, unterbricht mich Nomi, und mein echter Kern schon gar nicht, Ildi, verbeiß dich nicht in Dinge, die sich nicht ändern lassen; Nomi, die mich in die Arme nimmt, lass uns von was anderem reden, von unserer Zukunft beispielsweise, von unserer Zukunft? Ja, weißt du, was wir tun, wenn wir alt sind?, und Nomi berührt mit ihrer Nasenspitze meine Stirn, wir ziehen zusammen wie Frau Köchli und Frau Freuler, und wir zotteln gemeinsam durch den Nachmittag, essen grandiose Süßigkeiten, wir lesen uns vor, also du liest vor, und ich höre zu. Ich kann mir eigentlich nichts Schöneres vorstellen, antworte ich.

Wohlgroth, so heißt unser Ort, eine ehemalige Fabrik, die jetzt besetzt ist, wir gehen auf den Häuserkomplex zu, vor dem sich Müllsäcke türmen, besprayte Container, die überquellen, Fahrräder, die kreuz und quer rumstehen, schon viel los, sagt Nomi, die Außenwände sind bemalt, verschmiert, sagen die einen, Farbkleckse, Striche und Figuren, Zeichen, Botschaften, und Nomi und ich, wir halten uns an den Händen, als wären wir ein Paar, man kennt uns, hallo, ihr beiden, ruft Suhansky, seine Augen stehen schon schief, na, wie steht's, wie geht's?, und selber?, und im Innenhof brennt ein Feuer, Hunde, die ums Feuer rennen, andauernd die Richtung wechseln, heulen, was ist denn hier los?, ach so, ah ja, ein heidnisches Frühlingsfeuer, und Nomi und ich, wir bleiben einen Moment lang stehen, sehen den Hunden zu, wie sie immer wilder werden, als jemand noch einen halben Stuhl ins Feuer wirft, kaputtes Kinderspielzeug, irgendwelchen Müll, Zeitungen, Zeitungen, einen ganzen Stoß voll, verdammte Lügner, diese Journis!, schreit Suhansky, halt die Klappe, ruft ein anderer, der seinen Hund zu beruhigen versucht; komm, wir gehen nach oben, sagt Nomi, ja, die Treppe hoch zu unserem Lieblingscafé, wo man die Stadt sieht, die Gleise, wo ich gern sitze, um die ein- und ausfahrenden Züge zu beobachten, wo ich das erste Mal in meinem Leben einen Tschai getrunken habe, was nichts Verrücktes ist, sondern ein Gewürztee mit Milch und Honig, aber ich kam mir verwegen vor, wichtig; man kennt uns, weiß, dass wir aus Jugoslawien kommen, das ist fast so, als käme man aus Moskau – und Nomi und ich, wir rauchen, zeigen uns gegenseitig, was sich seit unserem letzten Besuch verändert hat, eine Madonnafigur aus Plastik, die über der Bar flimmert, in Rosa, Gelb, Hellblau und Grün, das gesprayte Wandbild, das weiterwuchert, unzählige Figuren, die ineinander verschlungen sind, Menschen, die zu Tieren mutieren, schau mal das Monster da, sagt Nomi, zeigt auf ein menschenähnliches Ungetüm, das mit aufgeblähtem Kopf, aber perfekt gezogenem Mittelscheitel Münzen und Geldscheine in seinen Hals wirft, ein gut durchbluteter Hals, sage ich, und wir lachen, weil die roten Bahnen so gut gesprayt sind, dass man das Blut wirklich pulsieren sieht, weil wir uns vorstellen, wie es wäre, wenn unsere Gäste die Tür aufmachten, und sie sähen als Erstes dieses Bild, und es würde die ganze hintere Wandfläche des Mondial abdecken und sich markant abheben von den senfgelben Tischtüchern aus Leinen, der Wanduhr, den Vasen, den hellen Schlaufengardinen, Fräulein, darf ich Sie fragen, haben Sie das gemalt?, ist dieses Bild ein Symbol für irgendetwas?

Mark und Dave, die sich zu uns setzen, wir möchten uns auch amüsieren, ja dann, antwortet Nomi lachend, erzählt uns doch einen Witz! Wo habt ihr zwei gesteckt, die ganze Woche?, fragt Mark und küsst zuerst mich, dann Nomi. Fängt der Witz so an?, frage ich, und Dave küsst Nomi, ziemlich lange, finde ich, willst du auch geküsst werden?, fragt Mark, nein, aber kannst du mir verraten, wie die Band heißt, die da aus den Boxen kommt? *Guts Pie Earshot*, sagt Mark, was für ein Name, was für eine Stimme, sage ich, die spielen heute auch, und Mark zieht mit seiner Zungenspitze eine Linie auf seiner Zigarette, löst das Papier, reibt den Tabak zwischen Daumen und Zeigefinger, kommen aus Deutschland, Mark, der den Tabak mit Gras vermischt, ist eine richtige Politband, sagt Mark, ohne aufzuschauen, spielen nur in besetzten Häusern, für politische Aktionen, konsequent, sage ich, Nomi und Dave, die sich immer noch küssen, Mark, der mir den Joint hinhält, ich, die eigentlich nicht will, ziehe, ziehe lange, bestellst du mir noch einen Tschai, sage ich, der verpennte Typ hinter dem Buffet macht mich krank, Mark, dessen tief sitzende Jeans ich mir anschaue, seinen Kapuzenpullover, der einen Streifen Haut frei lässt, einen Tschai mit Rum, rufe ich Mark nach, versteht sich! (Und einen Moment lang bin ich für mich allein, sehe die Schienen, wie sie sich kreuzen, ich, die es liebt, nachts Reisende ein paar Sekunden lang zu beobachten, manchmal dem Glück eines gelösten Gesichtes zu folgen, das einer Hoffnung entgegenfährt, ich könnte stundenlang hier sitzen, um überallhin zu fahren, wo ich noch nie war, nach Barcelona, mit dem Talgo, und weiter nach Madrid, Lissabon, ich bin keine Reisende, sondern eine, die weggeht und nicht weiß, ob sie jemals zurückkommt, und jedes Mal, wenn ich weggefahren bin, habe ich mein Zimmer peinlich genau aufgeräumt, habe meine Kleider, die ich nicht mitgenommen habe, frisch gewaschen, ordentlich zusammengelegt oder im Schrank aufgehängt; meinen Spiegel habe ich abgedeckt, damit er das Zimmer ohne mich nicht sieht, mein leeres Schreibpult, das alphabetisch geordnete Bücherregal, das frisch bezogene Bett, ich habe mich immer auf eine Abreise ohne Rückkehr vorbereitet, wenn wir in die Vojvodina gereist sind, und das war lange Zeit die einzige Richtung, in die ich gefahren bin.)

Ich hab dich in keiner Vorlesung mehr gesehen, sagt Mark, als er den Tschai auf den Tisch stellt, wir sind im Moment ziemlich beschäftigt, sagt Nomi für mich, womit denn?, will Dave wissen, wir helfen unseren Eltern, antworte ich, Mark, der seinen Joint wieder weiterreicht, euren Eltern, helfen? Ja, stell dir vor, wir arbeiten an der Goldküste, in einer Cafeteria, sieht da ein bisschen anders aus als hier, und Nomi und ich, wir lachen, und Mark sagt, wir sind mit zwei Goldküstenbarbies unterwegs, das hätt' ich nicht gedacht, und er lacht auch, warum lachst du?, frage ich, Nomi, die mehrmals am Joint zieht, sagt, wir sollten uns alle lieben, und Dave fragt, wir könnten doch mal bei euch vorbeikommen, ich möchte euch zu gern sehen, wie ihr zwei da in diesem Goldküstencafé rumdüst, und ich, die einen Schluck Tschai nimmt, der nur nach Rum schmeckt, ich glaube nicht, dass das eine gute Idee ist; warum nicht?, die sollen uns ruhig besuchen, meint Nomi, und das Café gehört euren Alten? Wie heißt die Band nochmals, was für ein *Earshot*?, frage ich, ziehe am Joint; Themenwechsel meinst du, sagt Mark, und ich schaue ihn an, sein weißes, schmales Gesicht, die langen Zähne, sein zerknautschtes, dichtes Haar, ich mag das nicht, diesen Ausdruck, »meine Alten«, sage ich, frage zurück, was machen deine Eltern? *So what?*, hab ich was mit meinen Alten zu tun, antwortet Mark, ich nicht, im Gegensatz zu dir, zu euch, ihr bekommt den *cash* von den Eltern. Und du, woher hast du dein *outfit*, frage ich (und gleich wird alles gut sein, gleich wird das Gras einfahren, denke ich, gleich werde ich Tierköpfe sehen und keine Menschengesichter mehr, gleich wird sich Mark in eine Katze verwandeln und ich in eine Maus oder umgekehrt), Post, Nachtschicht, sagt Mark, der gut aussieht, als er es sagt; seit drei oder vier Monaten?, frage ich, Ildi, komm schon, sagt Mark, küss mich, du bist ein Biest, wenn du anfängst zu denken, und alle lachen, ich lache mit und sehe Benno vor mir, Benno, den man auch leicht übersehen könnte, in seiner ewigen Jeansjacke, mit den hochgezogenen Schultern, schon lange nicht mehr gesehen! Benno, der sich zu uns setzt, nie jemanden grüßt, sondern: Ihr, was denkt ihr über die Belagerung von Sarajevo?, wisst ihr schon, dass ein Tunnel gebaut wird?, seit ein paar Wochen wird Tag und Nacht gebuddelt, die Stadt braucht diesen Tunnel, sonst geht da nix mehr, sagt Benno, der immer mittendrin ist, im Kriegsgeschehen, und tatsächlich Dinge weiß, von denen wir keine Ahnung haben; dürfen wir dazwischen einen Schluck trinken, sagt Dave, sonst trocknen wir noch aus! Konsum macht blöd, das wisst ihr ja selbst, ja, Benno, das wissen wir schon, von dir, aber erzähl mal von diesem Tunnel. Ist noch nicht in den Medien, sagt Benno, ohne die Miene zu verziehen, der Tunnel soll unter dem Flughafen von Sarajevo durchführen, der Flugverkehr ist ja lahmgelegt, da geht nichts mehr rein und raus, ein Überqueren der Start- und Landebahn ist wegen den serbischen Heckenschützen unmöglich, versteht ihr? Und wir lassen den Joint weiter kreisen, Benno, der abwinkt, wir müssen uns doch mal grundsätzlich überlegen, was das heißt, wenn eine ganze Stadt belagert wird, hey, wir hier spielen so ein bisschen Freiraum, in Sarajevo kämpfen die ums nackte Überleben, komm schon, sagt Dave, ist Samstagabend, oder willst du dich als Freiwilliger melden? Genau, sagt Benno, entweder man ist Höhlenmensch oder kultiviert, so blöd sind wir inzwischen, dass wir das glauben, mach die Ohren zu, wenn's dich nicht interessiert, ich rede sowieso in erster Linie zu den Schwestern, ihr beiden, wir suchen noch Leute, die bei unserer Mediengruppe mitarbeiten, wir sammeln unzensierte Informationen, auch Geld, damit wir die einzige noch unabhängige Zeitung in Sarajevo unterstützen können, und euch könnten wir gut brauchen, ihr könnt doch Serbokroatisch, das würde uns helfen, sagt Benno, schaut uns fragend an. Kein Wort können wir, sage ich. Ich dachte, ihr kommt aus Serbien. Ja, schon, aber aus einer Stadt, in der hauptsächlich Ungarisch gesprochen wird, und wir sind beide schon hier zur Schule, sonst hätten wir Serbisch gelernt, sagt Nomi. Verstehe, ihr kommt aus der Vojvodina, schade, ihr könnt ja trotzdem mal vorbeischauen, wir treffen uns immer dienstags, am Abend. Wo? Hier oben! Benno, der seine Schultern hochzieht, schon wieder verschwunden ist.

Der kompensiert doch irgendwas mit seinem ernsten Übereifer, sagt Mark (warum widerspreche ich ihm nicht? Ich komme nur, wenn ihr Hundeverbot habt in eurer Mediengruppe, denke ich, stelle mir vor, wie eine Handvoll Freaks mit ihren Hunden im Kreis sitzen, über den Krieg diskutieren, die Hunde, die ihre Schwänze schwingen wie Fahnen), ciao, Benno, rufe ich, schaue wieder aus dem Fenster, und es sind nicht mehr die Züge, die fahren, sondern wir fahren, ziemlich schnell, jemand hat uns auf einen großen Hubstapler geladen und fährt mit uns, immer schneller, Richtung Müllabfuhr, wer fährt?, frage ich und sage: Mark, pass auf, deine Zähne fallen dir aus deinem Mund, oh, und Mark lacht, Nomi lacht, Dave lacht, ich lache, du wirst einen Mund haben, aber keine Zähne, und ich sehe, wie das Herz der Madonna blinkt, ihr Herz wächst uns entgegen, wir fahren, damit wir zum Herz kommen, sage ich, Mark prustet, Ildi, du machst mich krank, du bist so komisch, he, ihr alle, sagt Dave, lacht nicht grundlos und wischt sich die Tränen ab, ich bin, ich bin, ich bin, ich – du, komm schon, wir tauschen, du küsst Nomi und ich Ildi, der Hubstapler hat einen Propeller, er wirft uns kalte Luft ins Gesicht, Dave? Sein großes Gesicht vor mir gleicht dem Gesicht eines traurigen Clowns, verschwinde, Dave, der Müllberg wächst, ich muss mich darauf vorbereiten, auf das, was kommt, Nomi, Nomi, wo bist du?, und ich, die vermutlich in Tränen ausbricht, he, Ildi, alles klar, ich bin hier – bei dir, und ich, die sagt, warum habe ich so kalte Hände?, weißt du, warum wir hier sind?, was wir hier suchen? Wir amüsieren uns, das sagt nicht Nomi, wahrscheinlich Dave, Dave, warum stehst du immer noch vor mir, halt dich fest, Dave, die Geschwindigkeit, spürst du sie nicht, Dave sagt, Mark behauptet, du küsst göttlich, ich will das jetzt haben, mach die Augen zu – geh weg –, Nomi, wo bist du?, los, ab in den Keller, das Konzert hat begonnen, Mark, der mich stützt, weil ich keine Beine mehr habe, keine Beine?, du spinnst, sagt Mark, ja, ich bin beinlos; los, komm schon, vergiss deine Beine, ruft Mark – aber was machen die Polizisten da? Mark, warum sind wir umzingelt, hat das mit meinen Beinen zu tun? Ildi, da sind keine Bullen, Leute wie du und ich um uns, Ildi, pass auf, die Stufen! Nomi, wo ist sie? Unten, im Keller, antwortet Mark, los, mach schon!, der Hubstapler, sage ich, und warum sagst du mir, da sind keine Polizisten, die Hunde sind überall, siehst du sie nicht? Mark, der mich packt, die Treppe runterträgt, habt ihr geheiratet? Augen, Münder, in denen Blut schwimmt, warum sind alle verletzt?, und Benno fliegt über uns, Sarajevo, ruft er, versteht ihr? Sarajevo! Und ich drehe meinen Kopf in Marks Arm, ich will keine Hunde mehr sehen, keine blutenden Münder, und da, wo früher die Beine waren, schlägt das Herz, kann ein Herz da schlagen, wo sonst Beine sind? Mark, der mich in ein Loch hineinwerfen will, ich, die sich mit Händen und Füßen wehren muss, schreie ihn an, damit er es nicht tut; ein Sofa, sagt Mark, verdammt, Ildi, das ist ein Sofa, ich kann dich nicht mehr tragen! Und wenn du mich ins Loch wirfst, lande ich auf dem Müllberg, Mark, ich hab's gewusst, deine Augen haben mir's verraten!, und ich befreie mich, werfe mich auf den Boden, Mark, warum trampelst du mich tot mit deinen Schreien? Ich bin's nicht, sagt Mark, die Band schreit – was?, welche Band?, warum kann ich nicht auf dem Boden liegen, warum rast der Boden in mich hinein? Du spürst die Vibration, sagt Mark, hör mal zu, ich hol dir eine Flasche Wasser, du musst trinken, du bist auf einem ziemlich schlechten Trip, der muss wieder raus aus dir.

Irgendwann waren wir dann auf dem Klo, Nomi, die mir den Kopf duscht, Nomi, die auf mich einredet, mir die Wangen streichelt, den Kopf, hallo, siehst du wieder klar?, klar, Nomi, die sagt, Rum und Gras vertragen sich nicht, blutige Anfängerin, sage ich und hebe meinen Kopf, sehe mich im Spiegel, Nomi, die ihr Gesicht an meine Wange drückt, wir sehen uns ähnlich, sagt sie, die Lippen, die Augen, unsere Gesichtsfarbe, nur die Haare nicht; erinnerst du dich an Großmutter, wie sie sagte, dass jeder Mensch mehr als zwei Gesichter hat? Wie könnte ich das vergessen, antwortet Nomi.

Ich möchte nur ein Gesicht haben, sage ich.

Nomi, die lange wartet, mich anschaut und dann sagt, jeder Mensch hat verschiedene Gesichter, es ist überlebensnotwendig, verschiedene Gesichter zu haben.

Ich kann nicht mehr arbeiten im Mondial, und ich kann nicht mehr hierher kommen, es ist –

Ildi, du bist heute schlecht drauf, komm schon, nichts Grundsätzliches jetzt, wir machen uns ein bisschen frisch, ein bisschen Schminke, und dann gehen wir tanzen, meine geliebte Schwester, mach dich nicht so schwer.

Und Nomi und ich, wir haben getanzt, mit Dave und Mark, wir haben uns verwickelt, uns am Hals geküsst, und ich habe mich fallen lassen, habe meinen Mund an Marks Schulter sich festsaugen lassen, meine Augen, die zufielen vor Müdigkeit und Erleichterung, deine Haut ist so weich wie Schnee, flüsterte Mark mir ins Ohr (und so kalt?), vielleicht kann man an einem Tag etwas beschließen, dachte ich, man kann beschließen, anders zu werden, und dann kommt der nächste Tag, und man merkt, wie spielend leicht es geht, und Mark hat meine Schulter nass geküsst, seine Finger haben meine Brüste im Takt berührt, Mark und ich, wir tanzten durch die Stuhlreihen des Mondial, die Bilder, aus denen Farbe tropfte, es sieht schön aus, sagte ich flüsternd in Marks Ohr, das Gelb, das Rot, das Blau, die Farbtropfen an den Wänden, auf den gepolsterten Stühlen, und das Tapetenmuster zitterte, durch alles ging ein leichtes Beben, die beiden Vasen, die im Zeitlupentempo umfielen, es sieht wirklich schön aus, die Scherben, sagte ich zu Mark, die verschmierten Landschaftsbilder, und wir drehten uns mit verschlungenen Armen und Beinen weiter, bis Nomi uns aus unserem Wachtraum weckte, der Keller, der schon fast leer war, die Musik, die nur noch ganz leise aus den Boxen spielte.

Mark und Dave, die uns zum Bahnhof begleiteten, mit uns auf den ersten Zug warteten, und wir umarmten uns, Nomi Dave, ich Mark, wann sehen wir uns? Bald, und ich erinnere mich, dass mir der Morgen kalt vorkam, und ich sah mich am Gleis stehen, zerwühltes Haar, eine schlotternde Hose, verschwitztes T-Shirt, ich sah meine Schuhspitzen, die Marks Schuhspitzen berührten, kommst du nächste Woche an die Uni? Nein, antwortete ich, ich habe keine Zeit, und ich hörte meine Stimme, sah zum Kioskverkäufer, der mit offenem Mund zu uns schaute, ich sah ihn, mich, uns, die Tauben, die auf dem Bahnsteig mit ihren Köpfen ruckten, mit raschen Bewegungen auf den Asphalt pickten, der Tag, der schon heller wurde, am Himmel rote Verfärbungen zeichnete; und ich sah uns vom Kiosk aus, ich hinter Zeitungen, Zeitschriften, Kaugummis, Schokoriegeln stehend – ich sah uns, übergroß, ich, eine aufgeregt flatternde Taube, von menschlichen Schritten aufgescheucht.

Im Sommer 1987 saßen unsere Eltern im Wohnzimmer, nach der Arbeit, sie beugten sich über das Buch, das ihnen irgendein Beamter mitgegeben hatte, Staatskunde, und Nomi und ich, wir haben unsere Eltern abgefragt, die Bundesräte, das Parlament, die direkte Demokratie, die Staatsgründung, Fragen zur Schweizer Geschichte, unsere mit Beinschinken belegten Brote haben Fettflecken hinterlassen im Buch, und es war ein fester Ablauf: Brote streichen, belegen, ein Tablett mit belegten Broten und Mineralwasser ins Wohnzimmer tragen, Nomi und ich, die die Einbürgerungsprüfung nicht machen mussten, weil wir noch nicht volljährig waren, *Förderalismus*, sagte Vater, und wir lachten mit butterverschmierten Mündern, was willst du fördern? Vater, der »Demokratie« so aussprach, als wäre sie eine schöne, elegante Dame, aber keine Staatsform, wenn einem etwas wichtig ist, dann muss es schön klingen, elegant, Fragen, die Nomi und ich nicht beantworten konnten, Halbkantone, was soll denn das sein, entweder gibt es Kantone oder nicht, und wir haben nicht nur gelacht, sondern uns auch die Köpfe zerbrochen, weil uns die Sprache immer wieder in die Quere kam, Namen wie General Guisan, wie soll ich mir das bloß merken? Rätoromanisch, nicht *radromanisch*! Nomi, die sagte, bin ich froh, dass ich die Prüfung nicht machen muss, und es war ein verregneter Tag, an dem wir unseren Eltern Glück wünschten, und wir waren nicht überrascht, dass sie schweigend nach Hause kamen, nicht geschafft, sagte Mutter, wir müssen noch mal hin, ein paar

Fragen hätten sie gar nicht verstanden, wie soll man da antworten, wenn man die Frage nicht versteht? Mutter, die der Prüfungskommission ein besonders ausgefallenes Strudelrezept aufgetischt hatte, weil sie das Wort *Sudel* nicht gekannt hat, das schweizerische Wort für Fresszettel, die Beamten, die ihr angeboten haben, sie könne sich auf einem *Sudel* Notizen machen.

Und es ist merkwürdig, dass wir ausgerechnet an diesem Abend Monopoly spielen, ich weiß gar nicht, ob dieses Spiel je irgendjemand von uns gemocht hat, ich glaube nicht, auf jeden Fall steht das Spielbrett auf dem Tisch, wir würfeln, kaufen, Vater wird ein paarmal hintereinander ins Gefängnis geschickt, wenn wir etwas zusammen gespielt haben, dann Karten, meistens Rommé, und Mutter hat beim Spielen sehr oft gewonnen, und Vater hat sich in allen Farben über ihr Spielglück geärgert, aber an diesem Abend geht es nicht ums Gewinnen oder Verlieren beim Spielen, sondern darum, dass in unseren eigenen vier Wänden die überreifen Früchte wieder einmal aufplatzen, Vaters witzig abschätzige Bemerkungen über *die Käsigen*, die Schweizer, die Herzspezialisten hinter den Alpen, diesen ausgehungerten Quark, den sie hier haben, der schmeckt doch gar nicht, sagt Vater, den schmiert sich höchstens so eine hihihihi Hausfrau ins Gesicht, sagt er, würfelt eine Sechs (und kauft sich ein Häuschen in Freiburg, das ist bestimmt fehlinvestiert, sagt Nomi), und wisst ihr, jetzt spreche ich als Metzger zu euch, warum die Schweizer alles bis zur Unkenntlichkeit verhacken müssen? Für den Schweizer gibt es nichts Schlimmeres als Fettaugen, wenn ihn so ein Fettauge anschaut, dann sieht er schon einen Zeigefinger, denk an dein *Kolesteril*, ja, und die Hausfrauen, die noch um elf Uhr in Cafés rumsitzen mit ihren frischen Frisuren, wenn sie zusammen *höcklet*, sitzen, besprechen, was sie als Nächstes für einen Kurs besuchen oder wo sie im nächsten Winter in die Skiferien fahren (Mutter, die die Wasserwerke, die Elektrizitätswerke und Bergbahnen kauft und vielleicht auch gern einmal einen Kaffee getrunken hätte am Vormittag, in einer Cafeteria), sollen wir überhaupt noch weiterspielen?, frage ich, warum nicht?, wir haben ja erst gerade angefangen, und wisst ihr, was im Cervelat alles drin ist, in der Nationalwurst der Schweizer?, viel, viel Eis und Schwartenmagen, viel, viel billiges Gewürz, dann wird das alles schön klein gehackt, vermanscht, weil die Schweizer nicht wissen wollen, dass sie Tiere essen, und am Schluss hat man so ein hellbraunes *Wurschtli* vor sich und sieht nichts mehr von der Wahrheit (Vater, der sich in Freiburg und in La Chaux de Fonds ein Hotel kauft, das lohnt sich nie, sagt Nomi, mal sehen, antwortet Vater), aber wer will das schon wissen, fragt uns Vater, und warum wird man hier nie eingeladen, und wenn, dann zu Wienerli mit Kartoffelsalat?, warum haben hier die Hunde Vortritt? (und Nomi und ich, wir lachen, weil Vater einem imaginären Hund einen Fußtritt verpasst), hier kannst du zugrunde gehen, und die organisieren dir noch ein korrektes Begräbnis (Vater, der in der Vojvodina nicht aufhört zu betonen, dass in der Schweiz alles seine richtige Ordnung hat, da weiß man, wo die Straße anfängt, wo der Bürgersteig, und keine Bäume, die kreuz und quer wachsen), und Vater würfelt über den Tisch hinaus, wischt mit dem Arm über das Spielbrett, Vater, der doch keine Lust mehr hat, weiterzuspielen, weil er jetzt lieber schwärmen will von den Errungenschaften der eigenen Kultur, unser Quark ist doch ein Quark der Superlative, körnig, aromatisch, unsere Paprikawürste, die sind weltberühmt, hört mal!, sogar amerikanische Filmstars essen unseren *kolbász*, und wir Vojvodiner Ungarn sind ja noch viel gastfreundlicher als die Ungarn, die in Ungarn leben, unsere Sprache, die allen Studierten immer noch ein Rätsel ist; Mutter, die Vater plötzlich unterbricht, mit einer feinen Stimme sagt, es sei unangenehm, ständig zu schwitzen, wenn man Deutsch spricht, und wahrscheinlich schwitze man so, weil man wisse, dass man falsch spreche, auch wenn man sich noch so Mühe gäbe, und Mutter schaut uns alle der Reihe nach an, mit offenen Augen, als habe sie gerade etwas Schockierendes begriffen – und das Spielbrett liegt vor uns, das Papiergeld, die Figuren, die Würfel, Mutters Worte, die mitten ins Herz treffen und zeigen, was Vaters Überhebungen im Grunde sind, nämlich die Hilflosigkeit gegenüber erlittenem Schmerz, Enttäuschungen, die sich hinter diesen Sprüchen verschanzen (und es gäbe so viel zu sagen über den Kurzschluss, dass ein Mensch, der in einer Sprache Fehler macht, als dumm gilt, die Fehler meiner Eltern, die in meinen Ohren eine eigene Schönheit haben; es wäre die Gelegenheit zu sagen, dass Vater und Mutter, wenn sie Ungarisch sprechen, wie verwandelt aussehen), und als könnte Nomi meine Gedanken lesen, sagt sie, wir übersetzen euch simultan, das nächste Mal, wenn ihr zur Prüfung müsst, dann musst du nicht mehr schwitzen, Mami, dann schwitzen die Herren, weil ihnen so viele Wörter um die Ohren fliegen.

Trotzdem haben wir nicht gefeiert, als Vater und Mutter die Einbürgerungsprüfung beim zweiten Mal geschafft haben, so, das ist erledigt, sagte Vater, und Mutter räumte die Unterlagen weg, das Staatskundebuch, er setzte sich in seinen Sessel, sie aufs Sofa, und wir sahen sie erwartungsvoll an, aber Vater knipste den Fernseher an, Mutter langte nach ihrem Strickzeug. Und, fragte Nomi, und was, antwortete Vater, wir sind ja noch keine Schweizer, die Schweizer müssen erst mal noch abstimmen für uns. Die Beamten waren jedenfalls sehr nett, sie haben uns zur bestandenen Prüfung gratuliert, so Mutter.

Hörst du, wie sie rufen, fragt mich Dragana, *wenn du genau hörsch, hörsch du ihre Stimme*, und Draganas Augen irren umher wie kleine, verlorene Kugeln. Unsere Familien rufen uns und was tun wir?, und sie packt meine Hände, ich muss etwas tun, *hörsch mir zu?* (Dragana, die unter der Woche von sieben Uhr morgens bis sechs Uhr abends in unserer Küche arbeitet und am Wochenende, mit ihrem Mann, für ein Putzinstitut), ich kann doch nicht zusehen, wie die meinen Sohn *totmachen*, erschießen oder aushungern!

Vor einem Jahr hat die Belagerung von Sarajevo begonnen, sagte gestern die Stimme im Fernsehen, am 5.4.1992.

(Vater, der mit einem Ruck aufsteht, das geht doch in keinen Kopf, sagt er, dass es ein Jahr später da unten noch genauso aussieht, das ist doch nicht menschenmöglich, und Vater geht auf die Wohnwand zu, die geduldige, dunkelbraune, zieht den Griff nach unten, langt nach der Flasche, füllt seinen Whisky ins Glas, geht in die Küche, zum Eisfach, und wir hören, wie er die Würfel aus dem Behälter klopft, irgendwer macht da einen Fehler, sagt Vater, als er wieder ins Wohnzimmer kommt, sich mit seinem Glas in den Sessel setzt. Kommt nicht Dragana aus Sarajevo?, fragt Nomi, ja, klar, aber ist sie Serbin oder Kroatin?, oder sogar Muslimin?, weiß ich nicht, antwortet Vater, will ich gar nicht wissen, es ist besser, wenn wir uns da nicht einmischen, und er zappt zum ungarischen Sender; wir können es uns nicht leisten, im Geschäft über Politik zu reden, sagt Mutter, vor allem jetzt nicht, wo die Lage immer angespannter ist – wisst ihr was, wir müssen den Leuten zeigen, wir sind *Individien*, und irgendwann werden sie uns nicht mehr bemerken, dann sind wir Luft für sie, das ist am besten, und wenn euch irgendjemand nach eurer Meinung fragt, wir haben keine Meinung –)

Ildi, hörst du nicht, wie sie rufen? Und ich, die nicht weiß, was sie sagen soll, überall behaupten sie, wir Serben sind schuld, und Dragana presst meine Wangen zwischen ihre Hände, die im Fernsehen *könnd mir verzelle, was wänd*, die haben doch keine Ahnung, was da los ist, alle sind schuld, Ildi, die Serben schießen von den Bergen, Izetbegović opfert seine Menschen, damit er sagen kann, die Muslime sind Opfer und die Serben schuld an allem, und die Kroaten verbünden sich mit den Serben, wenn es ihnen gerade passt (mitten in Europa, denke ich, heute, nicht in der Vergangenheit), ja, ich höre sie rufen, sage ich plötzlich, um Dragana zu trösten, zu beruhigen oder um sie endlich zum Schweigen zu bringen, und Dragana hat einen Moment abgewartet, in dem wir allein sind, in der Küche (Vater, der einen Großeinkauf macht, Marlis, die unten im Keller das Lager aufräumt), sag schon, wie hörst du sie?, was hörst du genau, *hörsch du sie au am Nacht?* Am schlimmste isch es, wenn der Mond so rund und blöd isch*, dann spucken sie mir alle ins Ohr, meine Schwester, mein Sohn, meine Tanten, sie spucken in mein Ohr und rufen nach mir, Dragi, Dragi, hast du uns vergessen? *Ildi, weisch du, wie alt mein Sohn isch? nüün Jahr*, sagt sie, neun Jahre alt sei er, *und kann nüt komme, in Schwiiz* (und Dragana streckt ihre Hände in die Höhe, als wäre sie gerade verhaftet worden), fast vier Monate müssten sie noch warten, wegen dem Gesetz!, das sei doch länger als ein Menschenleben, jetzt, wo jeden Tag Hunderte von Menschen sterben, und ich zucke zusammen, Dragana, die mir ein Foto hinstreckt, ich müsse ihn anschauen, ihren Sohn! Und nur widerwillig schaue ich ihn an, den Jungen mit seinem schüchternen Gesicht und Augen, die so schön sind wie nur Augen sein können; ein Kind in den Armen der Großeltern und hinter ihnen ein Haus, ein halbes Haus, denke ich.

(Meine Mamika, deren Murmeln ich immer gehört habe,

wenn ich schlaflos im Bett lag, das feine Geräusch ihrer Rosenkranzperlchen, die sich berührten, als Mamika sie drehte, weiterdrehte, und dann, nach dem Beten, ihre Stimme, die klar und hell sang: *Von meiner Mutter habe ich das Herz einer Taube, von meinem Vater habe ich das frohe, musikverliebte Gemüt. Meine Liebste, du mit dem weißen Seelchen, meine Eltern haben mich zu allem Schönen, Guten erzogen, zur Liebe und zu heißen Küssen ...*

Gestern, nachts, als ich schlaflos im Bett lag, habe ich mich an Mamikas Rosenkränze erinnert, Mamikas Überzeugung, dass Beten und Singen der harten Wirklichkeit wenigstens die äußerste Spitze nehmen können, und in den schlimmsten Zeiten ihres Lebens, da habe das fortwährende, lautlose Beten sie durch den Tag getragen, sie sei diesen Worten blind gefolgt, in die Zukunft, die es ohne diese Worte nicht gegeben hätte.)

Ich wusste, du hörst sie auch, sagt Dragana, küsst das Foto, lässt es wieder in ihrer Bluse verschwinden, und wenn die Schweizer ihren Sohn jetzt reinlassen würden, könnte er doch nicht kommen, weil er eingeschlossen sei in Sarajevo; und ich erschrecke darüber, dass Draganas Blick so fiebrig und hoffnungslos ist, wie sie mich anschaut, mir erzählt, dass sie ihren Sohn pfeifen hört, ganz hoch und durchdringend (die Wahrheit ist schrecklich und für niemanden bestimmt), und plötzlich, in diesem Moment, taucht Janka auf, wahrscheinlich weil Dragana nicht aufhört, von den Stimmen zu sprechen, die sie hört, ihrem Schuhmacher, den sie seit Jahren nicht mehr gesehen habe, sogar sein altes Fahrrad quietsche in ihrem Ohr, und er habe oft mit ihr geschimpft, sie solle nicht so schief durch die Welt gehen; all unsere Tanten, Onkel, Cousinen, sie waren für mich schon immer da – aber Janka?

Dragana dreht sich von mir weg, packt den Sparschäler, rüstet Kartoffeln und Karotten, die einfachsten Tätigkeiten, die nicht mehr für sich stehen, nur davon zeugen, dass wir hier nichts tun, denke ich, sagt sie, und ich sehe es plötzlich klar vor mir, die beiden Welten, die einander gegenüberstehen und sich nicht vereinbaren lassen, wir hier in der Schweiz und unsere Familien in Jugoslawien, im ehemaligen Jugoslawien, wie man sagt, das sind meine Feinde, und Dragana zeigt auf die Kartoffelschalen, fährt sich mit ihrem Handrücken über die Augen, ja, wir leben hier, wie die Schweizer, im Zuschauerraum, denke ich, das ist zumindest eine Wahrheit.

Draganas ganze Familie – dein Sohn, wie heißt er? Danilo! –, die in Sarajevo lebt, und Dragana schneidet mit der Spitze des Rüstmessers die Augen aus den Kartoffeln. (Die Olympischen Winterspiele 1984, damals, als das Fernsehen noch eine Verheißung war, die Resultate, die ich in die dafür vorgesehenen Listen eingetragen habe, wer hat damals Weltrekorde aufgestellt? Ingemar Stenmark? Oder Bojan Križaj? Die klare Erinnerung aber an Mutter, die beim Anblick von Jane Torvill und Christopher Dean so gerührt war – dass ein Paar so übers Eis schweben kann –, die Jury, die einhellig die höchste Bewertung für die B-Note gegeben hat, ist das die Möglichkeit, sagte Mutter, mit Tränen in den Augen – wo ist Sarajevo, fragten wir damals Mutter, weil wir wissen wollten, wo dieses Wunder der Liebe möglich geworden ist, und Mutter schlug unseren Schulatlas auf, und wahrscheinlich fanden wir Sarajevo unter der Überschrift »Balkanländer«.

Jetzt, 1993, ist das Olympiastadion zerstört, und direkt vor den Ruinen werden die Toten begraben, wer hätte das gedacht, sagt man, wer hätte das für möglich gehalten, schreibt man, und ich stelle mir vor, wie Jens Weißflog sich zum Sprung vorbereitet, wie er noch einmal tief durchatmet, bevor er sich kräftig abstößt, einspurt, tief in die Hocke geht, um dann abzuheben, Jens Weißflog, für immer und ewig über den Dächern von Sarajevo.)

Ich habe einen Brief bekommen, von meiner *sestra*, sagt Dragana, soll ich dir erzählen, was sie geschrieben hat? Nein, lieber nicht, denke ich, ich möchte nicht wissen, was Draganas Schwester geschrieben hat. Du, Ildi, die haben fast keine Bäume mehr, die brauchen alles zum Heizen, meine *sestra* sagt, die Stadt sieht aus wie ein gerupftes Huhn, Pärke und Straßen ohne Bäume, aber das ist nicht das Schlimmste, die haben kein Wasser mehr zum Trinken, kein Wasser mehr, um ihre Scheiße wegzuspülen, nicht einmal die Spitäler sind geheizt … vielleicht später, unterbreche ich Dragana, erzähl mir später davon! Dragana, die sich mit einem Ruck umdreht, mich mit ihrem wirren Blick fixiert, du hast Angst, sagt sie, ist ja klar, wir alle haben Angst, habt ihr was von eurer Familie gehört?, könnt ihr noch telefonieren? Und Dragana richtet das Rüstmesser gegen mich, als wäre ich eine große Kartoffel, der man gleich mehrere Augen ausstechen muss. Aber wahrscheinlich bin ich es, die daran denkt, sie aus dem Weg zu räumen, ich jedenfalls überlege mir, ob die Welt ein Problem weniger hätte, wenn wir beide, eine bosnische Serbin und eine Ungarin aus der serbischen Provinz Vojvodina, tot auf dem Küchenboden, auf einem Linoleumboden liegen würden. Nein, die Leitung ist tot, antworte ich (und alle, außer Janka, haben sich bis anhin an der *Beogradska* getroffen, bei Onkel Móric und Tante Manci, weil sie bis heute die Einzigen sind, die ein Telefon haben, alle, auch die Ältesten, trinken süßen, türkischen Kaffee, es gibt niemanden, der sich nicht die Hände wäscht, bevor er sich zum Telefon setzt, alle reihen sich auf dem Sofa auf, mit gestärkten Hemden, gebügelten Blusen, frisch bespuckten Scheiteln, denn man weiß nie, wozu die heutige

Technik fähig ist, mit einem Mal kann das Telefon sehen, und ist es nicht schon heute so, dass man die Verwandten in der Schweiz sieht, den Bruder? Und ach, die Kinder!, wenn man ihre Stimmen hört, wie sie durch die Leitung flattern?, und es kann Stunden dauern, bis der Erste vom Sofa aufsteht, den Zirkel verlässt, wo jedes Wort der Verwandten nach dem Aufhängen des Hörers noch einmal gedreht und gedeutet wird, es ist ein den Nachmittag füllendes Ereignis, das Telefonieren mit dem Ausland).

Ildi, brauchst du eigentlich sonst noch was, fragt Dragana, außer deinem Ei?, Dragana, die jetzt die Rüstabfälle in den Kompost wirft, sich mit dem Handrücken die Stirn abwischt. Ja, einen Schinken-Käse-Toast und ein Spargel-Canapée (und ich werde die internationale Auskunft anrufen, um Jankas Telefonnummer herauszufinden, vielleicht hat Janka ein Telefon, vielleicht hat Janka ein Telefon, das noch funktioniert und: internationale Auskunft, das klingt doch schon wie ein Versprechen), seit wann kannst du nicht mehr anrufen?, frage ich Dragana. Seit diese gottlosen Krieger, meine Serben!, angefangen haben, von den Bergen zu schießen. Ich schwöre dir, die machen mit uns, was sie wollen, erzählen uns, dass wir uns schon immer gehasst haben, die Serben, Kroaten und Muslime, ja, das würde ich gern glauben, glaubt ja niemand, der Herz hat, wir sind alle Bosnier, *glaubsch mir?*, alle ihre Verwandten, die sich immer als Bosnier gefühlt hätten, so Dragana, werden jetzt als bosnische Serben bezeichnet, ihre Stadt, die sie lieben, die von Serben belagert wird, von Serben und Kroaten und Muslimen beschossen wird (und wenn es einen Irrsinn gibt im Kopf, dann dreht er sich immer schneller, er dreht sich rasend schnell um solche Begriffe), und Dragana fingert nach den Spargeln in der Dose, und dabei möchte ich wissen, warum sie auf dem Mond gelandet sind, Ildikó, *die*

Politiker muesch doch alle in ein Rakete inestopfe und uf Mond ufeschüsse, und wenn sie dann noch genügend Benzin haben, können sie weiterfliegen, damit sie endlich ihren richtigen Gott finden, uns in Ruhe lassen, und Dragana spricht immer schneller, ihr Gemisch aus Schweizerdeutsch und Hochdeutsch, das sich immer mehr im serbokroatischen Singsang verliert, Draganas Konsonanten, die miteinander zu tanzen scheinen, Sarajevo ist bald ganz tot, wirst sehen, und sie bestreicht eine Toastscheibe mit Senf, belegt sie mit Schinken und Käse, das Ei hüpft inzwischen im heißen Wasser, *warum glaubt jeder in Welt, wir Serben sind Menschenfresser,* Ildi?, und Dragana klemmt das belegte, bestrichene Toastbrot in den Toaster, Dragana und ich, zwei Tiere, die sich in die Augen schauen, wir, die Todfeinde sein müssten, weil Dragana bosnische Serbin ist oder serbische Bosnierin? und ich zur ungarischen Minderheit in Serbien gehöre (der Irrsinn, der sich weiter dreht, in meinem Kopf, in allen Köpfen), und es ist absurd und absolut möglich, dass einer meiner Cousins desertiert, weil er als Ungar nicht in der jugoslawischen Volksarmee kämpfen will, es kann sein, dass ihn einer von Draganas Cousins erschießt, weil er bei der jugoslawischen Volksarmee kämpft und Deserteure erschossen werden; es kann aber auch sein, dass einer von Draganas Cousins desertiert, weil er sich als Bosnier fühlt, als bosnischer Serbe nicht in der jugoslawischen Volksarmee kämpfen will, es kann sein, dass dann mein Cousin Draganas Cousin erschießt, weil mein Cousin nicht desertiert ist, für die jugoslawische Volksarmee kämpft, um vielleicht sein eigenes Leben zu retten; aber möglicherweise werden beide erschossen, von einem Muslim, einem Kroaten, einem Blindgänger, von einer Mine zerfetzt, irgendwo, an einem unbekannten Ort, im Niemandsland, während wir hier zusammen Brötchen streichen, in unserer Küche.

(Unsere Gäste, sind sie deutsche Schweizer oder schweizerische Deutsche?)

Dragana, die das Ei in den Becher setzt, mir den weißen Teller mit dem Canapée in die Hand drückt, den Toast musst du dir später holen, sagt sie, und ich, ich setze mich endlich in Bewegung, Richtung Buffet.

An diesem Apriltag lässt mich der Gedanke an Janka nicht mehr los, und ich versuche, die Anzahl der Jahre zu finden, die wir uns nicht mehr gesehen haben, ich klopfe den Satz in den dafür vorgesehenen Behälter, fülle den Kolben mit frischem Kaffeepulver, neun Jahre müssen es sein, denke ich, und ich merke nicht, wie ich das braune Pulver andrücke, ob ich es mit einer leichten Handbewegung tue oder ob der Druck zu stark ist, ich glaube, es sind neun Jahre, und natürlich höre ich Jankas Stimme, obwohl ich sie nur ein Mal gehört habe, das Ohr hat ein erstaunlich gutes Gedächtnis, und ich spanne den Kolben in die Halterung, muss Nomi, die heute serviert, fragen, ob sie einen hellen oder einen dunklen Milchkaffee bestellt hat, ob sie einen frisch gepressten Orangensaft, dies oder jenes bestellt hat, Dragana, die aus der Küche nach mir ruft, der Toast!, und logischerweise muss Nomi fragen, auf welchem Planeten ich mich gerade befinde, ja, das frage ich mich auch, müsste ich antworten, ich müsste jetzt weit ausholen, sagen, dass sie und ich, wenigstens wir zusammensitzen müssten, um uns zu besprechen, zu planen, was wir tun könnten, ob wir uns nicht doch einmal mit Benno treffen sollten, mit seiner Mediengruppe, ich würde Nomi gern fragen, ob sie sich schon vorgestellt hat, dass unsere Familie diesen Krieg nicht überlebt, dass Großonkel Pista nicht operiert werden kann, weil wegen dem Embargo die Medikamente fehlen, dass morgen vielleicht alle schon tot sind, Onkel Piri und Tante

Icu, Csilla, weil sie zu den Ärmsten gehören, Janka, die Nomi sein könnte oder ich, von der ich nur weiß, dass sie ihr Wirtschaftsstudium abgebrochen hat, unsere Heimatstadt verlassen hat und in Novi Sad als Radiosprecherin arbeitet, unsere ganze Familie, die jetzt zur Vergangenheit gehört, die nicht mehr erreichbar ist, die Berliner Mauer und der Eiserne Vorhang existieren nicht mehr, und wir sind voneinander abgeschnitten, als hätte es nie einen verbindenden Weg gegeben, einen Zug, den man besteigen kann, der einem Fahrplan folgt, Schienen, die gelegt worden sind, wozu denn? Ich möchte Nomi fragen, wie wir Janka suchen könnten, ob sie glaube, dass man Vater nach Janka fragen könne, wie man das am besten anstellen könnte (Nomi, die mir ein paar Tage nach meinem zwanzigsten Geburtstag gesagt hat, dass wir unseren Plan beerdigen müssten, es ginge nicht, wir könnten nicht zurück, das sei ein Kindertraum, wir hätten unser Herz hergegeben, und darin habe sich ein hohler Wunsch eingenistet, es sei doch bekannt, das typische Emigrantenschicksal, für die Zukunft sparen und dann in der alten Heimat unglücklich sein?, nein!, ich, die Nomi gefragt hat, ob sie hier glücklich sei, Nomi, die gelacht hat, wir sind Mischwesen und die seien tendenziell glücklicher, deshalb, weil sie in mehreren Welten zu Hause seien, sich wo auch immer zu Hause fühlten, sich aber nirgendwo zu Hause fühlen müssten), und Nomi, die ein Allrounder ist, in der Küche arbeitet, im Buffet, im Service, mit den Vertretern verhandelt, von allen gemocht wird, sie erinnert mich daran, dass die Zeit nicht optimal sei, wir hätten das Geschäft zu einem ungünstigen Zeitpunkt übernommen, aber wir schaffen's trotzdem!, wenn es keine Leute gäbe, die uns mögen würden, würden wir ja gar nicht erfahren, was über uns geredet werde!, und Nomi klopft die Stummel in den Müll, oder? Und wenn die Schärers immer noch überall herumerzählten, wir hätten die Tanners bestochen, mit fünfzigtausend!, was ihr übrigens neulich Frau Freuler anvertraut habe, dann sagen wir, nein!, hunderttausend!, wer hat behauptet, wir seien so knauserig? (und was ist mit der Herrentoilette, die ständig verpisst ist, will ich Nomi fragen, warum hat uns jemand die Tür mit falsch lachenden Sonnen verklebt?), Nomi, die mich darauf aufmerksam macht, dass es bereits nach elf Uhr ist, und ich spanne die Kolben aus der Cimbali, klopfe den Kaffeesatz der Reihe nach in den Behälter, spanne die Kolben wieder ein, lasse die Maschine einmal leer laufen, reinige mit einem dichtborstigen Pinselchen die Rillen der Maschine vom Kaffeesatz – das regelmäßige Reinigen der Maschine ist die Voraussetzung für einen guten Kaffee –, fahre mit einem nassen Lappen um die Halterungen, wische so das verbliebene Kaffeepulver von den Sieben, die Cimbali, die ich ziemlich genau kenne, meine Hände, die ich in Verbindung mit der Cimbali immer genauer kennengelernt habe (Nomi und ich, die mit den Händen von Tante Icu arbeiten, davon bin ich überzeugt), hast du dir schon mal überlegt, dass die Situation in der Vojvodina ähnlich eskalieren könnte wie in Bosnien, sage ich leise zu Nomi, über die Cimbali hinweg, und meine Zunge fühlt sich beim Wort »eskalieren« nicht wohl, so unwohl wie bei »Balkankrieg« oder »Embargo«. Ja, antwortet Nomi und klopft die Aschenbecher weiter an den Rand des Mülleimers, und wir schauen einander an, und ich sehe meine Schwester, die ich liebe, die jetzt, in diesem Moment, genauso ratlos ist wie ich.

Juli

Mit unserem silbergrauen Mercedes fahren wir los, im April 1989, Vater und ich, das heißt Vater fährt, und ich sitze neben ihm, bin bereit, die Straßenkarte zu zücken, zu verhindern, dass wir uns verfahren, ich, die Autofahren schon immer verabscheut hat, versuche, mich zu konzentrieren, den Fahrer, meinen Vater, nicht mit unnötigem Geschwafel abzulenken. Wir fahren über München, sagt er kraftlos und: Schalt das Radio an, damit wir hören, was sie über den Verkehr sagen.

Sie sagen nichts Spezielles über den Verkehr, aber über das Wetter, dass es stürmen werde, schneien möglicherweise. Hast du Töne, sagt mein Vater, schneien!, das hat uns gerade noch gefehlt. Und im geeigneten Moment strecke ich ihm die Wasserflasche hin, typisches Aprilwetter, sage ich. Er nippt an der Flasche, antwortet, dass der April uns mit seinem Scheißwetter verschonen könnte, ja, da hat er recht, denke ich (wir hätten auch nach Beograd fliegen und dann mit dem Bus weiterfahren können, aber Vater flucht, wenn es um's Fliegen geht, sind wir mit Beinen oder Flügeln zur Welt gekommen?, und es bringt gar nichts, wenn man ihm sagt, dass Räder auch nicht unbedingt zu unserer Natur gehören).

Wir fahren, fahren sprachlos. Wenige Kilometer nach München machen wir einen kurzen Halt in einem kleinen Kaff, trinken Kaffee, rauchen. Ich suche nach einem Wort, das der Anfang eines Gesprächs sein könnte, ich, die diese Kaffkneipenatmosphäre schon immer verabscheut hat, blättere in der Speise- und Getränkekarte, lese ein paar Gerichte vor, die ich nicht kenne, und Vater fragt mich, ob ich etwas essen wolle, nein, antworte ich, ich hätte keinen Hunger. Und eigentlich will ich mit Vater über die Speisekarte reden, über das, was uns beiden vertraut ist, aber er zieht an seiner Zigarette, schaut an mir vorbei, und seit gestern hat sich hinter seinen Brillengläsern etwas Neues aufgetan, etwas völlig Unbekanntes, woran er mich, da bin ich mir sicher, nicht beteiligen möchte. Vergiss nicht, aufs Klo zu gehen, sagt er und nimmt die Brille von der Nase, reibt sich die Augen, ich möchte bis Salzburg durchfahren. Gut, antworte ich, drücke meine Zigarette aus, so, dass sie nicht mehr weiterqualmt, und einen Moment lang schaue ich meinem Vater in die schutzlosen Augen, und ich würde gern einen Trost finden, mein Herz würde ihn gern geben, diesen Trost, jetzt, da mein Vater ein hilfloses Kind ist, aber ich, ich bin auch ein hilfloses Kind, seines, wenigstens das würde ich ihm gern sagen, ich stehe auf, verschwinde rasch Richtung Toilette.

Es fängt tatsächlich an zu schneien, die Flocken wirbeln gegen die Frontscheibe, bevor der Scheibenwischer im raschen Takt und für kurze Momente wieder freie Sicht verschafft. Wenn diese Hunde wenigstens lügen würden, sagt mein Vater, Ildi, schalt das Radio wieder an, damit wir wissen, ob wir hier noch eingeschneit werden (und ich überlege mir, ob das passen würde, dass wir beide, mein Vater und ich, stecken bleiben, nicht mehr weiterkommen würden, ja, denke ich, es würde passen zu unserem Leben, es wäre sehr gut möglich, dass wir nicht mehr weiterkommen, dass uns das Schicksal zwingt, still im Auto zu sitzen, im Wissen, dass unsere Familie vergeblich auf uns wartet), und wir hören den Sprecher, der die Witterungsverhältnisse als schwierig bezeichnet, man solle vorsichtig fahren, sagt er; ich fresse gleich deinen Schnabel, flucht mein Vater, welcher Idiot fährt jetzt nicht vorsichtig? Sag uns lieber, wann uns der Himmel wieder in Ruhe lässt, und ich halte meinem Vater die Wasserflasche hin, er winkt ab, hab ich Durst, wenn es so schneit? Und ich, ich sehe Mamika vor mir, die in ihrem festlichsten Kleid aufgebahrt liegt, die Schneeflocken bedecken ihr Gesicht, tun ihm nichts an; ich frage mich, ob sie sie morgen aufbahren, wenn das Wetter so bleibt, ich frage mich, ob Osterglocken auf dem Markt bereits erhältlich sind, wahrscheinlich nicht, Traubenhyazinthen, die Mamika so geliebt hat, würde ich vermutlich bekommen. Mein Vater fährt immer langsamer, da der Schnee immer dichter fällt, so kommen wir nie an, und er schnappt sich eine Zigarette, presst sie zwischen die Zähne, und seine Geste zeigt, dass es jetzt nichts Dringenderes zu tun gibt, als eine Marlboro zu rauchen, um die Nerven nicht zu verlieren, der bläuliche Qualm, der hilflos gegen die Frontscheibe wirbelt, was soll ich tun?, fragt Vater unvermittelt, und ich, die vor lauter Überraschung fast nicht antworten kann, sage: Warten.

Warten?, auf wen?, worauf?, flucht Vater nach einer kurzen Pause, er muss seinen Flüchen freien Lauf lassen, die Wörter, die wüsten, derben, fliegen wie flinke Fische aus seinem Mund, und ich habe ihm nie gesagt, dass ich nichts lieber höre als seine Verwünschungen und Flüche; in diesen Momenten nämlich, wenn Vaters Zunge vor Aufregung federnde Geräusche produziert, den Kommunisten oder sonstigen Verbrechern der Menschheitsgeschichte Beine macht, aber hoppla!, dann weiß ich, dass es etwas an ihm gibt, das ich verstehe, und ich wünschte mir, ich könnte Vaters Flüche hörbar machen, so in die andere Sprache übersetzen, dass sie wirklich glänzen – Stalin, schickst du uns einen sibirischen Gruß aus deinem unterkühlten Arsch, willst du uns jetzt schon die Laune verderben, noch bevor wir angekommen sind, Adam und Eva, die immer noch unschuldig und besitzlos sind, nackt in deinem sozialistischen Paradies herumlaufen? –, aber sollte mir das nie gelingen, so bin ich mir immerhin sicher, dass Vater losballert, um zu verhindern, dass seine Muttersprache auskühlt, solange das Fluchen noch fließt, können die geliebten Wörter doch unmöglich absterben, oder? (Und wenn es möglich wäre, Vaters Wendungen in die andere Sprache, ins Deutsche, zu überführen, dann konnte ich ihm zeigen, dass ich seine Art, sich fluchend oder schweigend mitzuteilen, verstehe. Wenn nämlich bereits ein Wort keine Entsprechung findet, wie soll dann ein halbes Leben in der neuen Sprache erzählt werden?, dann kann nur das Schweigen oder die verkürzte, dramatische Form des Fluches davon erzählen, wie es gewesen ist, wie es gewesen sein könnte; das würde ich Vater sagen, und wahrscheinlich wäre er erstaunt darüber, dass ich mir über ihn, über seine Sprache Gedanken mache.)

Der Rastplatz, auf dem Vater unseren Wagen schließlich zum Stillstand bringt, ist fast voll, wir werden also warten, bis Gott wieder lächelt, sagt er und stellt den Motor ab, seine Hände, die reglos auf dem Steuerrad bleiben, seine Finger, die auffällig kurz und kräftig sind, ob er ein Eingeklemmtes wolle, frage ich ihn, wir hätten Schinken oder Salami, und Vater antwortet, dass das hier eine merkwürdige Versammlung sei, und deutet mit seinem Blick auf die Autos, die zu Dutzenden stillstehen, deren Kühlerhauben schon zentimeterdick mit Schnee bedeckt sind, Schinken sei ihm jetzt lieber, und als Vater sein Eingeklemmtes auspackt, bricht er in Tränen aus.

Die Frühlingsnacht war sternenlos, und ich erinnere mich, dass mir, als ich meine Zimmertür öffnete, die kugelförmige, funktionale Hässlichkeit der Laterne, die den schmalen, von Hainbuchen gesäumten Fußweg beleuchtete, erstmals auffiel, da der Rollladen des Korridorfensters ungewöhnlicherweise nicht heruntergelassen war; meine Annahme, die mich, als ich lesend auf dem Bett lag, augenblicklich fassungslos machte, dass es Vater sein könnte, den ich weinen hörte – ich, die meinen Vater bis anhin nur fluchen, schimpfen, schnarchen, lachen, summen gehört hat, blieb in der Zimmertür stehen, dachte, dass die Laterne in ihrer Hässlichkeit verloren wirkte, weil niemand da war, dem sie den Weg erhellen konnte.

Mutter saß Vater gegenüber, am kleinen runden Tisch im Korridor, versuchte, ihn zum Sprechen zu bringen, versuchte, ihm den Hörer aus der Hand zu nehmen. Vater aber schien sich direkt an den Hörer zu klammern, während sein Schluchzen in die Sprechmuschel fiel.

Es dauerte lange, bis Vater etwas sagen konnte, und in dieser Ewigkeit, in der sein Kopf in einer grotesken, hilflosen Bewegung zitterte, sich sein Körper vom Schluchzen verkrampfte, hätte ich mich gern wieder ins Zimmer verzogen, wäre gern, wie es Kinder tun, unters Bett gekrochen, um mit allem etwas zu tun zu haben, nur nicht mit der Wirklichkeit. Aber ich, ich blieb reglos stehen, ließ es zu, dass mein Kopf aus der Straßenlaterne einen Mond formte, der uns mit einem grässlichen Mund angrinste, ich verhinderte es nicht, dass meine geliebten Bäume zu Schatten erstarrten. Und ich hielt es sogar für möglich, dass der Mond sprechen konnte. Oder war es nur Vaters Mund, der endlich den Satz hervorbrachte: Mamika ist gestorben.

Ein guter Pfarrer ist einer, der die richtigen Worte findet und dann schweigt, hat Mamika einmal gesagt, als ich sie als Kind gefragt habe, warum sie immer von »unserem guten

Herrn Pfarrer« spricht. Daran denke ich, als ich mit gefalteten Händen zusehe, wie zwei Männer Mamikas Sarg an robusten Seilen in die ausgehobene Erde hinunterlassen und die Umstehenden, die Überlebenden, je mehr sich der Sarg in die Tiefe bewegt, von einer immer heftigeren Gemütsregung erfasst werden (und 1989 wird in meine persönliche Geschichte eingehen, sicher werde ich später, wenn ich mich an 1989 erinnere, an den Mauerfall denken, an meine Verwunderung, dass Schweizer Studenten in ihrer Euphorie, ihrem Hunger nach Berlin reisen, um den Fall der Mauer mitzuerleben, um zu jubeln, dass sie jetzt bei einem historischen Moment dabei sein können; sicher werde ich an vieles denken, das 1989 geschah, aber in meiner Geschichte wird in diesem Jahr Mamika gestorben sein, ich werde für mehr als ein Jahrzehnt das letzte Mal in meiner Heimat gewesen sein, und meinen Vater werde ich so gesehen haben wie noch nie zuvor), aber ich will mich weigern, traurig zu sein, als ich die Aufschriften lese, die die Schleifen der Blumenkränze schmücken, Deine Dich liebenden Söhne, ruhe in Frieden; unsere liebe Frau Anna, die von uns gegangen ist, schluchzt eine von Mamikas Freundinnen. Deine Dich liebenden Enkelinnen, denke ich und drücke mich in meine Schuhe, warte auf den geeigneten Moment, um die winzigen blauen Blümchen auf den Sarg zu werfen, der unerwartet dumpfe Aufprall des Sträußchens, an den ich mich heute noch erinnere, und in Gedanken singe ich eines von Mamikas Lieblingsliedern: *Wenn ich ein Fluss wäre, wäre Schmerz mir fremd, zwischen Bergen und Tälern würde ich leise fließen, die Ufer umspülen, die Gräser zum Leben erwecken, den durstigen Vögeln Wasser schenken …*

Und nachdem alle eine Handvoll Erde auf Mamika geworfen haben, die einen noch mit gedämpften Stimmen etwas zu Mamikas beschwerlichem Leben zu sagen gewusst haben und andere, so auch mein Vater, immer wieder von den Tränen überwältigt worden sind, setzen wir uns, an diesem bitterkalten Apriltag 1989, endlich wieder in Bewegung; die Kastanienbäume, deren schüchterner Frühling durch den gestrigen Wintereinbruch gestört worden ist, die aber durch ihr leuchtendes Weiß die Schwere unserer Trauergesellschaft glücklicherweise nicht ernst nehmen.

Mein kleines Mädchen, sagte Mamika, Wasser ist Gold.

Ich, die gelernt hat, Wasser vom Ziehbrunnen zu holen, nicht zu trödeln, sich nicht ablenken zu lassen von den Rosen, den Nachtviolen, die neben dem Ziehbrunnen wachsen, von der Katze, die spindeldürr mit gestrecktem Schwanz um meine Beine streicht, die Mamika bei jeder Gelegenheit als Schmarotzerin und Taugenichts beschimpft, ich trage die emaillierte, bis zum Rand gefüllte Kanne mit beiden Händen, Füße, die langsam, aber stetig vorwärts trippeln, um ja nichts zu verschütten, keinen einzigen Tropfen, flüssiges Gold, sagt Mamika, als sie sich nach mir mit dem trüben, seifigen Wasser wäscht, im Badezimmer, das gleichzeitig die Küche ist, meine Augen, die nicht hinsehen wollen, nur neugierig und schamvoll blinzeln, um ein kleines bisschen Gold von Mamikas Haut zu stehlen. Warum ziehen Sie Ihr Unterkleid nicht aus?, frage ich, meine Großmutter, die ihren Zopf gelöst hat, deren graues Haar bis zu den Hüften reicht, sagt, Liebes, geh in den Garten, spiel etwas Schönes, geh schon! Und ich schiebe meinen senfgelben Schemel zur Hauswand, besteige ihn, halte mich zuerst gebückt, strecke mich dann langsam, ziehe den geblümten Vorhang des geöffneten Küchenfensters zur Seite, Mamika, die sich über die Emailleschüssel beugt, und ich kann ihren nackten Rücken sehen und ihre überdimensionierte Unterhose, rosafarben, eine Art Kosakenhose, die wegen dem sich unterhalb der Knie befindlichen Gummizug hässlich pludert.

Und ich wünsche mir augenblicklich, diese Unterhose nie gesehen zu haben, weil sie in ihrer Größe und Unförmigkeit beschämend ist, meine zierliche Mamika, die völlig unverständlicherweise in diesem Sack steckt, in dem man leicht zwei mal zwei Hühner verschwinden lassen könnte. In dieser Unterhose dürfte sie in der Schweiz nicht einmal schlafen, dachte ich damals, und dieser Gedanke kam mir gemein vor, gemein, aber logisch.

Warum fällt mir gerade das ein?, und ich hebe den Kopf, um den Himmel zu sehen in seiner Ratlosigkeit, mein Vater, der sich bei mir einhakt, es nicht vermeidet, mich mit verweinten Augen anzuschauen, und wir entfernen uns langsam von Mamikas Grab, Cousins, Cousinen, nahe und entfernte Verwandte, Großonkel Pista, der letzte noch lebende Bruder von Mamika, Onkel Móric, der seinem Bruder – meinem Vater – die Hand auf die Schulter legt, und ich weiß später nicht mehr, ob dieses monotone, fast lautlose Gehen unserer Familie, der Gang eines Kollektivs, das durch den Verlust eines geliebten Menschen nur noch den beschwerlichen Lauf der Dinge spürt, dafür verantwortlich ist, dass die Tränen plötzlich aus mir herausbrechen, als hätte ich noch nie in meinem Leben geweint; oder ob es womöglich Juli ist, die kindliche Idiotin!, die sich beim Friedhofsausgang am rostigen Metallzaun festklammert und mit einer unheimlichen Stimme nach meiner Großmutter ruft: *kedves Panni néni, Panni néni, kedves Panni néni* (geliebte Frau Anna – Mamika, die uns oft ermahnt hat, Juli nicht zu verspotten, Gott sucht sich manchmal ganz besondere Geschöpfe aus, um mit uns zu sprechen, sagte sie), Julis Rufen, das von einem glasklaren Wimmern unterbrochen wird, als würde das Leben nur noch die Sprache des Schmerzes kennen, ich, die nicht mehr aufhören kann zu weinen, vielleicht, weil Julis Füße der Kälte schutzlos ausgesetzt sind, ihre

Zehen sich über ihre offenen, ausgelatschten Schuhe krümmen, und ich würde etwas darum geben, wenn Juli mich mit ihren von der Zeit unbeeindruckten Augen anschauen, mich um ein *Zückerchen* bitten würde, aber ihr Jammern zerrt am Gesetz des Maßhaltens, das in solchen Momenten das eigene Überleben sichert – denn es darf nicht unerträglich sein, einen geliebten Menschen zu verlieren –, und ich kann nicht mehr aufhören zu weinen, weil Juli mich unerbittlich daran erinnert, dass jetzt ein Leben, mein Leben ohne Mamika beginnen muss.

Kann man von einem Tag auf den anderen, von einer Nacht auf die nächste in ein neues Leben hineinfahren? Das frage ich mich, damals war es eine unbestimmte Aufregung. Wir fahren in die Schweiz, *svájcba*, haben Sie zu uns gesagt, nachdem sich Onkel Móric an einem Nachmittag in Ihre Küche gesetzt hat, die Papiere, *a papírokat*, auf den Tisch gelegt hat, die er auf der Botschaft in Belgrad abgeholt hat. Ist alles gut gegangen?, haben Sie ihn gefragt, ja, hat er geantwortet, und ich sehe heute noch, wie der schmutzig weiße Umschlag auf Ihrem Küchentisch liegt, neben der Flasche, dem Schnapsgläschen, das Onkel Móric in einem Zug geleert hat. *A papírok*, die Papiere, das war immer etwas anderes gewesen als alles andere, der wacklige Küchentisch, die weiß-blaue Emailleschüssel, die Tassen aus Blech, der Haussegen mit seinen farbig glänzenden Buchstaben, die Kredenz, in der Sie alles Kostbare aufbewahrt haben, und jetzt lagen sie also auf dem Tisch, die Papiere, so leicht und ohne Anzeichen, dass sie etwas Besonderes bedeuteten. Und auch an diesem Abend, als der Umschlag auf dem Tisch liegen blieb, haben wir Brot gegessen, Käse, wir haben die Nachtvorhänge zugezogen, Nomi und ich haben uns nebeneinander ins Bett gelegt, und Gott hat uns zugezwinkert, während dem Beten, Sie haben uns mit Ihrer warmen Hand die Wangen gestreichelt, vielleicht lagen wir wach, alle drei, vielleicht haben wir geschlafen.

Svájcba, hatten Sie manchmal gesagt, Vater und Mutter seien in der Schweiz, in einer besseren Welt. Und wissen

Sie, wie ich mir diese bessere Welt vorgestellt habe? »Besser« bedeutete für mich einfach »mehr«. Mehr von allen guten Dingen, die ich kannte. Vater und Mutter lebten in einem Land, in dem es mehr Schweine gab, mehr Hühner, mehr Gänse, da musste es Unmengen von Weizen geben, Mais, Sonnenblumen, der Klatschmohn wuchs überall. In den Speisekammern hingen unzählige Würste, große, wohlriechende Schinken, die Einmachgläser türmten sich auf den Regalen, in der Schweiz gab es sicher nicht nur freitags Palatschinken, sondern jeden Tag; trotzdem bedeutete es mir nichts, wenn Sie sagten, dass Mutter und Vater Nomi und mich bald abholen würden. Ich ging raus, in den Garten, um den Satz rasch zu vergessen.

Mutter und Vater haben uns nicht abgeholt, sondern Onkel Móric hat uns nach Belgrad gefahren, uns und unsere Taschen, und er hat viel geredet, während dieser Fahrt im November, und die Pappeln und die Linden, die Akazien, die graue Luft dazwischen, die leeren Felder, die rauchenden Häuser und ich, die Cicu mitnehmen wollte, die spindeldürre Katze, ich habe geweint, weil ich Cicu nicht mitnehmen durfte, was willst du mit so einer struppigen Katze in der Schweiz, hat Onkel Móric vermutlich gesagt und gelacht, und wir haben uns, bevor wir uns in den roten Moskwitsch unseres Onkels gesetzt haben, von allem verabschiedet. Nicht so, wie man sich das vorstellt, wir mussten dringend nochmals aufs Klo, obwohl wir erst gerade auf dem Klo gewesen waren, und auf dem Weg zum Klo lag der Schweinestall, unsere Zehen, die täglich mehrmals den Schweinchen in die Augen geschaut hatten, weil sie zwischen zwei Brettern des Holzverschlags steckten, die grunzenden, ständig sich bewegenden Nasen, die an unseren Zehen rochen, uns kitzelten, und weil die Schweinchen uns kannten, haben wir ihnen Namen gegeben, Schwarz-fleckschweinchen, das Schweinchen mit den zerknitterten Ohren, das Hinkeschweinchen, und weil kein Schwein so war wie das andere, verzogen wir uns in die Küche, wenn Onkel Móric oder der Metzger aus der Gegend kam, um sie aus dem Stall zu treiben, auf einen kleinen Laster, im Innenhof von Onkel Móric oder des Metzgers wurden sie geschlachtet, und Sie, Mamika, hatten an diesen Tagen immer viel zu tun, auch Sie waren aufgeregt, weil Sie die Schweinchen quietschen hörten, so hoch und schneidend und lang gezogen, wie eben nur die Schweine quietschen können, die wissen schon, was jetzt kommt, haben Sie zu uns gesagt – und es war sicher eines jener grundsätzlichen Dinge, die wir bei Ihnen gelernt haben, dass man mit den Tieren mitleiden kann, dass es unverstellte Gefühle gab zu den Tieren, dies, obwohl Sie in Ihrem Leben so viel menschliches Leid gesehen und erfahren haben.

Die Gänse, die Nomi ganz besonders liebte, weil sie so einen schönen Hals und funkelnde Augen haben, weil sie in ihrem Hintern so gemütlich sind, was?, warum?, Sie sind wütend geworden, weil Nomi sich geweigert hat, Gänse-fleisch zu essen, und Nomi hat nicht geantwortet, warum sie ausgerechnet das Gänsefleisch nicht essen wolle, und als es das nächste Mal an einem Sonntag Gänsebraten gab, haben Sie Nomi angeschaut, und?, und als Nomi ganz bestimmt den Kopf geschüttelt hat, obwohl sie noch nicht einmal vier Jahre alt war, haben Sie gesagt, es sei wahrscheinlich, dass Nomi sich zu den Gänsen so hingezogen fühle wie Sie sich zu den Pferden und dass Sie deswegen ja auch nie Pferde-fleisch essen würden, und obwohl es uns beeindruckt hat, dass Sie nicht wieder wütend geworden sind, fanden wir es merkwürdig, fast beunruhigend, dass Sie von bestimmten Seelenverwandtschaften sprachen, zwischen Mensch und

Tier, erst viel später, als Sie uns von unserem Großvater erzählt haben, haben wir Sie verstanden.

Als wir alle im Auto saßen, Sie in unserer Mitte, eine Tasche neben Onkel Móric auf dem Beifahrersitz, als wir uns aneinanderschmiegten, weil es so kalt war, da versuchte Onkel Móric vergeblich, den Moskwitsch anzulassen, und ich erinnere mich, dass sich seine großen, abstehenden Ohren verfärbten, Onkel Móric, der nie fluchte, aber immer rote Ohren hatte, wenn er wütend war, aussteigen!, rief er, nein, nein, den Zug werden wir nicht verpassen, als Sie auf seine Uhr schauten, das habe ich schon eingerechnet, und Onkel Móric steuerte das Auto mit offener Tür an eine Stelle im Innenhof, wo er besser unter das Auto kriechen konnte, und Sie, Mamika, setzten in der Küche noch einen Kaffee auf, damit der Móric sich nachher nochmals stärken kann, und wir sagten, wir würden nochmals aufs Klo gehen, schon wieder?, und während Onkel Móric unter dem Moskwitsch lag, haben Nomi und ich uns auch auf den Boden gelegt, um unter das Drahtgitter-Silo zu sehen, wir haben uns auf dem kalten Novemberboden hingelegt, weil wir irgendwann einmal da, unter dem Maislager, angefangen hatten, eine eigene Welt aufzubauen, leere Dosen, kaputte Spielsachen, Papierfetzchen, Federn, Maiskörner, die wir nach bestimmten Mustern gruppierten, und jedes Mal, wenn wir uns wieder hinlegten, waren wir aufgeregt, ob alles noch so sein würde, wie wir es hingestellt hatten, und wenn nicht, malten wir uns aus, was in der Zwischenzeit geschehen war, eine Maus, eine Katze, irgendein Wesen, das sich in die Ordnung unserer Dinge eingemischt hatte.

Ich weiß nicht mehr, wie lange es gedauert hat, bis wir wieder im Auto saßen und Onkel Móric mit schmutzigen Händen das Steuerrad umfasste, Mamika, beten Sie, dass die Karre uns unterwegs nicht im Stich lässt, und Onkel Móric musste gleich wieder aussteigen, um das Tor hinter uns zu schließen, und Nomi und ich, wir wollten jetzt schon eine Salzstange, obwohl wir ja noch nicht einmal losgefahren waren, und mit einem Anflug von Ärger langten Sie in Ihre Handtasche, steckten sich dann auch eine Salzstange in den Mund, und der Moskwitsch wippte, als Onkel Móric sich hinsetzte und sagte, drei Mäuse knabbern an meinem Ohr, und er lachte, weil Nomi ihn am Ohrläppchen zupfte, wir fuhren los, sicher mit einer einstündigen Verspätung oder mehr, und als der Moskwitsch über die *Hajduk Stankova* holperte, streckten sich unsere Köpfe wie von selbst zur Ecke, die »Julis Ecke« hieß, weil Juli fast jeden Tag da stand, an der Ecke *Hajduk Stankova/Beogradska*, wahrscheinlich ist sie noch auf dem Markt, sagten Sie, als Nomi und ich Sie mit fragenden Blicken angeschaut haben, als wäre unsere Abfahrt von Juli abhängig gewesen, davon, dass wir uns von ihr verabschieden konnten, oder anders gesagt, wir konnten nicht losfahren, ohne uns von ihr verabschiedet zu haben, und Onkel Móric wurde immer ungeduldiger, weil Mamika ihm gesagt hatte, er solle zur Seite fahren, er könne ja den Motor laufen lassen, haben Sie zu ihm gesagt, weil er meinte, er könne ihn wahrscheinlich nicht wieder anstellen, wenn er ihn jetzt abstelle. Wir saßen also da, warteten auf Juli, was uns allen ganz logisch erschien, außer Onkel Móric natürlich, und Juli kam auch, nach einer Weile, in der Onkel Móric fast zu fluchen angefangen hätte, nicht nur seine Ohren pulsierten rot, sondern auch seine Nase, als Juli von der *Lucia utca* her um die Ecke bog, Nomi und ich, wir stiegen sofort aus, mein Mund hat auch gern Salzstangen, sagte sie, und wir steckten ihr ein paar Süßigkeiten und Salzstangen zu, der November rupft allen die Haare aus, und Juli trug ein kariertes Kopftuch, einen knielangen Mantel mit Flicken, wir fahren in die Schweiz, sagte Nomi, die *Schaiz*, antwortete Juli, das ist doch hinter dem Fluss, und noch viel weiter, habe ich gesagt, ja, ihr habt mir erzählt, dass ihr in die *Schaiz* fahrt, kommt ihr morgen wieder?, und Juli steckte sich drei, vier Salzstangen in den Mund, ich, die Nomi in den Arm stieß, komm, wir müssen los, und Sie haben das Fenster runtergekurbelt und Auf Wiedersehen, meine Julika, gerufen, *Panni néni*, Ihre Mädchen haben mir nicht gesagt, wann sie wiederkommen, bald!, und wir haben Juli die Arme gestreichelt, sind wieder ins Auto gestiegen, und Onkel Móric hat so abrupt Gas gegeben, dass es uns in den Sitz gedrückt hat, wenn der Zug jetzt ohne euch fährt, dann seid ihr schuld!

Keine Ahnung, was Onkel Móric alles geredet hat, ich jedenfalls habe ihn noch nie so viel reden gehört, und im Auto hat es nach Braunkohle gerochen, nach Benzin, jetzt mach mal eine Pause, haben Sie zu Onkel Móric gesagt, aber er hat Sie falsch verstanden und einfach weitergeredet, gesagt, er könne doch keine Pause machen, jede Minute sei kostbar. Ich versuche mich zu erinnern, was Onkel Móric alles gesagt hat, aber es gelingt mir nicht. Vielleicht habe ich mich auch verloren an dieses Fenster, wo die nackten Bäume an uns vorbeizogen, die farbigen Häuser, die im Winter so aussahen, als wollten sie in der Erde versinken, weil sie sich ihrer Farbigkeit schämten in diesem grauen November, wo es nur natürlich ist, dass man Lichter anzündet für die Toten, Blumen auf die kalte, möglicherweise schon gefrorene Erde legt.

Ich habe mich sicher an dieses Fenster verloren, an Tafeln, die durchgestrichene Ortstafel *Zenta, Cehta, Senta*, es hatte für mich damals keine Bedeutung, dass der Name unserer Kleinstadt dreimal geschrieben stand, auf Serbokroatisch, in kyrillischen Buchstaben, auf Ungarisch.

Dalibor

Er steht vor der Theke, fragt, hast du Arbeit? Ich antworte mit ja, das siehst du doch. Er bleibt stehen, hat meinen unbeholfenen Scherz offenbar nicht verstanden, und ich sage, dass er sich an den Personaltisch setzen solle, deute auf Tisch Nummer eins, direkt neben dem Buffet, und er, er dreht sich von mir weg, schaut einen Moment lang auf den ihm zugewiesenen Platz und setzt sich dann so hin, dass er mich sehen kann. Willst du etwas trinken?, frage ich ihn über die Theke hinweg, und er zuckt mit den Schultern, scheint nicht viel zu verstehen, denke ich und bringe ihm einen Kaffee. *Thanks*, sagt er, lächelt nicht, und ich versuche ihm mit Handzeichen klarzumachen, dass ich die Chefin holen werde. *Do you speak English?*, fragt er, *yes!* (und mein Kopf schämt sich, weil Englisch nicht die Sprache ist, die ich ihm zugetraut hätte), *wait a moment*, sage ich, *why not*, gibt er zur Antwort (und mein Kopf schämt sich weiter, weil er nicht weiß, wohin er schauen soll, aber die Beine, die setzen sich in Bewegung, automatisch).

Ich klopfe an die Bürotür, sage meiner Mutter, dass jemand da sei, der Arbeit suche, meine Mutter, die gerade die senfgelben Tischtücher bügelt, ihre ganze Aufmerksamkeit dem Leinen schenkt (und wahrscheinlich werde ich nie vergessen, wie diese Mischung aus Dampf, Leinen und menschlicher Anstrengung riecht), Mutter, es ist jemand da, der sich bei dir vorstellen möchte, sage ich; die Chefin, die jetzt ihren Kopf langsam hebt, von einer langen Reise zurückzukehren scheint, wir brauchen niemanden, das weißt du doch, ja, das weiß ich, denke ich. Sag ihr, sie soll ihre Telefonnummer dalassen, wir würden uns melden, falls sich die Situation ändert. Ihm, sage ich, es ist ein Er. Die Chefin, die einen Moment über mich staunen muss, der Dampf, der vor sich hin schnaubt, dann kannst du dir die Arbeit sparen, wo willst du denn hin mit einem Mann?, und die Chefin zwinkert mir zu, wir wollen unseren Hahn im Korb nicht aufscheuchen, oder? Aber ein Rausschmeißer wäre doch praktisch, findest du nicht?, und die Chefin ist so überrascht, dass sie lachen muss, und ich, ich will die Gelegenheit beim Schopf packen, wen würdest du denn rausschmeißen lassen?, frage ich rasch, den Pfister?, oder den Tognoni?, die Schärers sicher, was meinst du?, aber schon ist das Lachen wieder verstummt, das Gesicht der Chefin, das wieder müde wirkt, Ildi, wir können froh sein, wenn wir nicht rausgeschmissen werden, froh?, froh!, und die Chefin nimmt das Eisen in die Hand, füllt Wasser nach, die vielen Flüchtlinge, die kommen und noch kommen werden, helfen uns nicht dabei, beliebter zu werden. Du gibst es also zu, dass sie uns nicht mögen, dass sie uns weghaben wollen? (Meine Stimme, die triumphieren will.) Zugeben?, du hast mich falsch verstanden, es kommen jetzt so viele Jugos, da sind die Schweizer abweisend, wir wären auch abweisend in ihrer Lage, verstehst du? (was für eine Lage, Schieflage? Schräglage? Ablage? Zulage?, mein Kopf turnt), wenn eine Masse kommt, dann kannst du keine Anteilnahme erwarten an einem Einzelschicksal, und ich, die sprachlos ist, überlege mir, warum diese senfgelben Tischtücher, die wir von den Tanners übernommen haben, so gut ins Mondial passen – aber es will mir nicht einfallen. Weißt du, wie viele gekommen sind bis jetzt?, frage ich. Viele, ein paar tausend sicher, auf jeden Fall so viele, dass die Schweizer darüber reden und Angst haben, die Chefin, die das Tischtuch drittelt, zusammenlegt. Und damals?, als ihr gekommen seid?, hattest du auch so viel Verständnis für die Angst der Schweizer? Nein, damals habe ich das noch nicht begriffen, sagt Mutter und legt das frisch gebügelte, zusammengelegte Tischtuch auf den Stapel, wir müssen uns unter Kontrolle haben, nichts weiter, damit müssen wir uns abfinden. Kann man so leben?, frage ich Mutter. Ja natürlich. Und ich, die sich an der Türklinke festhält, Mutter in die Augen schaut, ich glaube dir nicht, sage ich leise, wahrscheinlich unhörbar für Mutter, die sich bereits wieder über das Bügelbrett beugt, nach einem neuen Tischtuch langt.

Schreib mir deine Telefonnummer auf, sage ich, im Moment brauchen wir niemanden, aber das könnte sich bald ändern, *your phone number and your name please!*, und bevor er schreibt, fragt er, ob es stimme, dass hier nur Jugoslawen arbeiteten, sein Cousin, der schon länger im Dorf wohne, habe ihm das erzählt, sein Cousin, der gern Geschichten erfinde, was ja unterhaltsam sei, aber zu unangenehmen Situationen führen könne. Und ich frage ihn, ob es irgendwas ändern würde, wenn er wüsste, dass es stimmt, dass wir alle *Yugoslavians* sind. Schon möglich, antwortet er, lächelt, nimmt dann den Schreiber, Dalibor Bastic, gefällt dir mein Name? Und ich möchte nicht, dass er meinen Kopf sieht, der sich schon wieder nicht beherrschen kann, unangenehm heiß ist, und ich drehe mich um, ziehe an meinem Kleid und habe das Bedürfnis, mich hinter der Theke zu verschanzen, aber ich bleibe stehen – Glorija, die sich nervös an mir vorbeidrückt, um die bestellten Kaffees selber einzuspannen, hörst du nichts mehr?, murmelt sie im Vorbeigehen – ich, die nach hinten schaut, zu ihm, der sich sichtlich amüsiert, sage, dass ich mich noch nicht vorgestellt hätte, und ich, die doch beweisen muss, dass sie die Situation im Griff hat, dein Name ist etwas merkwürdig, *strange*, sage ich, aber er hat was, muss ich sagen. Dein Kleid hingegen passt nicht zu dir, antwortet er, man könnte meinen, du arbeitest in einer Zahnarztpraxis, ja, das tue ich auch, aber das erkennen nur ganz geschulte Augen, *professional eyes;* Glorija, die mich höflich darum bittet, meine Arbeit wieder aufzunehmen, *sorry*, sagt er, ich wollte dich nicht aufhalten!

Und als ich wieder hinter der Cimbali stehe, bläst er sich weiter auf, steckt sich eine Zigarette an, blickt, indem er den Rauch in meine Richtung wirbelt, unverhohlen zu mir, und natürlich muss ich mich ärgern, dass jede meiner Handbewegungen auf ihn bezogen ist, es nervt mich, dass die Cimbali, die doch nur meine Nasenspitze und meine Augen preisgibt, mich vor diesem Dalibor nicht ausreichend schützt. Dass er so dreist schaut, wie es eigentlich nur Kinder tun, das beeindruckt mich und irritiert mich, und weil es mich irritiert, ärgere ich mich schon wieder; ich klopfe den Kaffeesatz in den Behälter, klopfe nochmals, um mich abzulenken, drehe dann am Schalter der Mahlmaschine, um dieses hektische, mahlende Geräusch zu hören, und als ich das nächste Mal den Kopf hebe, steht er vor mir, zwischen uns die Cimbali, streckt seinen Arm über die vorgeheizten Tassen, hält mir den Zettel hin, und da ich mich nicht beeile, ihn entgegenzunehmen, wartet er, und mein Kopf sucht, mit gesenktem Blick, den richtigen Satz, und die Situation ist nicht gerade romantisch, wenn man bedenkt, dass ein Zettelchen mit Namen und Telefonnummer über die beheizte Tassenabstellfläche einer Cimbali gereicht wird, Tassen, die zusätzlich, um die Wärme optimal zu speichern (damit der Kaffee wirklich schön heiß bleibt), mit zwei Küchentüchern abgedeckt sind. Dass eine junge Frau nichts anderes zu tun weiß, als unnötigen Lärm zu produzieren, das tut, was sie normalerweise vermeidet, ihn, der immer noch seelenruhig blickt, offenbar vertreiben möchte, indem sie alle Kolben ausspannt, die Sätze ausklopft, wieder einen Kaffee einspannt, obwohl Glorija nichts mehr bestellt hat, sich sogar bückt, um das Radio anzudrehen; *thanks for your help, thanks for your time,* sagt er, sie, die sich weiterhin betont beschäftigt gibt, die Edelstahlfront der Cimbali zu polieren beginnt, und als er schließlich das eine Küchentuch zurückschlägt, den beschriebenen Zettel zwischen zwei umgedrehte Tassen schiebt, muss sie doch endlich seinen Blick erwidern, was ihn zu einem kurzen, betörenden Lächeln verleitet, und sie, die an seinen Lippen hängen bleibt, nicht wegen seinem Lächeln, sondern weil er fehlerhafte Zähne hat (so wie sie), und dann, dann ist er plötzlich weg.

Dein Freund?, fragt Glorija und flattert mit den blauen Augendeckeln. Darauf muss ich dir doch nicht antworten, oder?, ich, die den Zettel einsteckt, kann es kaum erwarten, ihn anzurufen, male mir aus, wie er sich am anderen Ende meldet, ich, die sich den ganzen Tag zu erinnern versucht, wie er aussieht, was für eine Augenfarbe er hat, dunkel?, oder hell?, ob er eine hohe Stirn hat, eine schmale oder breite Nase, aber ich kann mich an nichts mehr erinnern.

Bastic?, sagt er, einmal, mehrere Male, weil ich nicht antworte, hallo, hallo, und ich überlege mir, wie viele Tage es dauern wird, bis ich antworten werde, aber es dauert keinen einzigen Tag, ich bin's, antworte ich nach ein paar Minuten, die von der Cafeteria, und meine Stimme klingt erstaunlich unbeteiligt, vielleicht weil mich der schlechte Geruch in der Telefonkabine ernüchtert. Möchtest du mich sehen?, fragt er sofort.

Mein Land ist im Sterbebett, sagt er, und ich bin ein *Flüchter*, du bist ein Flüchtling, sage ich, und wenn ich ihn korrigiere, lacht er, zeigt seine schiefen Zähne.

Die Bänke hier sind nicht zerschossen, außerdem haben sie Lehnen. Wollen wir uns setzen?

Wir sitzen also auf einer der Bänke am See, ein zerfleddertes Wörterbuch zwischen uns, das uns verbindet, und wir denken uns weg vom gegenüberliegenden Ufer, malen uns den Horizont aus, *the sea*, das Meer, das Dalibor so vermisst, dass er nachts aufwacht und die salzige Luft auf seiner Zunge schmeckt (das schöne Wort für Meer in seiner Sprache: *more*), er erzählt mir von seinem Meer bei Dubrovnik, und ich erzähle ihm von meinem Fluss, ich habe hier noch nie jemandem von meinem Fluss erzählt, sage ich, und er fährt mir mit seinen ausgesprochen schönen Fingern über die Stirn, und die kleinen Furchen auf deiner Stirn sind wie die winzigen Rinnsale eines Flusses, sagt er, seine Finger, die Zeit haben, so weiß sind, und trotzdem kann ich deine Adern nicht sehen, sage ich, und doch sollten wir baden, sagt er, auch wenn *my fantastic body* sich gegen Süßwasser sträubt (und ich werde Nomi von Dalibor erzählen, ich werde ihr haarklein alles beschreiben, dass er von *my fantastic body* spricht, dabei so kindlich lächelt, dass sich seine stolze Überheblichkeit sofort an eine einnehmende Naivität verliert, Dalibor, der so dichtes Haar hat wie Onkel Piri, dessen Augen so sehend sind, dass ich sie immer anschauen möchte, ein Blick, dem ich schon lange nicht mehr begegnet bin), er kann unmöglich Haare an den Beinen haben und am Rücken schon gar nicht, wenn er so weiß ist!, und ich, ich erwarte, dass er sich auszieht, sich beiläufig sein Hemd aufknöpft, während er an seiner filterlosen Zigarette zieht, ich erwarte, dass er zu mir sagt, komm schon, nicht so schüchtern, zieh dich aus, ich glaube sogar, dass er mit seinem Blick fähig ist, die Schwäne zu beschwören, sie sollen an Ort und Stelle schwimmen, um uns beim gemeinsamen Bad zuzugucken, ich halte es auch für möglich, dass er den Himmel bittet, sich mit der Dämmerung zu beeilen, damit unsere Körper sich im schönsten Abendrot baden; und Dalibor steht auf, krempelt seine Hose hoch, macht ein paar Schritte Richtung Seeufer, und ich schaue ihm zu, dem *Flüchter*, wie er seinen Körper fallen lässt, in gebückter Stellung und mit hängendem Kopf nach flachen Steinen sucht, sich wieder aufrichtet, einen Moment lang wie ein Sportler vor dem Startschuss wartet, um dann die Steine fliegen zu lassen, im flachen Winkel, damit sie die Wasseroberfläche für einen Sekundenbruchteil berühren, die Kraft dieser Berührung so umsetzen, dass sie sofort wieder in die Luft schnellen, und ich überlege mir, wie man dieses Geräusch von übers Wasser hüpfenden Steinen beschreiben könnte (man hört die Luft, die Geschwindigkeit in der Luft, das spitze, feine Geräusch des Steins, der auf Wasser trifft, ein federndes Geräusch, könnte man sagen, die Energie zwischen den Elementen Wasser, Luft und Materie?, aber ich hatte noch nie eine Ahnung von Physik), Dalibor, der sich wieder zu mir dreht, mit seiner hochgekrempelten Hose und einem Stein in der Hand, schau dir diesen Stein an, ist er wertvoll, *precious?*, würde sich irgendwas ändern, wenn es diesen Stein nicht gäbe?, was fragst du mich da, antworte ich. Vergiss es, sagt er und wirft den Stein hoch in die Luft, erzähl mir etwas von dir, von deiner Familie in der Vojvodina, weißt du, ich habe einmal einen Freund in Novi Sad besucht, ich habe mich sofort verliebt in diese Stadt, der Stein, der mit einem hellen Geräusch auf die anderen Steine zurückfällt. Ich kenne Novi Sad nicht, antworte ich, meine Familie lebt in einer Kleinstadt, etwa eine Stunde von Novi Sad entfernt, aber meine Schwester lebt da, sie arbeitet beim Radio, mehr weiß ich nicht, ich kenne sie kaum, sie ist meine Halbschwester, sage ich, *half-sister. Half?*, und Dalibor setzt sich neben mich, ganz nah, ich, die riechen kann, dass er schwitzt, sage, ja, sie ist die Tochter meines Vaters aus erster Ehe. Na und, sagt Dalibor, entweder sie ist deine Schwester oder sie ist es nicht, das entscheidest du. Ich komme mir naiv vor neben dir, sage ich. Das ist nicht mein Problem, antwortet Dalibor, und wir drehen uns gleichzeitig zueinander, er fährt mit seiner Hand über meine Wange, murmelt etwas in seiner Sprache.

Ich weiß nicht viel, sage ich, von meiner Familie, und ich zeige mit meinen Fingern, wie wenig ich weiß. *Who knows much*, sagt Dalibor, erzähl mir das, was du weißt.

Vor drei Wochen hat die Schwester meiner Mutter, meine Tante Icu, uns einen Brief geschrieben – und er ist offenbar angekommen, sagt Dalibor. Sie schreibt, sie müsse sich stundenlang anstellen, wenn sie ihre Rente abholt, und im Februar, als sie endlich an die Reihe gekommen sei, war ihre Rente noch einen Apfel wert. Äpfel habe sie zum Glück noch selber, in ihrer Vorratskammer, sie schreibe uns das nur, damit wir verstünden, wie viel das Geld noch wert sei, nämlich gar nichts, nicht einmal zum Arschwischen könne man es gebrauchen, dafür sei das Papier zu hart. Und die Nullen hätten gar keinen Platz mehr auf den Scheinen. Es gäbe Leute, die würden sich mit Schlangestehen Geld oder besser das Essen verdienen. Sie würden sich anstellen und dann, wenn sie an die Reihe kämen, dem Meistbietenden den Platz übergeben, für drei Eier, ein Brot, was auch immer, und die, die ihr Geld auf die Art ein paar Stunden vorher abholen könnten, beeilten sich, es schnell wieder loszuwerden, sie kauften irgendwas, auch das, was sie gar nicht brauchten, 10 Kilo Bouillon, Knöpfe, Wäscheklammern, ein bisschen Stoff, egal, Hauptsache, das Geld sei wieder weg. Geld sei also keins da, man müsse sich praktisch alles ohne organisieren, sie hätten noch genügend zu essen, aber kein Benzin, die Äcker würden wieder mit Pferden bestellt, kein Öl, keine Kohle, um zu heizen, und ausgerechnet jetzt sei es so kalt, sie müssten im Wald am Flussufer Holz sammeln, was verboten sei, aber wer kümmere sich in dieser Zeit um solche Verbote. Am schlimmsten sei die Angst, dass die Männer eingezogen würden, Béla habe den Einmarschbefehl schon bekommen, Csaba auch (mein Cousin und der Mann meiner Cousine Csilla, sage ich), Béla sei bei einem Freund untergetaucht, gehe nicht mehr zur Arbeit, und Csaba, der sei über die Grenze geflüchtet, nach Ungarn, und Csilla erleide das Schicksal vieler Frauen, müsse jetzt, in dieser unglückseligen Zeit, mit nichts für ihre Zwillinge sorgen, und sie selbst könne wenig helfen, der Piri sei scharf wie ein Wachhund und unversöhnlich wie ein schlechter Vater (und ich erzähle Dalibor Csillas Geschichte). Ansonsten, was solle man noch schreiben?, es hieße, die Milch werde teurer, dabei werde das Brot teurer, ja, die schönen Ablenkungsmanöver, sagt Dalibor, es gäbe viele Eltern, die könnten ihre Kinder nicht mehr zur Schule schicken, weil sie das Busticket nicht mehr bezahlen könnten, die Schulen seien halb leer, wir werden dumm, hat Tante Icu geschrieben, wenn wir es nicht schon sind.

Es trifft immer die Falschen, sagt Dalibor, fährt mit seinem Zeigefinger über mein Grübchen beim Hals, in zehn Jahren wird man mehr wissen, und dann ist es zu spät. Erkenntnisse, die nichts mehr bringen.

Wie meinst du das?, frage ich.

Für all die Toten, für sie kommt jede Erkenntnis zu spät ... aber du kannst froh sein, dass eure Stadt noch nicht geteilt ist wie viele andere Städte, *it is evident*, sagt Dalibor, dass man Städte, ein ganzes Land nicht nach Ethnien aufteilen kann, und wenn man dies tut, hat man den nackten Wahnsinn des Krieges. Und die demokratischen, westeuropäischen Politiker, die diese Aufteilungen zulassen, sich mit den kriegstreiberischen Nationalisten an einen Tisch setzen. Sag mir, warum nicht mit den Oppositionellen, die die demokratischen Werte suchen, *tell me*?

Wir nehmen Dalibor mit, Mitte Mai, ins Wohlgroth, weil wir hoffen, dass wir in unserem Lieblingscafé Arbeit für ihn finden, wo er zwar wenig oder fast nichts verdienen wird, aber wenigstens eine Arbeit hat, und wir versuchen ihm zu erklären, worum es geht, dass das Haus besetzt ist, mehrere Häuser, eine ehemalige Fabrik, dass etwa hundert Menschen da leben, von den Konzerten erzählen wir ihm, der *Volxküche*, es sei ein Versuch, sagen wir, die Dinge selber in die Hand zu nehmen, wir sprechen mit Händen und Füßen und Englisch und dem serbokroatischen Wörterbuch, Nomi und ich, wir spüren, dass wir eine Aufgabe haben, nämlich ein politisches Programm zu erklären, wir legen uns fürs Wohlgroth ins Zeug, ich vor allem, als müsste ich einen hiesigen, konservativen Politiker von dessen Wichtigkeit überzeugen, dabei tue ich das, was die meisten Politiker tun, die Dinge beschönigen (aber das fällt mir erst jetzt auf, im Nachhinein, dass ich mich im Grunde jedes Mal, wenn ich im Wohlgroth war, schutzlos fühlte, am ganzen Körper angreifbar, Angst hatte, dass jeden Moment etwas passieren könnte, ein Hund mich anfällt, zwei Hunde mich in die Enge treiben, ein Mensch mich mit hungrigem Blick fixiert, du siehst nicht so aus wie wir, was hast du hier zu suchen?, aber da war der drängende Wunsch, einen Ort zu haben, der mich definiert), und als wir im Hauptbahnhof aus dem Zug steigen, bleibt Dalibor auf dem Perron stehen, er schaut durch uns hindurch, schaut in die Richtung, aus der wir eingefahren sind, dreht sich dann in die andere

Richtung, ich mag diese Bahnhöfe nicht, die einen gefangen nehmen, sagt er, zu den Tauben, zum Perron, auf jeden Fall nicht zu uns, und Dalibor schaut sich die Überdachung des Bahnhofs an, die Bänke, die Gepäckwagen, die man mit Münzen füttern muss, er dreht seinen Kopf zu den kleinen grauen Lautsprechern, die in bestimmten Abständen den Perron säumen und mir noch nie aufgefallen sind, *it's better than sightseeing*, sagt Dalibor lachend, hakt sich dann bei uns ein, *and now, let's try to get a job!*

Ein paar Stunden später schreien wir uns an im Keller, es ist unmöglich, brüllt Dalibor, und ich erinnere mich, dass ein grünes Licht über sein Gesicht zuckte, ich kann an so einem Ort nicht arbeiten. Warum hast du mir das nicht oben gesagt, im Café, schreie ich zurück, halte mein rechtes Ohr zu Dalibor, schaue zur Bühne, auf der ein Typ mit mehrfarbigem Haar tanzt, mit seinem Mikrofonständer, er presst seine Stimme, bis sich dicke Adern zeigen, an seinem Hals, weil ich es nicht glauben konnte, dass ihr davon überzeugt seid, ich könnte hier arbeiten, so Dalibor. Du würdest also lieber im Mondial arbeiten, schreie ich. Hundertmal lieber, und Dalibor schreit fast so laut wie der Sänger, und ich, die Dalibor an der Hand fasst, ihn Richtung Ausgang zieht, das Konzert ist noch nicht fertig, sagt er, doch, antworte ich, für uns schon, und ich ziehe ihn die Treppe hoch, ich muss mit dir reden.

Hör mal, warum sitzt du am Tisch, lässt dir alles erklären, sagst, du hättest schon im Service und im Buffet gearbeitet, fragst sogar, an welchen Tagen du arbeiten könntest, du fragst und lächelst, schaust dich um, und ich nehme an, dass es dir gefällt, du stellst dich dem Barkeeper vor, schaust auf die Gleise, man hätte einen schönen Ausblick von hier oben, sagst du, du machst mit dem Barkeeper ab, dass du nächste

Woche probeweise ein paar Tage arbeiten würdest, und jetzt? (und ich fluche auf Ungarisch), ich versteh dich überhaupt nicht mehr, sage ich, werfe meine Hände in die Luft, und wir sitzen auf einem Sofa, im Innenhof, heute brennt kein Feuer, denke ich und sehe Mark, mit den Händen in den Hosentaschen, bei einer Gruppe stehend, mich beobachtend, Dalibor, der sich eine Zigarette anzündet, wer ist der Typ da drüben, fragt Dalibor, zieht an seiner Zigarette, *is he your hero?*, und er zeigt mit der Zigarette Richtung Gruppe, zu Mark, ich habe keinen Helden, antworte ich und ärgere mich, dass ich ihm eine Antwort gegeben habe, aber du lenkst ab, sage ich (und es war der erste warme Maiabend, und einen Moment lang dachte ich daran, Dalibor zu erzählen, dass ich die Akazien liebe, den süßen, schweren Duft dieser winzigen Blüten, dass Akazienhonig mein Lieblingshonig ist, die helle Farbe, seine flüssige Konsistenz, aber ich habe es ihm nicht gesagt, dass der erste süße Geschmack, an den ich mich erinnern kann, Akazienhonig ist, auf einer dicken Brotscheibe, die Mamika mir geschnitten hat), Dalibor, der sich auf dem Sofa zurücklehnt, dem Himmel Rauchzeichen schickt, dieser Ort ist schlecht für mich, sagt er, ich kann die Leute hier nicht ernst nehmen, das ist nicht gut, weder für sie noch für mich, und ich weiß auch nicht, wie ich dir das verständlich machen soll, danke für eure Hilfe. Dalibor, der mich jetzt anschaut, wo ist deine Schwester?, mit ihrem Freund verschwunden, antworte ich. Und ihr kommt also oft her?, fragt Dalibor, hält mir seine Zigarette hin, ziemlich oft, oft genug, um zu wissen, dass es hier ein paar nette Leute gibt, die etwas verändern wollen in der Gesellschaft.

Ich weiß nicht genau, worüber du dich ärgerst, sagt Dalibor. Wahrscheinlich nur darüber, dass du sagst, im Mondial wäre es besser, so meine Antwort.

Besser, weil ich arbeiten will, nur das. Ich will mir keine Gedanken machen über mögliche Gesellschaftsformen und dabei zusehen, wie die Hunde überall hinscheißen; ich will nicht wissen, ob es eine bessere Gesellschaft geben könnte, weil ich nicht daran glaube, *but look, your hero is coming!* Mark, der tatsächlich in unsere Richtung kommt, na, Ildi, wie geht's, sagt er, willst du mir deine Begleitung nicht vorstellen?, den hab ich noch nie hier gesehen. Du wirst ihn auch nicht wiedersehen, antworte ich, er ist zum ersten und zum letzten Mal hier. *Squat?*, aus dem Ausland?, fragt Mark. Ja, und ich stelle die beiden einander vor. Wir sind grad am Aufbrechen, sage ich, will ihm sonst noch was zeigen von der Stadt. Was denn, die netten Gässchen in der Altstadt? oder die schönen Fenster des Großmünsters? Nein, das Sihlwiesli, antworte ich, da, wo den Verbrechern früher der Kopf abgeschlagen wurde. Und Mark lacht, gegen seinen Willen, und ich schaue zu, wie Dalibor aufsteht, sich mit abwesendem Blick wegdreht, losgeht, Richtung Ausgang, und erst, als Mark: Dein Begleiter macht sich selbstständig, sagt, realisiere ich, dass Dalibor weg ist.

Du kannst mir nicht erzählen, dass da nichts läuft, sagt Mark, schaut mich an, direkt, vergisst, seine Maske aufzusetzen, streckt seine Hand aus, du bist für mich ... sagt Marks Mund, Mark, sage ich und berühre seine ausgestreckte Hand mit meinen Fingerspitzen, es geht nicht, ich fühle – nichts, willst du sagen, unterbricht mich Mark, nicht genug, so ich. Und ich, die aufsteht, sage, dass wir uns vielleicht einmal wiedersehen, dass es mir leidtue, und ich hätte es ihm schon früher sagen müssen, denke ich, ich hätte es dir früher sagen müssen, so ich, das Konzert ist zu Ende, und Mark nickt zu den Leuten, die aus dem Keller strömen, mit verschwitzten Gesichtern, Mark, der sich aufs Sofa fallen lässt, ich, immer noch vor ihm stehend, Mark, der seine

Augen schließt, sein Gesicht, das im nächsten Moment nass ist, du hättest gar nicht mit mir anfangen sollen, sagt er leise, du hast es damals schon gewusst, schon nach unserem ersten Mal (bei Mark zu Hause, in seiner Zweizimmerwohnung, an der befahrensten Straße der Stadt, wo die Lastwagen und Autos von sechs Uhr früh bis Mitternacht mitten durch die Wohnung donnern), du bist aufgestanden, hast dich in die Küche gesetzt und hast geweint, ich hab dich beobachtet, sagt Mark, mit geschlossenen Augen, der Innenhof, der sich immer mehr füllt, ein Paar, das sich schmusend aufs Sofa wirft, ich gehe jetzt, vielleicht sehen wir uns mal, an der Uni, sage ich, und Mark, der jetzt seine Augen öffnet, ja, sagt er, geh endlich, ich weiß gar nicht, warum du immer noch hier stehst!

Und dann, dann bin ich mehrere Stunden gegangen, ich habe mich leicht gefühlt, warm, wärmer als die Luft, wahrscheinlich weil meine Schritte schnell waren, und die Uhren am Bahnhof zeigten mir, dass es spät war, nach zwei, und mir fielen die gefleckten Gehsteige auf, all die zertretenen Kaugummis, ein Taxifahrer, der über seinem Steuerrad eingenickt war, ist nicht viel los heute, sagte ein anderer, der an seiner Wagentür lehnte, rauchte, ist zu warm heute, und ich nickte, und ich war überzeugt, dass ich Dalibor einholen könnte, ich ging, ging immer schneller, vielleicht bin ich zwischendurch sogar gerannt, ich habe mich gefragt, was ich an dieser Stadt liebe, ein paar Orte, die in keinem Reiseführer vorkommen, ein Tramdepot, eine Allee mit riesigen Platanen, eine nackte Frauenstatue, die mitten auf einer kleinen Wiese steht, ein paar Ramschgeschäfte, die ich regelmäßig mit Nomi aufsuche, die öffentlichen Verkehrsmittel, mit denen man überall und pünktlich hinkommt, und erst kürzlich ist mir aufgefallen, dass Städte für mich als Ganzes nie existieren, sondern dass sie zerfallen, in winzige Orte,

die ich mag, und ich schaue auf meine Schuhspitzen, aus-
gelatschte rote Converse, die mich durch die Nacht tragen,
und ich will blindlings durch die Stadt gehen, so lange, bis
ich bei Dalibor bin, und ich werde ihm in die Arme laufen, davon bin ich überzeugt, und wenn wir uns heute nicht
wiedersehen, dann sehen wir uns nie wieder, denke ich, und
dieser Gedanke muss schnell wieder weg, ich muss mich auf
ihn konzentrieren, auf seine weiße Haut, auf die Art, wie
er seine Zigarette zwischen Daumen und Zeigefinger hält,
seine Lippen, die immer leicht zittern, wenn sie erzählen, es
ist unmöglich, jemanden aus den Augen zu verlieren, wenn
man ständig an ihn denkt, Dalibors Ohren, die so aussehen wie weiche, verletzliche Wesen, Schmuckstücke, habe
ich zu ihm gesagt, ihm das Wort auf Englisch zu erklären
versucht, meine Ohren sind wertvoller als Diamanten, hat
er geantwortet, gelacht, die dunklen Spuren auf seinen Zähnen, der schiefe Rhythmus seiner Zähne, ein Klavier im
Mund haben, so sagt man, das Bild stimmt nicht, denke ich,
warum fängt meine Liebe zu ihm bei den Zähnen an, frage
ich mich, die Augen, ja, logisch, aber die Zähne?, und meine
Schritte werden immer schneller, meine Converse treiben
mich an, seit Matteo hast du dich nie mehr verliebt, sagen
sie, und es klingt wie Spott oder eine spöttische Wahrheit,
Matteo, das ist sehr, sehr lange her, Matteo und Dalibor, und
wenn ich mir die beiden nebeneinander vorstelle, sehen sie
sich zum Verwechseln ähnlich, es gefällt mir, dass sie sich
in meiner Vorstellung ähneln, Matteo, von dem ich nichts
weiß, nur, dass er seit Jahren wieder in Italien lebt, und ich
gehe am Fluss entlang, strecke meine rechte Hand zum Ge-
länder, lasse sie da, während ich weitergehe, das Eisen, das
kalt ist, kälter als das Wasser? Matteo, der ganz plötzlich
weg war, es hieß, die Familie de Rosa habe sich nicht einge-
lebt, Matteo, den ich am Waldrand getroffen hatte, am See,

in der Unterführung, und wir küssten uns auf Ungarisch oder Italienisch, das heißt, wir brachten uns die wichtigsten Wörter bei, und Nomi und ich, wir spielten Pingpong im Freibad, als Matteos Schulfreund uns erzählte, dass sie abgereist seien, Matteo und seine Familie, und ich, die den Pingpongschläger in der einen Hand hielt, den kleinen weißen Ball in der anderen, Matteo, der mir nicht gesagt hatte, dass sie weggehen würden, kein Wort, und Nomi nahm mir den Schläger aus der Hand, hängte sich mit ihrem Zeigefinger an meinen Daumen, er kommt bestimmt wieder, sagte sie, und ich war ganz sicher, dass im nächsten Moment irgendetwas Wesentliches mit mir geschehen würde, das unübersehbar wäre, das kleine Wesen, das gegen meinen Brustkorb hämmerte, würde aus mir herausspringen, und ich hätte eine Wunde, auf die ich zeigen könnte, aber ich weinte nicht einmal; ich hörte dem vergnügten Kreischen der Kinder zu, die schaukelten oder an der Kletterstange turnten, ich sah ihre kleinen, farbigen Werkzeuge, mit denen sie Burgen bauten, Löcher schaufelten, komm, wir holen uns ein Eis, sagte Nomi, zog an meinem Finger, und ich fühlte, dass meine erste Liebe endgültig vorbei war, damals war ich dreizehn Jahre alt.

Ich ziehe meine Hand zurück, gehe schneller, will nicht mehr an Matteo denken, sondern an Dalibor, ich drehe mich um, strecke meinen Daumen in die Luft, drehe mich wieder um, als ein Auto an mir vorbeifährt, und ich gehe noch eine ganze Weile, bis mich ein Paar mitnimmt, in seinem weißen Käfer.

Dalibor sitzt, wie ich gehofft habe, am See, da, wo wir uns bis jetzt meistens getroffen haben, auf den Steinen sitzt er mit angezogenen Beinen, raucht, singt eine kleine Melodie vor sich hin. Ich bleibe hinter ihm stehen, und alle zurechtgelegten Sätze sind weg, Dalibor, den ich noch nie singen gehört habe, sein Sprechgesang, der der Frühlingsluft, dem dunklen See etwas in seiner Sprache erzählt (alle Lieder aller Sprachen müsste man doch verstehen, denke ich, Gott, der seine babylonische Sprachverwirrung auf die gesprochene Sprache hätte beschränken müssen; Dalibors Lied ist so schön und absichtslos gesungen, berührt mich so sehr, dass ich es unerträglich finde, seine Worte nicht zu verstehen). Als es eine ganze Weile wieder still ist, am gegenüberliegenden Seeufer nur noch wenige Lichter brennen, frage ich Dalibor, worüber hast du gesungen? Dalibor, der sich umdreht – und ich bin mir sicher, dass es die weich gesungenen Töne sind, die seine Gesichtszüge verändert haben –, mein Lieblingslied, sagt Dalibor, es erzählt vom Meer, dass es tief ist, weit und grausam, und er streckt seine Hände nach mir aus, wir umarmen uns, flüstern uns einzelne Worte ins Ohr, wir küssen uns, zum ersten Mal, es ist schön, dass du hier bist, wir küssen uns mehrsprachig, ich habe mich in dich verliebt, auf Ungarisch, Deutsch, Serbokroatisch, Englisch.

Wir

Im Juli feiern wir Mutters fünfzigsten Geburtstag, wir sitzen im Auto, fahren den See entlang, an Häusern, Villen, Schiffsanlegestellen, Badeanstalten vorbei, die einen freien Blick auf den See erschweren, und Vater schiebt eine Kassette in den Rekorder, echte, ungarische Zigeunermusik, sagt Vater, steuert einhändig, schnippt mit der anderen zur Musik, streichelt zwischendurch Mutters Knie, Nomi, die auf eine Baracke zeigt, an der wir gerade vorbeifahren, weißt du noch?, aber sicher, die Diskothek des Nachbardorfes, in der wir uns an Samstagabenden den Kopf verdrehen ließen, von der Spiegelkugel und von Jungs, die schon ein Mofa fuhren, Vater, der uns immer um die gleiche Zeit abholte, um elf (wir, die ihm klarzumachen versuchten, dass er wenigstens auf der anderen Straßenseite warten und nicht aus dem Auto steigen soll), schaut mal her, sagt Mutter zu uns und zu Vater, fahr bitte ein bisschen langsamer!, hier haben wir gewohnt, als wir in die Schweiz gekommen sind, und Mutter zeigt auf ein baufälliges Häuschen auf der Seeseite mit drei niedrigen Stockwerken, wirklich, sagt Nomi, warum habt ihr uns das noch nie erzählt?, hier sind wir ja schon so oft vorbeigefahren. Bei euch ist man nie sicher, ob euch das interessiert, sagt Vater lachend, und wisst ihr, wir haben mit Sándor und Irén zusammengewohnt, auf einem Stockwerk, wir haben uns Küche und Bad geteilt, und Vater dreht den Kopf zu uns, nach hinten, wir waren damals, vor mehr als zwanzig Jahren, richtig modern; Mutter, die Vater darauf aufmerksam machen muss, dass wir auf der Straße sind (Vater, der sich zu Hause einen Aperitif eingeschenkt hat, weil heute Mutters Geburtstag ist, obwohl das nicht ganz stimmt, eigentlich wäre Mutters Geburtstag am Freitag gewesen, aber am Freitag, da konnten wir nicht feiern, deshalb haben wir die Feier auf den Sonntag verschoben, und am Sonntag, da trinkt Vater eigentlich immer einen Aperitif).

Wie lange habt ihr so gewohnt, in eurer WG?, frage ich (und WG, Wohngemeinschaft, das war auch so ein Wort, das wir irgendwann einmal unseren Eltern erklären mussten; was?, freiwillig mit Fremden zusammenwohnen?, sich womöglich noch dasselbe Badetuch teilen?), *nix Wegge*, sagt Vater (weil es das Wort auf Ungarisch gar nicht gibt!), sondern eine Notlösung. Du hast gesagt, ihr seid modern gewesen, damals, antworte ich; war ein Scherz, Ildi, hast du das nicht gemerkt?, ich glaube, wir haben etwa zwei Jahre so gewohnt, mit Sándor und Irén, oder? Vater, der Mutter seine Hand mit dem Ehering hinhält, zwei Jahre und vier Monate, sagt Mutter und nimmt Vaters Hand; Nomi, die mich anschaut, wahrscheinlich aus demselben Grund, aus dem ich sie anschaue (die Erinnerung an einen Silvester, als unsere Eltern sich schön gemacht haben, Vater, der Mutter am Nachmittag das Haar gefärbt hat, ihr die einzelnen Strähnen sorgfältig bepinselte, Mutter, die Vater mit ihrer Nagelschere die Schnauzhaare stutzte, und Nomi und ich, wir saßen auf dem Sofa, nebeneinander, wir fühlten, dass uns warm wurde, bis in den kleinsten Finger, weil unsere Eltern dann so schön vor uns standen, abends, im Korridor, Mutter in ihrem langen schwarz-silbernen Kleid, Vater in seinem Smoking, wir waren aufgeregt, weil Vater seine

Hand unwirklich leicht um Mutters Hüfte legte und Mutters Hand zärtlich auf Vaters Schenkel ruhte; wir gehen jetzt, sagten sie, und wenn jemand von einer glücklichen Kindheit erzählte, dann dachte ich an meine gemeinsame Zeit mit Mamika und an Momente, wo ich mit meiner Schwester erlebte, wie unsere Eltern glücklich sein konnten).

Mutter hat sich zu ihrem runden Geburtstag Fisch gewünscht, dass wir in einem Fischrestaurant essen, und Vater hat zur Überraschung die Ehepaare eingeladen, mit denen sie schon lange befreundet sind, Zoltán und Birgit, Sándor und Irén mit ihren Kindern und natürlich die beiden Schwestern, Frau Köchli und Frau Freuler; als Vater das Auto vor einem Seerestaurant parkiert, in dem sie nur Fischgerichte servieren, sagt er zu uns, wir müssten Mutter jetzt die Augen verbinden. Was, die Augen verbinden?, ja, los, los, macht schon!, und Vater hält uns ein Seidentuch hin, eine echte Überraschung funktioniert nur, wenn man plötzlich alles auf einmal sieht, und obwohl wir Vaters Idee kindisch finden, machen wir mit, Mutter, die sich offenbar freut, dass Vater sich etwas Besonderes zu ihrem Geburtstag hat einfallen lassen; und wir führen Mutter mit verbundenen Augen ins Restaurant, Nomi führt sie an der einen, ich an der anderen Hand, und Vater winkt uns zu, macht Handzeichen, als wären unsere Augen auch verbunden.

Zur Überraschung gehören ein langer, weiß gedeckter Tisch, eine große Vase mit roten Rosen, die Mutter so gern mag, ein paar Geschenke, die schön verteilt auf dem Tisch auf Mutters Hände warten, die eingeladenen Gäste, die ganz still auf ihren Stühlen sitzen, der Geiger und der Kontrabassist der vierköpfigen Band, die jetzt, bei unserem Eintreten, lang gezogene Töne spielen, und erst beim zweiten Hinsehen bemerke ich, dass noch etwas zur Überraschung gehört, nämlich ein Platz am Fußende des Tisches, der leer bleiben wird, der aber gedeckt ist und an dem ein gerahmtes Foto von Tante Icu steht. Findest du das eine gute Idee, flüstere ich in Vaters Ohr, als Mutters Augen noch verbunden sind und Nomi mich mit einem fragenden Blick anschaut, warum denn nicht, sagt Vater, ich habe das Bild extra vergrößern lassen, und ihre Lieblingsschwester soll doch an ihrem fünfzigsten Geburtstag auch dabei sein!

Kann man dagegen etwas einwenden? Mutter, die sich jetzt die Augenbinde abnehmen darf, in die Hände klatscht, als sie alles sieht, die vertrauten Gesichter, die Blumen, die Musik, die für sie aufspielt, eine schwebende Melodie zum Auftakt, und Mutter fällt Irén und Sándor in die Arme, deren Kindern, Zoltán und seiner Frau Birgit, begrüßt die Schwestern mit einer Umarmung, Mutter, die den leeren Platz mit Tante Icus Foto gar nicht zur Kenntnis zu nehmen scheint, und nachdem sie ihr Jäckchen ausgezogen hat, fängt sie sofort an, mit Vater zu tanzen, in meinem Lieblingskleid, ein bronzefarbenes Kleid, in dem ihr Hals so schön aus den Schultern wächst, was beim Tanzen unvorstellbar elegant aussieht, und die anderen Paare stehen auch auf, schnippen mit den Fingern, die beiden Schwestern, die noch einen Moment lang sitzen bleiben, sich dann aber beim Aufstehen helfen, schüchtern und doch fröhlich mit allen anderen mittanzen.

Nomi und ich, wir setzen uns zu Attila und Aranka, den Kindern von Irén und Sándor, die wenig älter sind als wir, und es ist eine eigene, schwer zu beschreibende Vertrautheit, die uns verbindet, wir brauchen keine Aufwärmzeit, sondern knüpfen direkt da an, wo wir das letzte Mal aufgehört haben, auch wenn Monate zwischen unserem jetzigen und unserem letzten Treffen liegen, und wir sprechen Deutsch, wechseln immer wieder ins Ungarische, in einem raschen Rhythmus erzählen wir uns, wie es geht, im Leben, bei der

Arbeit, die Probleme mit unseren Eltern, und oft denke ich, dass wir uns häufiger sehen sollten, unsere Treffen nicht abhängig sein sollten von denjenigen unserer Eltern, aber wahrscheinlich wissen wir alle, dass es außerhalb dieses Kosmos nicht funktionieren würde.

Hast du dich verliebt?, fragt mich Attila ohne Umschweife, du siehst so verliebt aus, Dalibor heißt er, antworte ich, *szerelmes*, ja, bis über beide Ohren, sagt Nomi, *szerelmet, füstöt, köhögést nem lehet eltitkolni*, Liebe, Rauch und Husten könne man nicht verheimlichen, sagt Aranka, und wir lachen über dieses ungarische Sprichwort, und ich muss von meiner neuen Liebe erzählen, auch deswegen, weil Dalibor aus Jugoslawien kommt, ich erzähle, wie wir uns kennengelernt haben, dass ich eigentlich nicht so viel weiß, von ihm, die ersten paar Wochen war er in Chiasso, dann in Kreuzlingen, ein Flüchtling?, fragt Aranka, ja, anerkannter Flüchtling, aber immer noch arbeitslos, und ich erzähle, wie schwierig es für Dalibor ist, Arbeit zu finden – unsere Eltern, die uns zuwinken, uns auffordern, auch zu tanzen, vielleicht später, sagen wir, wir seien noch nicht in Tanzstimmung –, und deine Eltern?, hast du ihn schon vorgestellt?, ist noch zu früh, antworte ich schnell, wir kennen uns erst seit ein paar Wochen. Serbe?, fragt Aranka. Ja, Serbe, der in Kroatien gelebt hat, in Dubrovnik. Also schwierig für deinen Vater, schwierig oder unmöglich, antworte ich (und wir haben schon oft scherzhaft spekuliert, wie wir die Stecknadel im Heuhaufen finden könnten, den idealen Mann, den sich unsere Väter für ihre Töchter wünschen, zuallerletzt einen Serben, sicher keinen Russen, aber auch keinen Schweizer, der ideale Mann ist ein Ungar, am allerbesten ein *vajdasági magyar*, ein Vojvodiner Ungar, dem man Geschichte nicht erst erklären muss, der weiß, was es heißt, einer Minderheit anzugehören, und weil er das weiß, ist er auch ausgewandert, in die Schweiz, ein Vojvodiner Ungar, der erfolgreich ist in der Schweiz, einen richtigen Beruf hat, also nichts mit Reden oder Malen oder Musik; er hat außerdem Haare oberhalb der Lippen und kurzes Haupthaar, zückt immer als Erster, unauffällig, das Portemonnaie, er lässt sich nie von einer Frau einladen und isst gern schweres, männliches Essen, das Gegenteil also von jenen bleichen Männern, die so viel Gemüse und Salat essen wie die Kühe Gras, seine Kleidung ist korrekt, vor allem seine Schuhe, er war im Militär und geht sicher nie demonstrieren in einem demokratischen Land, womöglich noch am 1. Mai!), vielleicht trauen wir unseren Vätern zu wenig zu, meint Nomi, wir glauben ja ständig zu wissen, wie sie reagieren, sicher nicht grundlos, meint Attila und bittet mich zum Tanz, dagegen kann ja dein Vater nichts haben, wenn ich mit dir tanze, sagt er, und wir stehen auf, der Geiger macht ein paar Schritte auf uns zu, fragt uns während des Spielens, ob wir wüssten, was dem Geburtstagskind besonders gefallen würde, und ich sage sofort, *Wenn ich einmal viel Geld habe, setze ich mich ins Flugzeug,* Mutter, die, als die Musiker die ersten paar Takte spielen, stehen bleibt, Vater an der Hand hält und nach der ersten Strophe in Tränen ausbricht, und Mutters Weinen ist ansteckend, wir alle haben Tränen in den Augen (und es sollte ein eigenes Wort geben für ein ansteckendes Weinen, denke ich), auch Frau Köchli und Frau Freuler langen nach ihren Taschentüchern, obwohl sie ja den Text nicht verstehen und das Lied einen beschwingten Rhythmus hat, Vater, der Mutter wieder um die Hüfte fasst und im Takt der Musik durch den kleinen Saal ruft: Auf meine Rózsa, auf ihren runden Geburtstag!, auf meine schöne, geliebte Rose, dass wir noch viele Jahre zusammen feiern können! Attila und ich, wir tanzen neben den Schwestern, ich übersetze, was Vater ruft, und die Musiker spielen jetzt einen Tusch,

Vater, der dem Kellner schnippt, er solle den Champagner bringen, und Vater schüttelt die Flasche, es muss schäumen, sagt er, das bringt Glück, wenn der Boden ein paar Spritzer abbekommt!, und wir stoßen an, wir überbringen Mutter gute Wünsche, wollen sie zum Tisch führen, damit sie die Geschenke aufmacht, aber Mutter winkt ab, es sei noch zu früh für die Geschenke, sie wolle noch ein paar Worte sagen, und wir bleiben stehen, bilden einen Halbkreis um Mutter, die ihre rechte Hand auf ihren Brustkorb legt, und Mutter sagt zweisprachig, dass sie sich sehr freue, dass wir alle gekommen seien, um mit ihr zu feiern, und Mutter lässt sich Zeit, überlegt, fährt sich mit der Hand über die Stirn (Nomi, die neben mir steht, sich bei mir einhängt), ich bin jetzt fünfzig Jahre alt, sagt Mutter, und mit meinen fünfzig Jahren kann ich mich ganz genau erinnern, wie mir meine Mutter zum ersten Mal ein Kleid geschenkt hat, das sie selber genäht hat, zu meiner Kommunion, und ich will euch jetzt nicht langweilen und euch beschreiben, wie das Kleid ausgesehen hat, aber dieses Kleid habe ich getragen, bis ich fünfzehn war, meine Mutter hat es so genäht, dass jedes Mal, wenn sie den Saum um ein Stückchen gelöst hat, ein neues Muster zum Vorschein gekommen ist, und als kein Saum mehr da war, hat sie ein bisschen Spitze ans Kleid genäht (Mutter, die mit den Händen ihre Worte illustriert, mich bittet, Spitze und Saum ins Deutsche zu übersetzen), und als ich wirklich nicht mehr ins Kleid passte, hat sie aus dem Stoff Kissenbezüge gemacht, und heute habe ich, ich kann euch nicht sagen warum, die Kissen aus ihren Bezügen genommen, ich bin mit meiner Hand über den Stoff gefahren, und erst heute ist mir aufgefallen, dass meine Mutter etwas in den Stoff gestickt hat, so fein, dass man es nur sieht, wenn man den Stoff schräg gegen das Licht hält, für meine geliebte Tochter, das habe ich heute gelesen, an meinem fünfzigsten Geburtstag – und Mutter sagt, ihr Herz sei davon immer noch so *in Berührung*, dass sie es uns habe erzählen müssen (und ich, die in Nomis Arm spürt, dass sie berührt ist, von Mutters Worten, und ich weiß, dass Nomi an die Kissen denkt, die immer im Schlafzimmer unserer Eltern aufgestellt sind, von denen wir bis anhin nur gewusst haben, dass sie für Mutter eine besondere Bedeutung haben); Mutters Mutter, die jetzt mitten unter uns steht, mit einem hellen Faltenrock im Stil der zwanziger Jahre, einer bestickten Bluse, einem Blumenkranz und einem kleinen Schleier, die ihre Haare schmücken; und mein Blick verschiebt sich, bleibt am rechten Fuß, an der rechten Ferse hängen, die eingebunden ist, eine Ecke des Verbandes, die vom schwarzen Schuh nicht überdeckt wird; der Blick von Mutters Mutter, schön, groß, wissend, Augen, die nach hinten und nach vorne schauen, in eine Zukunft mit einem acht Jahre älteren Mann, weder glücklich noch unglücklich, sondern unausweichlich, der Bund mit einem um fast zwei Köpfe größeren Mann, mit hochrasiertem Haar, eine Hose, die in Stiefeln steckt, eine Hand, die die hellen Handschuhe hält.

Sie haben Ihre Mutter sehr geliebt, nicht wahr, sagt Frau Köchli leise zu Mutter, als wir am Tisch sitzen, Mutter die Geschenke geöffnet und sich bei allen bedankt hat, die Kellner die Vorspeisen auftragen; Mutter, die Frau Köchlis Hand nimmt, ja, sagt sie, ich liebe sie immer noch, und hier, schauen Sie, das ist meine Schwester Icu, mein Mann hat dieses Foto von ihr vergrößert, damit sie heute bei uns ist, sie fehlt mir genauso wie meine Mutter; Mutter, die Frau Köchli erzählt, von Tante Icu, dass ihre Schwester siebzehn Jahre älter sei als sie, deswegen sei sie allein aufgewachsen, ohne die Schwestern, ja, sie habe noch eine Schwester, die ein Jahr jünger sei als Icu, aber mit ihr habe sie nichts mehr zu tun, ein böser Streit, sagt Mutter, und alle unterhalten sich angeregt um mich herum, löffeln Suppe, nippen an Weingläsern, prosten zwischendurch Mutter zu, Vater, der mit Zoltán am Politisieren ist; ich aber höre nur Mutters Stimme, weil sie Frau Köchli erzählt, was sie eigentlich mir erzählen müsste, ich höre ihr zu und überlege gleichzeitig, was der Grund sein könnte, dass es ihr offenbar leichtfällt, Frau Köchli Dinge zu erzählen, von denen ich nichts weiß, und ich überlege mir, ob Mutter hofft, dass ich ihr zuhöre, während sie erzählt, ich jedenfalls tue so, wie wenn ich ganz mit dem Essen beschäftigt wäre. (Und zwischendurch schaue ich zu Nomi, die rechts von mir sitzt, die sich mit Aranka unterhält, ihr irgendwas über die Häuserbesetzer-szene erzählt, über Punks, Konzerte, dass sie es witzig finde, da reinzusehen, und ich nicke manchmal, sage vielleicht so-gar etwas, aber ich bin ganz woanders, folge nur Mutters Stimme.)

Die Geschichte einer Frau, die über dreißig ist, als sie ihr drittes Kind bekommt, und weil die anderen beiden schon außer Haus sind, verheiratet, als die spätgeborene Tochter noch klein ist, wächst sie wie ein Einzelkind auf, verwöhnt bis in den kleinsten Zeh, so der Vater, der als Kutscher arbei-tet, viel unterwegs ist, und als das Kind heranwächst, schaut sein Vater es manchmal lange an, mit einem reglosen Blick, wie das Mädchen ihn nur von den Soldaten kennt, ein Blick, der etwas bedeutet, was, erfährt sie, als sie sieben Jahre alt ist und ihre Eltern sich eines Nachts streiten, ihr Vater ihre Mutter schlägt, ob ihr denn schon aufgefallen sei, dass das Kind nichts von ihm habe, so schreit der Vater, ihre Mutter, die ihren Mann schreien und reden lässt, nicht antwortet, das Mädchen sei nicht von ihm, er habe schon gehört, wo sie sich rumgetrieben habe, immer wieder, in all den Näch-ten, in denen er nicht da gewesen sei, sie habe sich einen fremden Samen geben lassen, er sehe das dem Mädchen an, der Nachbar stehe dem Mädchen im Gesicht geschrieben, sie mache ihn zum Gespött, er werde sie verstoßen, vertreiben aus seinem guten Haus, und die Mutter des Mädchens wehrt sich immer noch nicht, der Vater schlägt weiter zu, und er habe es genau ausgerechnet, in der Zeit, wo das Kind hätte gezeugt werden müssen, hätten sie das Bett gar nicht miteinander geteilt, und sie habe immer etwas Flackerndes in den Augen gehabt, wenn der Józsi da gewesen sei. Und der Vater schlägt so heftig zu, dass das Kind weinend die Tür öffnet und seine Mutter es in die Arme nimmt, es streichelt und jetzt endlich etwas sagt. Du behauptest, das Mädchen sei dem Józsi wie aus dem Gesicht geschnitten, ach ja? Ich sage dir, unsere Tochter hat gar nichts vom Józsi, deine Eifersucht macht dich nicht nur blind, sondern auch vergesslich: Weißt du nicht mehr, wie früh unser Kind auf die Welt gekommen ist, hast du daran gedacht, bei deinen merkwürdigen Berechnungen? Wenn du also wirklich von dem überzeugt bist, was du sagst, dann pack *du* meine Sachen und stell uns auf die Straße, jetzt, sofort! Großmutter, die offenbar in ihrem Leben noch nie so geredet hat, so bestimmt, fast kämpferisch, ihr Mann, der daraufhin ein paar Tage verschwindet, und als er wiederkommt, öffnet er die Tür, setzt sich an den Tisch, und während Großmutter niederkniet, um ihm die Stiefel von den Beinen zu ziehen, sagt er, mach mir etwas zu essen, ich habe Hunger.

Die Hauptspeise wurde aufgetragen, verschiedene Süßwasserfische, auf dem Rost gebraten, Petersilienkartoffeln und Spinat, und dazu haben wir einen leichten, trockenen Weißwein getrunken, wie ihn Mutter mag; ich habe das Saallicht gelöscht, und Nomi hat den mehrstöckigen Geburtstagskuchen hereingetragen, Mutter hat unter Beifall die Kerzen ausgeblasen, die schmalen Kerzchen aus dem Guss gezogen, den Kuchen angeschnitten, die Stücke verteilt, und nach dem Dessert haben sich Frau Köchli und Frau Freuler verabschiedet, die Band hat nochmals aufgespielt, alle haben wieder getanzt, wie wenn wir in unserer Heimat wären!, rief Vater übermütig, und die Männer fingen an, Bier mit Zusatz zu trinken, und die Frauen beschlossen, hart zu bleiben, heute fahren wir nach Hause, sagte Irén, sagte Birgit, sagte Mutter, und nachdem die Band ihre Instrumente in die Koffer gepackt hatte, rauchten die Köpfe der Männer, weil die Politik noch besprochen werden musste, die Mütter, die sich am anderen Ende des Tisches zusammensetzten, unhörbar miteinander sprachen; Nomi, Aranka und ich, wir standen am Fenster, schauten zum See hinaus, in die Lichter, die am gegenüberliegenden Ufer glänzten, und als ich mich wieder dem Saal zudrehte, war Zoltáns Kopf angeschwollen, erinnerte mich an eine pralle Pfingstrose, und es hörte sich so an, als würden er und Vater sich wie verrückt streiten, dabei versuchten sie nur, einander in ihrer Lautstärke zu übertrumpfen, diese Scheißkommunisten müssen endlich überall entmachtet werden (der Kellner, der die Schnäpse um die gestikulierenden Hände der Männer jonglieren musste), die sind für den Krieg verantwortlich!, ja genau, die Roten hatten schon immer mit Blut zu tun ... ich hörte die Sätze, die die Männer in die Luft schleuderten, vor allem Vater und Zoltán, und es waren lauter Behauptungen, die dann bloß da hingen in der Luft, eigenartig fremd und verloren, und es erstaunte mich weniger als sonst, dass die Männer auf dem rechten Auge blind waren, keiner von den Nationalisten sprach, schon gar nicht von diesen umheimlichen Legierungen zwischen Kommunisten und Nationalisten, die im ehemaligen Jugoslawien jetzt den Hass schürten; und als Nomi zu mir sagte, ich wirke so abwesend, antwortete ich, es komme mir so vor, wie wenn wir alle Stellung bezogen hätten: die Männer betrunken, politisierend am Tisch, die Mütter flüsternd geheimnisvoll am Tischrand, und wir, die Töchter, stünden hier, am Fenster, könnten das Ganze beobachten, seien beteiligt und unbeteiligt. Ja, wir sind weder Fisch noch Vogel, sagte Aranka, oder eben beides, meinte Nomi; und wir winkten unseren Eltern zu, gingen nach draußen, um frische Luft zu schnappen, am See, das dunkle Wasser erzählte mir nochmals Mutters Geschichte, die Geschichte meiner Großmutter, die ich nie kennengelernt habe, und die ruhigen Wellen stellten mir eine Frage: Warum sind Mutter und Vater in die Schweiz gekommen, was war der eigentliche Grund?

Vielleicht hat uns gar nicht Onkel Móric gefahren, sondern Nándor, wahrscheinlich war das so, weil Nándor, im Gegensatz zu Onkel Móric, sehr gern redete und beim Reden immer rote Ohren bekam, seine Ohren, die gleich groß waren wie die Ohren seines Vaters, ziemlich sicher hat uns Nándor gefahren, weil mir kein plausibler Grund einfällt, warum Onkel Móric ausgerechnet an diesem Tag so viel hätte reden sollen, Onkel Móric konnte ganz plötzlich schnell und laut und bestimmt reden, sodass man meinte, er werde lange nicht damit aufhören, aber so plötzlich, wie er anfing, hörte er auch wieder auf damit, und wenn ich genauer darüber nachdenke, hat meistens Nándor den Moskwitsch gefahren und nicht Onkel Móric, dem das Auto zwar gehörte, der aber immer wieder betonte, dass er lieber und am liebsten Traktor fahre, Onkel Móric, der Nomi und mich manchmal mitgenommen hatte auf seinem Traktor, mit uns auf die Felder hinausgefahren war, und ich höre, wie Onkel Móric sagt, hier, dieses Land, das hat uns früher einmal gehört, und die Frage, warum einem Land gehören kann und dann nicht mehr, war eine jener ungestellten Fragen, denke ich heute, Onkel Móric, der, wie gesagt, nie viel geredet hat, oft dieselben Sätze sagte, vielleicht werde ich es noch erleben, dass wir unser Land zurückbekommen, und die kleinen blauen Rinnsale auf der Nase von Onkel Móric, die irgendeine unbekannte Geschichte erzählten.

Nomi und ich, wir sahen die Felder, die schwarze Erde der Ebene, wir haben gelernt, was Unkraut ist, wir haben

Hasen gesehen, die Haken schlugen, wir hielten Ausschau nach den Hügeln, die die Maulwürfe aufgeworfen hatten, und die Vogelscheuchen grinsten uns an, in ihren glitzernden Kleidern, wir haben gelernt, die verschiedenen Feldblumen voneinander zu unterscheiden, und wenn Onkel Móric seinen Kopf zum Himmel drehte, um zu sagen, dass der heutige Tag zu einem Regen hinführt, *esöre áll az idó*, taten wir dasselbe, um zu verstehen, was unser Onkel damit meinte, und als es zu regnen anfing, haben wir die Art des Regens benannt, ein sprühender, nieselnder Regen, es schüttet oder gießt, Hagelkörner, so groß wie Taubeneier, haben wir gesagt; aber warum ein großes, weites Stück Land in dieser Ebene einmal uns gehört hatte und jetzt nicht mehr, das haben wir erst viel später begriffen, als Sie uns davon erzählt haben.

Ziemlich sicher hat Nándor uns mit dem roten Moskwitsch an der *Hajduk Stankova* abgeholt und uns zum Busbahnhof gefahren, aber vorher musste er noch, weil es so kalt war wie am Arsch von Sibirien, unters Auto kriechen, um fluchend zu untersuchen, was los ist, warum die Karre nicht anspringt, und wir haben deshalb den Bus, den wir eigentlich nehmen wollten, verpasst, aber weil Sie lieber viel zu früh als zu spät in Belgrad sein wollten, war das noch kein Grund zur Aufregung, und Nomi und ich, wir hatten noch ein bisschen Zeit, wir sind die Treppe hochgestiegen, zum Dachstock, haben den Tauben Futter gegeben, wir haben durch die Ritzen des Daches geschaut, in den kalten grauen Novemberhimmel hinein, wir sind die Leiter wieder hinuntergestiegen, haben unsere Tiere besucht, den Miststock, und wir haben dem Plumpsklo eine Geschichte erzählt, weil Ihr Plumpsklo ein weißes Häuschen war mit einer herzförmigen Öffnung, Nomi hat ihre Lieblingsgans von Weitem angeschaut und gesagt: Ich werde dir eine

Zeichnung schicken, und wir haben eine ganze Weile Cicu gesucht, wir haben für unsere Cicu Geräusche gemacht, auf die Cicu normalerweise immer reagiert hat, und ich weiß gar nicht, ob meine dünne Lieblingskatze gekommen ist oder nicht, auf jeden Fall wollte Nomi noch den kleinen Reisigbesen mitnehmen, den Sie ihr einmal geschenkt hatten, aber Sie haben gemeint, Sie würden ihn mitbringen, das nächste Mal, wenn Sie uns in der Schweiz besuchten; und weil Nándor immer noch mit dem Auto beschäftigt war, Sie im Haus verschwunden waren, um noch einen Kaffee aufzusetzen, haben Nomi und ich die Türklinke hinuntergedrückt, unsere Köpfe hinausgestreckt, haben dem Nachbarn von gegenüber zugewunken, der an warmen Abenden seine Schweinchen vor seiner Haustür grasen ließ, und ich habe mir schon oft den Kopf darüber zerbrochen, wie dieser Mann geheißen hat, der für mich immer etwas Gütiges hatte, wenn ich ihn so von Weitem sah, wie er seine Tiere weiden ließ, aber mir fällt immer nur der Herr Szalma ein, dessen Häuschen rechts neben dem Ihren stand, und als Nomi und ich ein paar Schritte in Richtung »Julis Ecke« gegangen sind, Juli aber nicht zu sehen war, kehrten wir wieder um, gingen an Ihrem, also an unserem Haus vorbei, und wir riefen nicht Juli, Puli, Julipuli, Juuulipuuuli, wie wir es oft getan hatten, wenn wir eine spöttische Laune hatten, Juli uns gerade gelegen kam, um einer schwer zu beschreibenden Unruhe Befriedigung zu verschaffen, wir gingen stracks auf Julis Haus zu, da, wo sie mit ihrer Mutter wohnte, Julis Mutter, von der wir nicht einmal wussten, wie sie hieß. Guten Tag, ist Juli da?, fragten wir, und ich erinnere mich, dass Julis Mutter ein erfreutes Gesicht machte, als wir nach ihrer Tochter fragten, Juli ist nicht da, sie macht Besorgungen, aber kommt doch rein! Um nichts in der Welt wollten wir in dieses Haus, wo Juli lebte, nein, nein, wir fahren gleich los, haben wir zu Julis Mutter gesagt, wir haben gar keine Zeit. Ah ja, ihr Mädchen, ihr fahrt in die *Schaiz*, sagte Julis Mutter leise, das ist eine weite Reise, ihr Mädchen, und wir konnten sie nicht davon abhalten, uns noch ein paar Äpfel zu holen und eine Schachtel Kekse, danke!, und wir waren froh, als wir uns wegdrehen konnten, wieder in der Nähe unseres Hauses waren, wir drückten die Klinke nach unten und sahen in Ihr aufgeregtes Gesicht, wo seid ihr denn?, ich habe schon jeden Winkel nach euch abgesucht.

Wir haben uns ins Auto gesetzt, Sie saßen in unserer Mitte, haben Ihre Hände in den Schoß gelegt, und Nándor drehte den Kopf nach hinten, so, jetzt geht's aber los, und wir fuhren rückwärts durch das Tor hinaus, und Nándor ließ den Motor laufen, als er aus dem Auto stieg, um das Tor hinter uns zu schließen, und als wir über die *Hajduk Stankova* holperten, sagte Nomi zu mir, da vorne, da steht sie, und weil Sie wussten, dass wir uns von Juli verabschieden wollten, haben Sie Nándor gebeten, stehen zu bleiben, nur rasch, haben Sie gesagt, weil Nándor den Kopf geschüttelt hat, was wollen die Mädchen denn noch von dieser Irren?, und wir sind ausgestiegen, haben uns vor Juli hingestellt, und sie hat uns bloß angeschaut, sie hat nicht einmal um eine Süßigkeit gebeten, wir fahren jetzt los, habe ich gesagt oder Nomi, und wir haben Juli flüchtig die Arme gestreichelt, sind dann wieder ins Auto gestiegen, und wir haben Juli nachgeschaut, bis der Moskwitsch um die Ecke bog, Nándor auf der asphaltierten Hauptstraße Gas gab.

Am Busbahnhof hat Nándor uns die Fahrscheine gekauft, er hat dem Busfahrer beim Verladen unserer Gepäckstücke geholfen und Ihnen beim Einsteigen in den Bus, Nándor, der uns schmatzende Küsse gegeben hat, uns mit seiner lauten Stimme gesagt hat, wir sollten bald wiederkommen, und als der Bus losfuhr, haben wir ihm gewinkt, und dann haben

Sie eine Packung aus Ihrer Handtasche gezogen, und wir haben an den Salzstangen geknabbert, wie junge Mäuse, haben Sie gesagt, und Sie haben nochmals nachgeschaut, ob Sie die Papiere dabeihaben, meine geliebten Mädchen, haben Sie gesagt, Nomi, die vor mir saß, am Fenster, und ich erinnere mich, dass es ein Tag ohne Sonne war, dass es nach Braunkohle roch und nach Hackfleisch, Würsten, Knoblauch, Äpfeln, nach Brot, weil immer irgendjemand irgendetwas aß, und Sie haben uns frischen Speck eingepackt, gebratenes Huhn, Letschogemüse und Palatschinken, die Nomi und ich sogar kalt gern aßen, und wir haben ziemlich sicher, nachdem keine Salzstangen mehr da waren, die Quark-Palatschinken gegessen, und Nomi hielt, jedes Mal, wenn sie wieder einen Bissen genommen hatte, die Palatschinke hoch und fragte, was ist das?, ein fauler Hund, Tante Manci am Schnarchen, eine Kuh am Pinkeln, der Mond von gestern Abend; wir haben uns die Zeit mit allem Möglichen vertrieben, haben durch die dreckigen Fenster Fahrräder gezählt, streunende Hunde, rauchende Schornsteine, diese Busfahrt, die sich von allen anderen Busfahrten nur dadurch unterschied, dass sie viel länger dauerte, der Chauffeur, der den Bus mehrmals parkierte, den Motor laufen ließ und lachend Pause-zum-Pinkeln-zum-Luftschnappen-zum-Turnen-und-Beten rief.

Während dieser ganzen Fahrt haben wir, soweit ich mich erinnern kann, nur wenige Worte miteinander gesprochen, Sie haben immer wieder ein Lied gesummt, und weil der Motor des Busses so laut war, der Buschauffeur das Radio angedreht hatte, zu den Liedern pfiff oder sang, lehnte ich mich an Ihre Schulter, um Sie zu hören, Nomi, die durch den Sitzspalt zu uns blinzelte und dann einnickte, und als wir spätabends in ein Lichtermeer eintauchten, im Bus alle Köpfe an den Fenstern klebten, weil wir endlich da waren, in Belgrad, da sagten Sie zu mir: Schau mal, die Stadt hat auf uns gewartet, auf unseren verdreckten, verstaubten Bus aus der Provinz.

Real big

A ls die Sonne durch die Fenster des Mondial scheint,
an einem Vormittag, an einem normalen Vormittag
im Sommer, ich zwischen den Bestellungen immer wieder
hinausschaue, ins Freie, zu den Blättern des Kastanien-
baumes, die sich in ihrem satten Grün leicht, zärtlich in
der Sonne bewegen, und es ist ungewöhnlich viel los, an
diesem Morgen, so viel, dass ich eigentlich gar keine Zeit
habe, irgendwohin zu schauen, Glorija, deren schön lackierte Fingernägel immer wieder auf der Theke klimpern,
weil ihre Hände und Beine schneller sind als ich, wo bist
du?, hier!, antworte ich; als die Sonne Lichtflecken auf den
Teppich zeichnet, den braunen, beige gemusterten, muss
ich Glorija immer wieder fragen, was sie gerade bestellt
habe, ein Vormittag, an dem ich ständig den Faden verliere,
nicht flüssig arbeite, abgelenkt bin, weil ich die Luft sehe,
wie sie erfüllt ist mit kleinen Wesen, Stäublingen, Glorija,
die sagt, dass sie ein Käsesandwich brauche und ein Vier-
Minuten-Ei, aber sie werde die Bestellung selber aufgeben
in der Küche, danke!, und ich stelle mir vor, während ich
die Mahlmaschine anstelle, wie sich die Stäublinge überallhin setzen, auf die Croissants, wie sie es sich in Frisuren
gemütlich machen, und ich weiß, dass Dalibor dafür verantwortlich ist, für meine Langsamkeit, meine Lichtverliebt-
heit, ich sehe Dalibor, wie er mich anschaut, ich sehe, wie

seine Lippen lachen, als seine Finger meine Hüfte berühren, als wir uns gegen den Kastanienbaum lehnen, du bist schön, sage ich zu ihm, zum Kastanienbaum, und der Mond dreht sich im nächsten Moment durch die Blätter, wir legen uns hin, wir liegen, als unsere Hände sich suchen, und ich höre seine Stimme in meinem Rücken, ich bin aufgeregt, sagt er, sage ich, und meine Haare suchen seinen Bauch, meine Haare auf seinem Bauch, und ich verliebe mich in die Art, wie sein Atem seinen Bauchnabel bewegt, die feine, aufgeregte Bewegung an meinen Lippen, und als ich gerade drei Espressi eingespannt habe, höre ich die Sprache, die eigentlich absolut verboten ist, Serbokroatisch (Mutter und Vater, die Glorija und Dragana schon vor Monaten untersagt haben, in ihrer Muttersprache miteinander zu sprechen), ich höre also plötzlich die verbotene Sprache, Glorijas Stimme, die ungewöhnlich laut ist, aber noch lauter sind Draganas Konsonanten und Vokale, einen Moment lang höre ich den beiden Stimmen zu, die sich ineinander verzahnen, es fällt mir auf, wie unangenehm es mir ist, dass ich zwei Stimmen höre, die heftig sind, und keine Ahnung habe, warum sie es sind, nur einzelne Wörter, die herausblitzen, *zena*, Frau, *dom*, Haus, *rat*, Krieg, *ti*, du, und über die Cimbali hinweg sehe ich, dass sich Köpfe in Richtung Küche strecken, ich, die überlegt, ob sie bedienen soll, einfach so tun, wie wenn nichts wäre, *Tudman!*, höre ich, *Milošević!*, und ich wische meine Hände an der Schürze ab, gehe mit raschen Schritten in die Küche, um zu sehen, was los ist.

Vater, der mir mit den Händen bedeutet, die Tür zuzumachen, Dragana, die sich gerade an der Waschmaschine abstützt, versucht aufzustehen, Marlis, die ihr die Hand hinstreckt, aber Dragana ignoriert die dargebotene Hand, während sie laut weiterspricht, Glorija, die immer noch auf dem Boden liegt, mit zerrissenen Strümpfen, ihr Sprechen, das sich übergangslos an ein hohes Wimmern verliert, was ist los?, frage ich, knie zu Glorija, versuche, sie zu beruhigen, Marlis, die sich gegen die Abstellfläche lehnt, wo wir das schmutzige Geschirr hinstellen, zu weinen anfängt, und Vater, der sich die Hand gegen die Stirn schlägt, in unserer Sprache flucht, jeder Hund habe Besseres zu tun als das, was er sich hier mit ansehen müsse, *mi törtent*, was ist passiert?, frage ich Vater, du verstehst ja, was sie reden, sage ich zu ihm, und ich helfe Glorija aufstehen, ein Flohfurz ist passiert, ruft Vater auf Ungarisch, gar nichts, die eine ist in die andere hineingerannt, zufällig, und jetzt gehen die beiden aufeinander los, als hätte die eine ein Attentat auf die andere geplant, bis jetzt waren sie ein Herz und eine Seele; Glorija, die immer noch wimmert, ein offenes Knie hat, und die Gäste, flucht Vater, wer bedient die Gäste?, ich geh ja schon, sage ich, und Dragana, die jetzt verstummt ist, mit dem Rücken zu mir beim Abwaschtrog steht, zum Fenster hinausschaut (womöglich weiß Dragana in dem Moment schon, dass sie nicht mehr lange bei uns arbeiten wird, ihre Blusen, die wenige Wochen später in der Personalgarderobe an drahtigen Bügeln hängen, ein Paar Schuhe, deren Absätze an der Innenseite abgetreten sind, vergeblich auf die richtigen Füße warten, Dragana, die nicht einmal mir sagen wird, dass sie nicht mehr wiederkommt), du könntest Glorija wenigstens ein Pflaster geben, sage ich beim Hinausgehen, und dann soll ich wohl noch alle trösten, ruft mir Vater verärgert nach, ich, die Mutter um Hilfe bitten muss, Mutter, die im Büro über Zahlen sitzt, und ich versuche ihr in wenigen Worten zu erklären, was passiert ist, Mutter, die keine Fragen stellt, sondern sofort aufsteht, sich hinters Buffet stellt, und ich bediene die Gäste, ein paar, die sich die Hälse aus den Köpfen schrauben, was ist denn los mit der Serviertochter?, und dieses Geschrei, was war denn das?

Nomi, die heute frei hat, mir einflüstert, was ich sagen soll, Freude, sage ich, nichts weiter, unsere Hilfsköchin und unsere Kellnerin haben gerade gemerkt, dass sie einen gemeinsamen Bekannten haben, ja, stimmt schon, überschwängliche Freude klingt manchmal wie Streit!

The real big men ziehen heute ein, ins Mondial, denke ich, als ich wieder hinter dem Buffet arbeite und Glorija im Service, nachdem sie von Mutter neue Strümpfe bekommen und sich frisch gemacht hat, ich bin doch nicht Tuđman! Glorija, die mit gepresster Stimme zwischen den Bestellungen zu mir spricht, also hör mal, wenn eine zu dir sagt, du bist genauso bösartig wie Tuđman, was würdest du sagen? (ich, die an *little big men* denke, daran, dass ich Dustin Hoffman nie habe besser spielen sehen), Ildi, sag doch was, Milošević ist doch der größte Verbrecher aller Zeiten, ich würde mich umbringen, wenn der der Chef wäre von meinem Land, das habe *ich* dann zu Dragana gesagt, so Glorija, Ildi, du musst mir doch recht geben, Milošević und Tuđman, das ist wie Schwarz und Weiß (ich erinnere mich an fast nichts, nur an Dustin Hoffmans Gesicht, das mich so beeindruckte in seiner Ernsthaftigkeit), kennst du Tuđman?, frage ich und bemühe mich, ein ernstes Gesicht zu machen, nicht zu lachen. Ja, aber sicher kenne ich ihn, ist dir auch schon aufgefallen, dass Tuđman schöne, große Augen hat?, und ich schüttle den Kopf, klopfe den Kaffeesatz in den Behälter, Milošević ist ja nicht der Staatschef von Bosnien, sage ich, aber er steuert alle Serben, antwortet Glorija rasch, das weiß doch jeder, und sie stellt die Tassen auf die Untertassen. Sie sei eine Bosnierin, sagt Dragana, so ich, und du hast mir einen Kaffee zu wenig getippt. Ildi, bosnisch, das ist eine Erinnerung, die Erinnerung an etwas Falsches, und Glorija schaut mir in die Augen, wenn wir Kroaten nicht daran geglaubt hätten, dass wir Kroaten sind, wären wir immer noch Jugoslawen. Verlierer, meinst du, und Glorija legt die Kaffeelöffel zu den Tassen, Dragana ist Serbin, ob sie will oder nicht, und bis heute hatte ich nichts gegen sie, aber wenn sie mein Land beleidigt, dann, und Glorija schiebt das Tablett auf ihre rechte Handfläche, dann ist es vorbei zwischen uns, Glorija, die sich in Bewegung setzt, ihre Locken zum Wippen bringt.

Franjo Tuđman trägt heute eine weiße Bluse mit Puffärmeln, denke ich, er hat seine Nägel rot lackiert und das für sein Alter immer noch dichte Haar frisch blondiert, und normalerweise ist der kroatische Staatspräsident in aufgeräumter Stimmung, summt leise englische Popsongs vor sich hin und wiegt sich fast unmerklich in den Hüften, was zu seinem unauffälligen Make-up passt, zu seinen dezent gezupften Augenbrauen, und um seine schönen Wangenknochen besser zur Geltung kommen zu lassen, trägt er heute keine Brille, sondern Linsen, vielleicht farbige, denke ich, Franjo Tuđman, dessen Spezialität es ist, geschäftig und elegant durchs Mondial zu düsen, schwungvoll auf die mechanische Kasse zu tippen, lag soeben noch mit einem blutenden Knie auf dem Linoleumboden, in der Küche, neben dem Tiefkühler, in dem Brote liegen, Croissants, Zehn-Liter-Eiskübel; Tuđman ist gegen eine Frau geknallt, eine, die behauptet, Bosnierin zu sein, eine, die alle Staatschefs des ehemaligen Jugoslawiens für besessen hält (und plötzlich ist jeder Politiker religiös, ausgerechnet!, sagte Dragana zu mir, die waren bis vor Kurzem alle noch Kommunisten, Ildi, die kannten nur ihren roten Himmel, und jetzt? Jetzt hat jeder eine andere Idee vom Himmel, *jeder isch Gröschte, was meinsch, was isch, wenn alle Paare scheided, wil sie nicht de glüche Religion sind?*, sie jedenfalls sei mit einem Muslim verheiratet, der esse sogar Schweinefleisch, ab und zu, wenn sie es gut zubereite).

Mutter, die hinters Buffet kommt, mir sagt, ich solle ins Büro, die Menütafel schreiben, und Ildi, bitte, es gibt keine Unterhaltung über diesen Vorfall, ja klar, sage ich, gebe Mutter meine Schürze, nehme mir noch einen Kaffee mit, ins Büro, und ich setze mich hin, an den braunen Tisch, zünde mir eine Zigarette an, werfe einen Blick auf den Jahreskalender, der an der Wand hängt und bei dem ich immer zuerst auf das Logo schauen muss, Vertretergeschenke, denke ich und lange nach der weißen Kreide, *Dalibor*, schreibe ich auf die Tafel, *Dalibor Dalibor Dalibor*, bis sie vollgeschrieben ist, und ich lehne mich zurück, schaue mir den Namen an, denke daran, dass ich zusammengezuckt bin, sofort an Vater gedacht habe, als Dalibor mir sagte, er sei Serbe, ein Serbe aus Kroatien, ausgerechnet?, ich bespucke den Schwamm, wische mit ihm über den schwarzen Schiefer.

»Hausgemachte Lasagne mit gemischtem Salat«, soll ich auf die Tafel schreiben, hat Mutter gesagt, »Gemüseteller mit Spiegelei« (habe ich an Vater gedacht, weil ich mir ausgemalt habe, wie er reagieren würde, wenn ich ihm Dalibor vorstellen würde, ein Serbe, würde er sagen, ausgerechnet!), heute Abend werde ich mit Vater reden, und ich schreibe den Satz auf die Tafel, damit ich ihn nicht vergesse, zünde mir noch eine Zigarette an, ich werde Vater fragen, ob er nicht auch einen netten Serben kennt (und ich weiß, dass die nette Ausnahme ein schlechtes Argument ist, oft nur die verabscheuungswürdige Regel bestätigt), Mutter, die ihren Kopf zur Tür hereinstreckt, was machst du so lange?, und ich, die die Tafel verdeckt, damit Mutter meinen Vorsatz nicht sieht.

Wir sitzen allein am Esstisch, Mutter und ich, Vater sitzt auf seinem Sessel vor dem Fernseher, er schnappt nach der Fernbedienung, als Mutter sagt, komm jetzt endlich, Vater zappt, kein Hunger, brummelt er, steht auf, öffnet den Schrank, langt nach der Flasche, Mutter und ich, wir essen schweigend, Nomis Platz, der gedeckt ist, sie kommt bestimmt bald, sagt Mutter, Vater antwortet nicht, verschwindet in der Küche, Mutter, die mich mit erhobenen Augenbrauen anschaut, weißt du, wo sie ist, flüstert, während Vater fluchend das Eis aus dem Behälter klopft, wahrscheinlich im Wohlgroth, antworte ich, oder bei Dave, aber einen Tag und eine Nacht wegbleiben, das hat sie noch nie gemacht. Ja, stimmt, antworte ich, laut genug, damit Vater es hört, ein Mal ist immer das erste Mal, und wir sind doch alt genug, oder? Mutter, die ganz bleich wird, ihre schönen Augen, die verschiedene Geschichten erzählen, die aber alle denselben Inhalt haben: bitte keinen Streit jetzt! Sei still, er könnte uns hören!, ich ertrage es nicht, wenn es laut wird. Ein Streit ist wie ein schlechtes Essen, es verdirbt den Magen! Und ich höre, wie Vater aus der Küche tritt, und ich beuge mich etwas nach vorne, lange nach einem Stück Brot, aber Vater geht an mir vorbei, an meinem Rücken, die Eiswürfel klingen hell, als er sich wieder in seinen Sessel setzt, den Fernseher lauter stellt; Mutter und ich, wir essen noch ein paar Bissen, bevor wir damit aufhören und auf unseren Stühlen sitzen bleiben, als würden uns der Tisch und die Stühle brauchen, wir sitzen, und es fällt uns keine Unterhaltung ein, weil wir einzig da sind, um zu registrieren, was Vater tut, eine Zigarette nach der anderen rauchen, aufstehen, die Hausbar öffnen, das Glas auffüllen, in der Küche Eis holen, das Eisfach zuknallen, sich wieder hinsetzen, und Vaters Stille wird unüberhörbar, es gibt Menschen, die sind so laut, wenn sie still sind, denke ich, möchte aufstehen, um die Teller abzuräumen, den Käse einzupacken, den Schinken, aber ich, die sich nicht rühren kann, denke an Nomi, dass sie eigentlich die Ältere ist von uns beiden, dass sie Dinge tut, die ich nie wagen würde (Nomi, die nicht aus einem Konzept heraus, sondern aus einer Laune heraus unangepasst ist, auf eine frische Art gedankenlos, schon damals, in der Primarschule, als sie sich getraute, einen violetten Overall anzuziehen, obwohl eine Clique von vier steinreichen Mädchen in ihrer Schule den Ton angab, vorgab, wann was in war, weder Violett noch Overall waren angesagt, als Nomi ihn trug, bei den tonangebenden Mädchen war sie deshalb unbeliebt, aber genau deswegen auch beliebt, sogar umschwärmt, weil sie mit ihrem eigenen Kopf, ihrer unverkrampften Art, ihn durchzusetzen, »etwas« hatte, etwas, dem sich niemand entziehen konnte, Nomi, die bis weit in ihre Augen lachte, wenn die Clique von ihr behauptete, sie sei eine *Bubenschmöckerin*, eine, die den Jungs nachhängt).

Es ist nach zehn, als Vater zu reden anfängt, er flucht über die beiden Hühner, dass man sich ja fragen müsse, wenn zwei Hühner sich in die große Politik einmischten, als hätten sie eine Ahnung, eine Ahnung wie ein Süßwasserfisch vom Meer, nämlich keine!, und ich begreife erst jetzt, dass Vater von Dragana und Glorija spricht, sich nochmals darüber ereifert, dass sie es wagen konnten, so laut zu streiten, es gibt nichts Schlimmeres als zwei Hühner, die aufeinander loshacken, flucht Vater, und Mutter atmet durch, weil sie glaubt, Vater sei wenigstens einen Moment lang abgelenkt vom Warten auf Nomi, und natürlich werden die Gäste darauf aufmerksam, wenn sich zwei Hühner auf Serbisch alles Schändliche sagen, Vater, der dem Fernsehsprecher zuprostet, der Meili von der Gemeinde hat mich heute Nachmittag gefragt, ob wir denn alle Jugos seien, und ich musste dem Meili erklären, dass wir Ungarn sind, warum weiß der Meili das nicht?, könnt ihr da vorne eigentlich den Gästen nicht erklären, was der Unterschied ist zwischen Slawen und Ungarn?, dass Ungarisch und Serbisch so viel miteinander zu tun haben wie ein Huhn mit einem Hühnerauge, das müsste doch allen klar sein! Mutter, die nochmals durchatmet, sich einen Ruck gibt, aufsteht, die Butter, den Käse, den Schinken in die Küche trägt, so, wie es eine professionelle Serviertochter tut, und wahrscheinlich denke ich, dass es nicht der ideale Abend ist, um von Dalibor zu erzählen, Mutter, die mit raschen Schritten wieder ins Wohnzimmer kommt, die Teller geräuschvoll übereinanderstellt; du musst mich jetzt noch stören, ruft Vater, kannst du diese blöden Teller nicht da lassen, wo sie sind?, was willst du damit sagen, dass du jetzt anfängst aufzuräumen? Vater steht wieder auf, füllt das Glas, trinkt jetzt ohne Eis, und ich, die immer noch sitzt, glaube, dass Nomi nicht mehr kommt, dass sie klammheimlich ausgezogen ist, und ich würde gern in ihr Zimmer gehen, um nachzuschauen, ob sie ihre Kleider mitgenommen hat, ihre Lieblingsbücher, aber ich sitze fest, auf meinem Stuhl, unter der Wohnzimmerlampe, mein Gesicht, festgefroren, im Fenster der Veranda, irgendetwas haben wir falsch gemacht, irgendetwas müssen wir falsch gemacht haben, sagt Vater, spricht in derselben Lautstärke wie der Fernseher, würde ich sonst hier sitzen und auf meine Tochter warten? (ich, die geahnt hat, dass die Hühner nur ein Einstieg sind, ich höre, wie Mutter abwäscht, lauter als sonst, der scharfe Strahl des Wasserhahns, das klirrende Geschirr), worauf wartest du denn, Miklós?, sagt Vater, dass eine so ist, wie du es dir erhofft hast?, einen Dreck ist sie wert, die Hoffnung, und Vater lässt sein Glas gegen den Wohnzimmertisch knallen, ein falscher Stern!, und Vaters Stimme saust nach oben, ohhhhh jaaa, als Nächstes bringen sie ihre Männer unter mein Dach, und dann soll ich der Kollege sein von den Männern meiner Töchter, mit ihnen *Duzis* machen, per Du, *froit mi!*, sagt Vater und schüttelt eine Hand in der Luft (und mir fällt ein, dass mir bei einem Klassenausflug, ich war noch nicht lange in der Schweiz, meine erste Wurst, die ich in meinem Leben grillierte, ins Feuer fiel, dein Stecken war zu dünn, sagte die Lehrerin, als ich zu weinen anfing), und das Leben, wissen sie denn, was das Leben wert ist, wenn es aus einem einzigen Zwang besteht, wenn man nicht einmal seinen gottverdammten Beruf wählen kann? Irgendein dahergelaufener Kommunist, der dir vorschreibt, was du für eine Lehre machst, wie dein Name geschrieben wird, wie du furzen sollst, dass dein Furz gegen das System gerichtet ist (und ich, ich sehe mich draußen sitzen, auf meinem Stuhl im Gras, neben mir die aufgebundenen Rosenstöcke, die Stiefmütterchen im Beet, violette und gelbe, die ich nie gemocht habe), und deine Töchter mit ihren konfusen Köpfen, die eine interessiert sich nicht für die Schule, hat was im Kopf, aber braucht ihn für alles andere, und die zweite, was tut sie?, sie studiert Geschichte, antworte ich, Vater, der mich nicht hört, aufsteht, die Bar öffnet, die Flasche herausnimmt, zum Einschenken ansetzt, das Glas in die Bar zurückstellt, aus der Flasche einen Schluck nimmt, sich mit ihr wieder in den Sessel setzt, sie kann sich nicht entscheiden, weil sie alle Möglichkeiten hat, Miklós, das ist doch zum Verrücktwerden oder zum Lachen – Mutter, die hinter sich die Küchentür schließt, mich an der Schulter fasst, geh ins Bett, sagt sie, und ich weiß nicht, ob Mutter mich oder Vater meint, was würden sie denn tun, wenn Krieg wäre, wenn es nichts nichts nichts nichts mehr gäbe, Vaters Stimme, die mit jedem »nichts« lauter wird, den Fernseher übertönt, Mutter, die hinter mir stehen bleibt, ihre Hand, die meine Schulter wärmt, geh ins Bett, sagt sie nochmals, und jetzt ist es offensichtlich, dass sie mich meint; ich, die, ohne zu antworten, sitzen bleibt, und Mutter, die sich wieder hinsetzt, mir gegenüber, mir dadurch die Sicht auf mich nimmt. Na, Rózsa, wir wollten doch, dass es die Kinder besser haben, wollten wir das oder nicht?, ja, sie haben es besser, so gut wie die vollgefressenen Tiere im Zoo, genau, wie die Affen turnen sie auf unseren Köpfen herum, halten uns für blöd (ich habe euch nie für blöd gehalten, will ich sagen), na, Rózsa, würden wir das tun, was wir tun, wenn wir die Möglichkeiten gehabt hätten wie unsere Töchter? Hör auf, sagt Mutter, du bist betrunken. Ich bin betrunken, ich bin versoffen, ich bin ein Trinker, ich bleibe ein Trinker, und ich will nichts anderes sein als ein versoffener, stinkender Trinker, hörst du? (Vielleicht hätten wir früher schon offener sein sollen zu unseren Eltern, was unsere Männerfreundschaften anbelangt; Nomi und ich, wir glaubten lange Zeit, dass wir Mutter und Vater diesbezüglich schonen müssten; damit wir das tun konnten, was hier alle anderen auch taten, übersetzten wir »das heiße Thema« so auf Ungarisch, dass es uns in den Kram passte, ein *Fez*?, das ist eine Geburtstagsfeier, wo wir alle gemeinsam Kerzen ausblasen, ein paar Spiele spielen … wir wussten, dass unsere Eltern uns nicht ganz glaubten, und sie wiederum wollten uns nicht sagen, dass sie es selber kannten, die Hitze im eigenen, im fremden Körper, obwohl sie in einer anderen Kultur aufgewachsen sind; ich, die aufstehen will, gehen, in die Nacht hinaus, die Sterne sind so schön, weil sie uns sagen, wir verstehen euch nicht, ihr seid zu weit weg, deswegen sind die Sterne so unfassbar schön, weil sie uns in Ruhe lassen, hat Dalibor gesagt.)

Als Nomi nach Hause kommt, ist die Whisky-Flasche leer, der Fernseher schweigt, Mutter und ich sitzen immer noch am Tisch, und Nomi, die um die Ecke schaut, strahlt, wirft uns eine Kusshand zu, Vater, der auf dem Sofa schläft, schnarcht, was ist mit euch los?, sagt Nomi mit einem Lachen, setzt sich neben uns an den Esstisch, wo warst du?, fragt Mutter. Ich habe ein umwerfendes Konzert gehört, ich habe bei meinem Freund geschlafen, ich war betrunken, ich habe den ganzen Tag verpennt und am Nachmittag mit Dave gefrühstückt, und jetzt bin ich hier und freue mich, euch wiederzusehen, und Nomi ist schön, denke ich, ihr Gesicht sieht aus wie frischer Teig, der klare Schwung ihrer dunklen Augenbrauen; du hättest wenigstens anrufen können, antwortet Mutter matt, ja, das stimmt, antwortet Nomi, das habe ich völlig vergessen, aber ich will nicht immer anrufen müssen, sagt Nomi, ihr wisst doch, dass ich wiederkomme, oder? Vater, der sich aufsetzt, nach einer Zigarette langt, seinen Husten hustet, mit der rauchenden Zigarette aufsteht, zu uns kommt, an den Tisch, der die Hand ausstreckt nach Nomi, sie in die Arme nimmt, ich, die Vater die Zigarette aus den Fingern zieht, Vater, der sein Gesicht verbirgt in Nomis Schulter.

Niemand von uns hat erwartet, dass das Telefon frühmorgens klingelt. Es ist halb sechs, Vater ist bereits
weg, als es zweimal klingelt und danach wieder still ist.
Nomi, Mutter und ich treffen uns im Korridor, warten
neben dem Telefontisch, vielleicht ist Dragana krank oder
Glorija, sagt Mutter, und wir wissen alle, dass es um etwas
anderes geht. Ein paar Minuten später klingelt es wieder,
hallo, hallo? Du bist es, sagt Mutter in unserer Sprache und
hält den Hörer mit beiden Händen, und schon bald sagt sie,
dass es ihr leidtue, ach, meine Liebe, sagt sie, ich hoffe, dass
alles gut geht, was?, die Verbindung ist so schlecht, ich kann
dich fast nicht hören, ja, ich bin auch froh, dass wir uns
wenigstens gehört haben, Mutter, in deren Händen der Hörer liegt, die uns anschaut mit ihren fliehenden Augen, sagt,
dass sie Béla eingezogen haben, in die jugoslawische Volksarmee, nicht jetzt, sondern schon vor zwei Monaten, dass er
jetzt in Bosnien kämpfe, in Banja Luka.

Und ich weiss, dass ich nichts fragen darf, dass ich jetzt
still sein muss, dass wir uns anziehen müssen, dass wir
nichts tun können, Mutter dreht sich um, verschwindet
im Schlafzimmer, zieht die Tür hinter sich zu, und sie, die
ich bin, steht da, im Korridor, und mein Blick bleibt am
Puzzle-Bild hängen, das Nomi und ich vor Jahren zusam-
mengesetzt und aufgeklebt haben, ein 750-teiliges Land-
schaftsbild aus Bergen, Wiesen und Blumen und – das
Schwierigste – einem glasklaren Himmel. Nomi, die mich
kurz anschaut, dann das Bügelbrett aufklappt, das Bügel-

eisen mit Wasser füttert, um eine dieser zeitlos hässlichen Blusen zu plätten, und ich verziehe mich ins Badezimmer, um an diesem Morgen das zu tun, was ich täglich tue: Gesicht, Hals und Achselhöhlen waschen, Zähne putzen, Wimpern tuschen, einen unauffälligen Mund malen, um schon bald angenehm in Erscheinung treten zu können. Und wir werden einzeln die schlechte Nachricht in uns hineinfressen, hoffen, dass die nächsten Tage sich nicht um uns kümmern, dass sie gesichtslos und normal an uns vorbeiziehen, und ich habe keine Ahnung, was man tun müsste, ja was denn? Man müsste man müsste man müsste ... und anstatt dass sich in meinem Hirn ein überzeugender Aktionsplan entfaltet, fällt mir nur ein, dass Onkel Piri im Gemeindesaal einen Vortrag über die *kusok* halten könnte, wie er die Politiker immer nannte, eine, wie mir scheint, passende Verballhornung des ungarischen Wortes für Politiker, *politikusok*, das auf Deutsch nach *Kuscher* klingt, weil das ungarische »s« wie »sch« ausgesprochen wird – und Tante Icu würde ihn mit ihrer reglosen, stolzen Miene anfeuern –, diese Luftbanditen, Luftzerkauer sehen so aus, als hätte ihnen ein Kalb das Gesicht geleckt, aber es war nicht die rosige Zunge eines unschuldigen Tieres, oh nein, viel eher hat der Teufel mit seiner gespaltenen Zunge jedes einzelne *kusok*-Gesicht geleckt! Schau sie dir an, sagte er, als wir einer politischen Debatte zuhörten, die im Fernsehen übertragen wurde, ein *kusok* ist wie der andere: Wenn er mal da ist, wo er hinwollte, hat er das gleiche geschleckte Gesicht wie all die anderen, und es sieht einem geölten Arsch nicht unähnlich, na, wie ist das möglich? Und Tante Icu, die beim Stichwort »Tier« wieder einmal die Gelegenheit nutzte, um über Bélas Tauben zu fluchen, diese Viecher treiben mich noch in den Wahnsinn, tun den ganzen Tag nichts anderes als rumgurren und rumscheißen (die Taubenzucht von Béla, die den ganzen Dachboden in ein gespenstisches Meer von grau-weiß-grünlich ruckenden Köpfen verwandelte, Vater, der, als er die Tauben zum ersten Mal sah, gesagt haben soll: Schau einer an, so viele hübsche Kommunisten auf einem Haufen habe ich schon lange nicht mehr gesehen), Béla, der die Tauben nicht mitnahm, als er heiratete, in ein filzgrünes Haus auf der gegenüberliegenden Straßenseite zog, weil er befürchtete, dass seine gottverdammten Viecher empfindlich sind, diese lächerliche, winzige Umstellung nicht überleben, so fluchte Tante Icu, diese Viecher, deren Augen so hässlich sind wie Nacktschnecken, fliegen überallhin, meinst du, die kümmert's, ob sie nun hier oder einen Steinwurf weiter weg von Béla verhätschelt werden? Tante Icu, die sich zwar immer über die Tauben ärgerte, sonst aber nichts auf ihren Sohn kommen ließ, Tante Icus goldene Ohrringe, die in glücklicher Erregung zitterten, wenn ihr Sohn *anya* zu ihr sagte, Mutter, in einem Tonfall, der genau wusste, was er bewirkte, nämlich all das, was er sich in den Kopf gesetzt hatte.

Am Samstag muss ich um sieben im Mondial sein, muss mein Gesicht bereit sein, guten Morgen!, und bei der Arbeit werde ich das Radio heute sicher nicht anstellen, auch wenn alle fragen: Fräulein, warum ist es so merkwürdig still? (nach langen Wochen, da wir endlich wieder ein Lebenszeichen von unserer Familie bekommen haben, ein Zeichen, dass das eintritt, was wir hier täglich einsam befürchten, dass die Familie, die drüben ist, im Osten, nicht verschont bleibt, dass der Krieg tatsächlich ein Gesicht hat, das befiehlt: Pack deine Sachen, los, mach schon! Arme, Beine und eine fatale Geschwindigkeit, die sofort tötet, wenn jemand sich widersetzt), heute werde ich mich taub stellen, denke ich, ich, die eigentlich schon lange nichts mehr hören will, sehen schon gar nicht, kein Radio, kein TV (was läuft eigentlich so in der Welt?), Zeitungen?, so oft habe ich mir vorgenommen, nichts mehr an mich ranzulassen, tagelang habe ich kein Radio gehört, keine Zeitungen gelesen, habe mich in mein Zimmer verzogen, mir sogar die Ohren verstopft, wenn Vater stundenlang die Nachrichten geschaut hat; ich habe mich tagelang enthalten, wenn ich fassungslos war über Titel wie »Gibt es noch einen Weg aus der Balkan-Horrorshow?«, um plötzlich wieder alle Tageszeitungen fiebrig nach Artikeln über den Balkankrieg abzusuchen (Balkankrieg, das klingt wie eine Spezialität, so wie es Waadtländer Saucisson oder Wiener Schnitzel gibt, witzelte Nomi, ja genau, Balkankrieg ist die Spezialität eines Volkes, ein hausgemachtes Produkt, das einem kriegerischen Charakter entspringt; es gelingt uns manchmal, uns über solche Begriffe wie »Balkan-Horrorshow« lustig zu machen, weil wir dem Schmerz Flügel verleihen wollen, und ich weiß, dass sich das ab heute ändern wird, ich weiß, dass ich keine Zeile mehr über den Balkankrieg werde lesen können, ohne dass ich an Béla denke).

Ich öffne meine Schranktür mit Schwung, damit ich den Schrankwind in meinem Gesicht spüre, ich, die ratlos vor ihren Mondial-Kleidern steht (hübsch soll es sein, aber nicht auffällig, farbig, aber nicht grell, ich kombiniere, wähle so aus, dass ich dem allgemeinen Geschmack entspreche, das heißt oben nie zu dunkel, keinesfalls eine schwarze Bluse, im Allgemeinen oben immer heller als unten, ein schwarzer Jupe, das geht, eine schwarze Bluse niemals), und seit Längerem habe ich angefangen, den Mondial-Kleidern Namen zu geben. Die Daisy-Duck-Bluse habe ich bereits erwähnt, aber da gibt es noch andere, das armeegrüne Kleid zum Beispiel, von dessen einer Schulter sich ein etwa handbreites, sinnloses Stück Stoff bis zur Hüfte zieht, und die

Blusen der Marke Zeitlos-Hässlich (hellgrau oder hellbeige, aus dickerem Stoff und unverfänglich geschnitten) und die sogenannten Deux-Pièces, die ich meine Pfister-Kleidchen nenne, weil mir Herr Pfister jedes Mal, wenn ich eines von ihnen trage, ein Kompliment macht, und weil ich mich für nichts entscheiden kann, ziehe ich die Schublade auf, reiße eine Packung »Femme luxe« auf, verkürze die Strumpf-hosenbeine Stück für Stück in meinen Händen, lege meine Zehen in die verstärkten Enden, ziehe die Strumpfhose über die Knie, zu rasch, und ich ärgere mich über die Lauf- oder Fallmasche, ich ziehe die Strumpfhose wieder aus, Nomi, die an meine Zimmertür klopft, wir müssen bald los, sagt sie, ja!, und ich, die wieder vor dem Schrank steht, mir vorstelle, wie ich mich in eine Bluse packe, wie ich mich zuknöpfe mit den Knöpfen, die mit demselbem Stoff über-zogen sind wie die Bluse, als ich mir vorstelle, wie ich bald mit hochgeschlossener Bluse und Jupe im Mondial stehe, sehe ich Béla, wie er in meinem Schrank kauert. Mit dem Gesicht eines bleichen Mannes, eines zu Tode erschrocke-nen Jungen macht er unmissverständliche Handzeichen, ich soll den Schrank wieder schließen, er hat sogar die Lippen bewegt, sage ich zu Mutter, die in meinem Zimmer steht, neben Nomi, ich, die den Schrank geschlossen hat, weil Béla mich darum gebeten hat, sage ich; Mutter, die meint, die Nachricht sei ein Schock, klar, und sie öffnet den Schrank, um mir zu zeigen, dass es eine Einbildung war, meine Phan-tasie, die mir einen Streich gespielt hat, Nomi, die mir ein Kleid aus dem Schrank nimmt, damit ich nicht auswählen muss, und ich, die sagt, dass das doch etwas zu bedeuten habe, dass ich Béla in meinem Schrank gesehen habe, wahr-scheinlich schon, antwortet Nomi und hilft mir ins Kleid, wir müssen uns beeilen, sagt sie, Mutter, die neben uns steht, aus dem Fenster schaut, es kann doch sein, dass morgen alles vorbei ist, sagt sie. Wie meinst du, alles vorbei?, frage ich. Der Krieg, antwortet Mutter. Es gibt immer einen Tag, an dem der Krieg vorbei ist, warum sollte dieser Tag nicht morgen sein?

Tito hat Jugoslawien mit eiserner Faust zusammengehalten, so Herr Berger, der von der renommierten Tageszeitung aufschaut, sich ein bisschen zurücklehnt, weil heute Samstag ist, er war doch, das muss man sagen, eine charismatische Führerpersönlichkeit, Herr Berger bespricht sich mit Herrn Tognoni (einem Einwanderer, der es geschafft hat, mehrere Bauunternehmen besitzt), und vor allem der Samstag ist der Tag, den ich überstehen muss, ohne das Geschäft wäre der Samstag ein silberner Tag, an dem es immer, zu jeder Stunde, eine kleine Überraschung geben könnte, an diesem Tag müsste man um die Kastanienbäume stehen, direkt vor dem Mondial, am Samstag, da die aufgesparten Wünsche sich zu einem großen Wollen zusammentun, jeder Fehler wiegt samstags doppelt so schwer, das wissen Nomi und ich, die heute servieren, die Wünsche, die uns mit liebenswürdigem Blick erreichen, liebenswürdig und unerbittlich, denke ich (die Ausnahmen wie Herr Schlosser, der in seiner stillen Ecke sitzt, wunschlos glücklich mit seinem Kaffee Crème und seiner *Neuen Revue* oder die beiden Schwestern, Frau Köchli und Frau Freuler, die uns die Hände drücken, bevor sie sich setzen, und dieser Händedruck ist so verschwenderisch in seiner Wärme und Direktheit, dass ich jedes Mal überrascht bin, obwohl sie uns immer so begrüßen), all die Samstagskönige und Samstagsköniginnen, deren Fingerzeige wir befolgen, und ich habe es nie jemandem gesagt, dass ich samstags allen anderen begegne, nur mir nicht.

Tito hatte Jugoslawien im Griff, muss man sagen, wiederholt Herr Berger, wussten Sie, dass er mit bürgerlichem

Namen Josip Broz hieß?, und Herrn Bergers Pfeife raucht, während ich am Tisch stehe, darauf warte, was Herr Berger und Herr Tognoni bestellen wollen (einen Gast darf man nie hetzen, am Samstag schon gar nicht). Der Balkan ist eine einzige Krise, Herr Tognoni bestellt ein großes Frühstück ohne Konfitüre, dafür mit Drei-Minuten-Ei, der Balkan ist aber keine Einheit, Herr Berger, dessen Rauchzeichen in meine Nase steigen, meine breiten Nasenflügel kitzeln (Sie haben fast eine Afro-Nase, sagte einmal jemand, ein Gast, Ihre Nase würde gut zu einem schwarzen Gesicht passen. Ja, finden Sie, finden Sie wirklich?), ah ja, sagt Herr Berger zu meiner Bluse, einen Kaffee Crème für mich und einen ganz hellen Milchkaffee mit Assugrin für meine Frau, meine Frau ist noch nicht hier, aber Sie können ihn bereits bringen, weil meine Frau bald kommt. Gern, sage ich. Und der Balkan ist ein Vielvölkerstaat mit einer interessanten Geschichte, und Josip Broz war ein intelligenter Mann, er hat Nikita Chruschtschow brüskiert, er, Tito, hat den dritten Weg versucht, der natürlich von vornherein zum Scheitern verurteilt war, und: Waren Sie schon einmal in Jugoslawien? Ja wirklich? Und Herr Tognoni war schon einmal in Jugoslawien, in Ljubljana, gar nicht so weit von Italien entfernt, erzählt er, während ich aufdecke, Tischset, Serviette, Messer und Löffel, Ljubljana sei nicht zu verachten, habe was zu bieten, Slowenien sei ja mit dem Rest des Balkans gar nicht vergleichbar, Österreich-Ungarn habe da einen entscheidenden Einfluss gehabt, das dürfe man nicht vergessen. Und ich stelle das Körbchen auf den Tisch mit einem Croissant, einer Semmel und einer Scheibe Brot.

Ja, Slowenien hat mit dem Balkan eigentlich nichts zu tun, davon bin ich auch überzeugt, sagt Herrn Bergers Pfeife, Fräulein, meine Frau scheint doch noch nicht zu kommen, und ich nehme den hellen Milchkaffee mit Assugrin selbst-

verständlich wieder mit, und Herr Tognoni möchte statt
der Semmel ein Milchbrötchen, ein helles oder ein dunkles?, und Herr Tognoni ist ein Einwanderer, der es nicht
nur beruflich geschafft hat, sondern auch im Gemeinderat
politisiert, für die Schweizerische Volkspartei, und außerdem hat er, wie er erzählt, letzte Woche mit seiner Frau eine
japanische Algenkur gemacht, ein dunkles, sagt Herr Tognoni akzentfrei. Der Balkan macht auch vor uns nicht halt,
sagt er (der bestimmt in den siebziger Jahren gekommen ist,
als die Schweizer über die vielen *Tschinggen* geflucht haben,
die Italiener, die damals noch zum Feindbild Nummer eins
gehört haben), bald haben wir auch einen Kebab-Stand mitten in unserer Gemeinde!, und ich serviere Herrn Tognoni
sein Drei-Minuten-Ei, und es ist ja nicht so, dass die Slowenen kommen (die Bauarbeiter, deren Einsilbigkeit ich samstags vermisse), und Herrn Tognonis Aftershave ist dezent,
denke ich, als ich ihm den Orangensaft serviere, der zum
großen Frühstück gehört, ich hätte gern ein paar Slowenen
in meinem Betrieb, und Herr Tognoni bedankt sich bei mir.

Woher kommen Sie eigentlich? Meine Eltern stammen aus
Norditalien, aus dem Piemont, berichtet Herr Tognoni, und
ich stelle ihm den doppelten Espresso auf den Tisch, den er
zum großen Frühstück bestellt hat, und Herr Berger deutet
mit seiner Pfeife darauf hin, dass ich den hellen Milchkaffee mit Assugrin für seine Frau bringen könne, gern, sage
ich, und: Fräulein, bringen Sie mir noch ein Croissant. Hell
oder dunkel?, frage ich. Spielt keine Rolle, antwortet Herr
Berger, Fräulein, darf ich Sie noch was fragen, Sie sind
doch Schwestern, und Herr Bergers Pfeife deutet auf Nomi
(Nomi, die seine Frage wahrscheinlich mit einem kecken
Spruch beantworten würde: ich finde es schön, dass Sie und
Ihre Frau und Herr Tognoni am Samstag auf Bildungsreise
sind), ja, wir sind Schwestern, antworte ich. Meine Frau und

ich haben uns nämlich schon oft gefragt, ob Sie Schwestern sind, schau dir den Mund an, habe ich zu meiner Frau gesagt, aber die Haare, sagte meine Frau! Dabei weiß doch jedes Kind, dass gerade die Haare von den Gemeinsamkeiten ablenken, eine Frisur macht viel aus, nicht?

(Und ich würde gern einen Kamm aus der Brusttasche meiner Bluse ziehen, um die Herren Berger und Tognoni zu frisieren, um ihre Härchen durchzulüften, nicht aus Bosheit, ich würde ihre Frisuren gern auf eine Berg-und-Tal-Fahrt schicken, ihre Gesichter sehen, wie die Freude über die Geschwindigkeit sekundenschnell das Helle, Jungenhafte in ihre Gesichter zurückzaubert, gern würde ich ihre aufgeregten Finger sehen, die an einer Zuckerwatte zupfen), die Gebrüder Schärer, die sich jetzt setzen, an Tisch sieben, neben den Berger und den Tognoni, Händeschütteln, wie geht's?, sie kämen gerade vom Radfahren, sagt der schmale Schärer, hundertzwanzig Kilometer, jeden Samstag!, der Berger, der Tognoni, die anerkennend nicken, Fräulein, so der dünne Schärer, zwei Kaffee nature! (der schmale und der dünne Schärer, weil man die beiden fast nicht voneinander unterscheiden kann).

Erzählen Sie uns doch etwas über die Verhältnisse in Ihrem Land, sagt Herr Berger, als ich die beiden Kaffees für die Schärers hinstelle, Herr Berger, der nach seiner Pfeife langt, die gestopft werden will. Sie müssen wissen, dass das Fräulein aus dem ungarischen Teil des Balkans stammt, wissen Sie, da, wo es sicher auch bald *chlöpft*, knallt, Vojvodina, so heißt die Region, und sie war bis vor Kurzem eine autonome Provinz, nicht wahr? (die Bergers, die sich letzte Woche höflich erkundigt haben, von welchem Teil des Balkans wir herkämen. Aus dem Norden von Jugoslawien, südlich von Ungarn, antwortete ich, und Ungarn ist immer die Rettung, jeder kennt einen ungarischen Zahnarzt, und den Aufstand von 1956 hat man noch gut in Erinnerung, da man in der Folge die Sympathie mit den Aufständischen bekundete, indem man Tonnen von abgetragenen Kleidern endlich sinnvoll entsorgen konnte; man kennt die Puszta, Béla Bartók, ach, die feurige Musik, die uns doch allen so viel gibt! Ihre Muttersprache ist also Ungarisch und nicht Serbokroatisch, kombinierte Frau Berger, ja, antwortete ich. Dann sind Sie gar nicht vom Balkan? Nicht eigentlich, antwortete ich, aber doch irgendwie, dachte ich. Herr Berger, der seine Stirn abrupt in Falten legte, seine Frau Annelis belehrte, siehst du, ich hab's doch gesagt, die vom Balkan haben andere Hinterköpfe), und ich stelle jetzt den hellen Milchkaffee mit Assugrin wieder auf den Tisch, Frau Berger, die sich inzwischen gesetzt hat. Ja wirklich?, und Herr Tognoni (den man noch viel länger auf die Berg-und-Tal-Fahrt schicken müsste als Herrn Berger) hat plötzlich ein Interesse an ihr, die ich bin, das wusste ich gar nicht, sagt Herr Tognoni mit einer kleinen Glut in den Augen, ich dachte, Sie seien aus Russland, wer hat mir das nur erzählt? Deine Phantasie, Mauro, die hat dich an der Nase herumgeführt, sagt Herr Berger lachend (und wahrscheinlich würde Herrn Tognoni, Herrn und Frau Berger und die Schärers das, was ich von meinem Land erzählen wollte, nicht interessieren, es wäre gut möglich, dass sie mich etwas verlegen und mitleidig anschauen würden: Fräulein, wir dachten da an etwas anderes, wir wollten etwas über die Kultur, die Geschichte, die Sprache, die Probleme erfahren – und nicht über die Luft zwischen den majestätischen Pappeln und Akazien, die winzigen Blumen, die zwischen den Pflastersteinen wachsen, den Staub, den Dreck, über Béla …). Leider habe ich keine Zeit, um von meinem … schon gut, Fräulein, wir sehen ja, dass Sie beschäftigt sind, aber bringen Sie uns doch allen noch einen frisch gepressten Orangensaft, und ich lächle, drehe mich weg (vielleicht stelle ich Ihnen nächstes Mal eine Frage, denke ich, über die Glaubenskriege, die Schlacht bei Sempach, die Reisläufer oder die Teufelssage würde sie, die ich bin, Tisch sechs und sieben befragen, und Frau Berger würde vor Schreck vergessen, das Milchschäumchen unauffällig vom Mundwinkel abzulecken, da sie nicht erwartet hat, dass das Fräulein eine Frage zur Schweizer Geschichte, zur Schweizer Kultur stellen kann; ich komme vom Balkan und studiere Geschichte, werde ich sagen, Geschichte der Neuzeit und Schweizer Geschichte; wie billig von mir, dass ich mich beweisen will, bei Menschen, die mir eigentlich vollkommen gleichgültig wären, wären sie nicht Stammkunden des Mondial); und ich, deren Aufmerksamkeit sich plötzlich verschiebt, zu den Schärers hin, merke erst jetzt, dass die beiden Brüder gar nichts erzählen, sich nicht einmal am Gespräch beteiligen, nur hin und wieder ah ja, sagen, ah so.

Das wurmt mich jetzt aber, sagt Herr Tognoni, als ich die Säfte auf den Tisch stelle, ich hätte schwören können, dass mir jemand erzählt hat, Sie seien aus Russland, und Herr Tognoni macht sich Sorgen, weil sein Gedächtnis möglicherweise nicht mehr so funktioniert wie früher, ich war's bestimmt nicht, sagt Herr Pfister und setzt sich neben die Schärers, wenn ihr etwas über das Fräulein wissen wollt, müsst ihr nur mich fragen, ich weiß alles über sie, Herr Pfister, der mir charmant zuzwinkert; und als ich ihm seinen hellen Milchkaffee und seinen Orangensaft auf den Tisch stelle, diskutieren Herr Pfister, Herr Tognoni und die Bergers schon über die Vorteile von Tai Ginseng und Ginkgo-Tabletten.

Um halb zwölf sitzen Nomi und ich am Personaltisch, essen Rindsvoressen mit Kartoffelstock und Vichy-Karotten, ich halte dieses Gerede nicht mehr aus, sage ich, Nomi, die mich anschaut, die Soße mit dem Kartoffelstock vermischt, dieses Geplapper über Jugoslawien – Nomi, die mich immer noch anschaut, während sie den Mund öffnet, einen Bissen nimmt, kaut, schluckt, was erwartest du denn, sagt Nomi, und ich, die aufhört zu essen, zünde mir eine Zigarette an, ich würde sie gern provozieren, sage ich, wen, *sie?*, fragt Nomi und spießt sich ein Stückchen Fleisch auf die Gabel, du weißt schon, wen ich meine. Dann tu es doch, und Nomis Gabel bleibt in der Luft, mit den Spitzen gegen mich gerichtet, so wie die Menschen etwas kauen wollen, wollen sie etwas plappern, und das ist an und für sich nichts Schlechtes, und es ist auch nicht für dich bestimmt, Nomi, die die Gabel auf den Tellerrand legt. Für wen denn sonst?, und ich schaue an Nomi vorbei, blicke ins Mondial, das jetzt, wie immer um diese Zeit, fast leer ist. Für den Tag, den langweiligen Morgen, für die Luft, stell dir vor, wie es wäre, wenn der Luft ständig übel würde. Vielleicht sehen wir es nicht, dass es so ist, antworte ich.

Ildi, sagt Nomi, niemand kann etwas dafür, dass unsere Familie in Jugoslawien lebt.

Nicht einmal wir, antworte ich, drücke meine Zigarette aus, stehe verärgert auf, bringe unsere Teller in die Küche, und als ich Marlis sehe, wie sie mit ihrem hellen Blick vor sich hin murmelt, weiß ich plötzlich, wie harmlos sie ist, die plaudernde Geschwätzigkeit, gegenüber dem Lauern der Gebrüder Schärer, die ausdauernd und präzise auf den richtigen Moment warten, um uns, in ihrem Neid, einen bleibenden Denkzettel zu verpassen.

Mamika und Papuci

Wir haben nur ein paar Tage Zeit, um unsere Verwandten in der Vojvodina zu besuchen, im Sommer 1988, als unsere Eltern ihre erste Cafeteria führen, in einer merkwürdigen Hektik setzen wir uns in Wohnzimmer, die wir seit Jahren kennen und die sich, seit wir sie kennen, nicht verändert haben, weil sie nur für festliche Angelegenheiten, für Ausnahmezustände gebraucht werden: Möbel, die immer noch nach Fabrik riechen, obwohl sie schon so lange an demselben Ort stehen, zimmerhohe Wohnwände, Polstergruppen, Tischchen, die mit bestickten Tischtüchern geschmückt sind; die Tapeten, die in diesen Vorzeigezimmern immer perfekt sind, Kristallgläser, die so unwirklich aussehen, das unbeschreiblich Kühle, Verlassene dieser Zimmer, und Nomi und ich, wir sind uns darin einig, dass wir diese Zimmer nicht mögen, obwohl wir uns wünschen, dass sich in unserer Heimat nichts verändert, finden wir diese Zimmer, in denen sich nicht das Geringste verändert, abstoßend, erschreckend, und wenn uns Tante Manci ins »gute Zimmer« bittet, uns die lebensgroße Puppe mit ihren strahlend starren Augen anschaut, immer noch!, dann sagt Nomi, dann sage ich, Tante Manci, können wir uns nicht in die Küche setzen? (Mamika und Tante Icu, die kein Vorzeigezimmer haben, glücklicherweise.)

Es regnet, nicht ständig, aber oft, das passt doch, meint

Nomi, das Wetter fühlt mit uns mit, und in rasender Geschwindigkeit besuchen wir unsere Verwandten, als hätte euch eine Wespe in den Arsch gestochen, witzelt Onkel Piri, und wir lachen, während wir weinen und uns verabschieden, nur wenige Stunden, nachdem wir uns unter Tränen begrüßt haben – und schon setzen wir uns in die nächste Küche oder in eines dieser Vorzeigezimmer, trinken wieder Traubi oder Tonic oder Schnaps, und wir müssen abwinken, weil wir bereits nach dem Mittagessen ein Stück Kuchen gegessen haben, wir winken ab und sagen, vielleicht später, um niemanden zu beleidigen, als wir ein bisschen erzählt haben, von unserem Leben in der Schweiz, dass wir jetzt eine Cafeteria führen (und jemand fragt, ob die Schweizer denn Zeit hätten, Kaffee zu trinken, und wie!, antwortet Vater, wir haben Gäste, die sitzen den ganzen Morgen bei uns, und natürlich sind alle beeindruckt, so viele Stunden in der Cafeteria rumsitzen und trotzdem so reich sein!, aber ja, Kinder, die Schweizer lassen eben ihr Geld arbeiten; und alle lachen, weil man sich nicht genau vorstellen kann, wie man das Geld für sich arbeiten lässt), als wir gehört haben, was unsere Verwandten erzählen, dass das Leben immer noch schwer sei, oh oh, der Mais und die schönen Sonnenblumen, wenn es weiter so regnet, gibt es eine miserable Ernte dieses Jahr (und ich erinnere mich, dass Onkel Móric gesagt hat, er wäre gern mein Onkel aus Amerika, als ich ihm erzählt habe, ich sei nach meinem Schulabschluss in Amerika gewesen, in den Vereinigten Staaten!, so nickte Onkel Móric, wo alle großartigen Maschinen erfunden werden und die Weizenfelder endlos sind, die Menschen ins Glück hinein geboren werden, und ich verstehe gar nicht, dass ihr damals nicht nach Amerika ausgewandert seid, sagte er zu Vater, ich wäre bestimmt nicht in Europa geblieben, Vater, der über seine Schnauzhaare fährt, sagt, mein großer Bruder, hättest du uns in all den Jahren wenigstens ein Mal besucht, wüsstest du, dass wir die richtige Entscheidung getroffen haben, Tante Manci, die dann rasch nach der Platte mit dem aufgeschnittenen Fleisch greift, Würste, Schinken, Spezialspeck, die mit Tomaten, weißem Paprika, sauren Gurken und roten Zwiebeln eingerahmt sind, und Tante Mancis Mund, der sprudelt, sie würden jetzt auch Mangalitza-Schweine züchten, die seien sehr begehrt, eine alte Rasse, die viel kompakteres, schmackhafteres Fleisch liefere), und schneller als sonst stehen wir auf, in der ersten Gesprächspause greifen wir nach den mitgebrachten Säcken und Taschen – mit der Zeit haben wir eine richtige Systematik im Geschenkeverteilen entwickelt, Nomi, die den Kaffee, die Schokoladen, die Seifen auf den Tisch stellt, ich, die ein paar Worte über die mitgebrachten Kleidersäcke verliert, Mutter und Vater, die die spezifischen Geschenke überreichen, Diät-Schokolade für unsere Mamika, Taubenfutter für Béla, Haarfärbemittel für Bélas Frau, die Coiffeuse ist, hautfarbene Verbände für Tante Icu, deren Beine von ihrer Arbeit in der Hanffabrik schwarz gefleckt sind, den Asthma-Spray für Onkel Móric, dessen Atemwege verklebt sind, weil er nicht nur Bauer ist, sondern seit Jahren auch in der Mühle arbeitet, einen Mixer für Nándor und Valéria, die mittlerweile zwei Kinder haben – und als wir abends erschöpft in Mamikas Küche sitzen, Nomi sagt, sie wisse gar nicht mehr, wer was erzählt habe, es vermische sich alles, da meint Vater, wir seien noch bei Großonkel Pista eingeladen, er habe es ihm versprochen, dass wir ihn heute noch besuchen, da rebellieren Nomi und ich, wir können nicht mehr, Mamika, die Vater davon überzeugen kann, dass er und Mutter Pisti allein besuchen, und am letzten Tag vor unserer Abfahrt solle der Pisti noch zum Kaffee vorbeikommen, dann könnt ihr euren Großonkel wenigstens noch zum Abschied küssen, sagt Mamika lachend.

Es war an diesem Abend, als Nomi und ich mit Mamika allein waren, und nachdem wir über den Innenhof gerannt waren, um Mamika beim Füttern der Tiere zu helfen, saßen wir am Küchentisch, schauten eine Weile zu, wie der Regen gegen das Fenster schlug, da sagte Mamika, ich möchte euch etwas über euren Großvater erzählen, dieser verrückte Regen sagt mir, dass ich das tun muss. Hat euch euer Vater je etwas über euren Großvater erzählt? Wir wissen, so Nomi, dass Papuci im Arbeitslager war und dass er sich zum 1. Mai ein Kilo Läusepulver gewünscht hat (Vater, der uns vor ein paar Monaten mit einer rauen, flüsternd eindringlichen Stimme, die keinen Widerspruch duldete, von Großvater erzählte, als es darum ging, ob wir am 1. Mai unser Geschäft schließen oder nicht. Schließen?, am Tag der Arbeit?, so unterbrach uns Vater, als Nomi und ich bereits zu einem leisen Protest angesetzt hatten, hört mal zu, wir werden am Tag der roten Scheißer ein ganz besonderes Menü auf die Karte setzen, ein schönes, saftiges Gulasch oder eine Schweizer Spezialität, Kalbsgeschnetzeltes mit Rösti, und ich schlage vor, dass wir unseren Gästen sogar einen Kaffee spendieren – und wisst ihr warum? Ich werde es euch verraten, euren blöden Köpfen, die jetzt wegschauen, weil sie nur einen freien Tag wollen. Wir durften eurem Großvater am 1. Mai ein zusätzliches Kilo ins Arbeitslager schicken, das monatliche Kilo wurde am 1. Mai um ein Kilo aufgestockt, und wisst ihr, was wir eurem Großvater nach Požarevac geschickt haben? Nein? Ihr werdet es auch nicht erraten! Läusepulver haben Mamika, Onkel Móric und ich ihm geschickt, das kräftigste Läusepulver, das wir auftreiben konnten! Papuci, euer Großvater, hat sich das gewünscht zum 1. Mai, um seinem blutig gebissenen Schädel Linderung zu verschaffen. Als er aus dem Arbeitslager zurückkam, erkannten wir ihn nicht wieder. Seine Kopfhaut war vernarbt, seine schwarzen

Locken hatte die Läusegemeinschaft aufgefressen und nur noch weißes, schütteres Haar übrig gelassen. Meine lieben Töchter, der 1. Mai wird für mich immer ein Kilo Läusepulver bleiben, ein zusätzliches Kilo, das die Roten erlaubt haben, an ihrem Feiertag, an dem *ich* immer arbeiten werde, und ich werde für Papuci ein Festessen kochen, das sag' ich euch! Aber ihr, wollt ihr etwa demonstrieren?, eine rote Fahne schwenken?, oder »Breschnew, Breschnew« rufen?, oder »Stalin«?, oder »Lenin«?, oder »es lebe der Kommunismus«?, oder wollt ihr etwa »es lebe die Enteignung« rufen?, gehört ihr etwa zu den Roten oder zu den Grünen? Möchte bloß wissen, welcher von euren Schweizer Freunden euch in den Kopf geschissen hat, oder habt ihr euch etwa selber in den Kopf geschissen?), stimmt, sagte Mamika, das mit dem Läusepulver habe ich vergessen, aber jetzt erinnere ich mich, ein ganzes Kilo haben wir eurem Papuci geschickt, und Mamika erhob sich, sagte, wir sollten uns ins andere Zimmer setzen, sie habe in der Kredenz ein Foto von Papuci, das einzige, und das wolle sie uns später zeigen.

Hört mal zu, so fing Mamika an, euer Großvater wurde getötet und mit ihm viele andere. Ich erzähle euch, was ich darüber weiß, damit ihr in eurem Leben nicht vergesst, dass immer alles passieren kann, das Grausamste, und es gibt Anzeichen dafür, wenn die Menschen sich wieder auslöschen wollen – und die Zeichen stehen im Moment sehr schlecht, meine geliebten Mädchen (und erst später, als wir wieder in der Schweiz waren, fiel mir auf, dass Mamika in diesem Sommer die Einzige war, die davon gesprochen hatte, dass es wahrscheinlich Krieg geben werde).

Ihr fragt euch, woher ich das wissen will? So ein altes, verhutzeltes Weib?

Ich weiß es nicht, aber ich habe eine düstere Vorahnung,

und Mamika schaute uns mit ihren graublauen Augen an, machte eine Pause, in der sie mehr als nur ihre Gedanken zu sammeln schien.

Ich und euer Papuci haben immer mit den Viechern gelebt, was ja für Bauern ganz normal ist. Aber wisst ihr, was es heißt, wenn ich sage, »mit den Viechern leben«? Wir haben unsere Pferde, Kühe, Schweine, Gänse, Enten und was wir sonst noch alles hatten, immer auch als Teil unserer Seele angesehen. Wir haben also gelernt, auf die Viecher zu hören, auf jede erdenkliche Art.

Auf unserem Hof hatten wir vier Hunde, und wir wussten, wie sie bellen, wenn ein Fremder in der Nähe war, wir wussten, dass Vigéc immer als Erster bellte, und erst nach einer kurzen Weile setzten die anderen ein, leiser und zurückhaltender. Als im Jahr 1942 erstmals die Faschisten auf unserem Hof auftauchten, dämmerte es bereits, und wir saßen alle am Tisch, Papuci, euer Vater, Onkel Móric und ich. Vigéc fing an zu bellen, und wir hörten auf, an unseren Broten zu kauen, nicht deshalb, weil Vigéc zu bellen angefangen hatte, sondern weil er nach ein paar kurzen Kläffern bereits wieder still war. Papuci erhob sich, schaute uns der Reihe nach an, sagte, wir sollten uns nicht von der Stelle rühren, wusch sich rasch die Hände, bevor er nach draußen ging.

Ich konnte natürlich nicht auf meinem Hintern sitzen bleiben. Über die Hintertür schlich ich mich in den Garten, beobachtete und hörte von da aus, was geschah. Drei uniformierte Männer, die ich noch nie gesehen hatte und die zu Fuß oder mit Fahrrädern gekommen sein mussten, hatten sich mit verschränkten Armen beim Ziehbrunnen aufgestellt. Vigéc saß ganz nah und reglos bei ihnen, mit aufgerichteten Ohren, so, als würde er von ihnen irgendwelche Anweisungen erwarten, und das war schon sehr außergewöhnlich.

Als Papuci leise durch die Zähne pfiff, verzog er sich an seinen Stammplatz. Einer der Männer trat vor, sagte, ohne ein Grußwort, ohne sich vorzustellen: Kocsis, wir brauchen solche Männer wie dich. Wir haben gehört, dass du Instinkt hast und Verstand. Deine Pferde sind die besten hier in der Gegend, und der Sprecher lobte euren Großvater, aber seine Stimme hatte nichts Weiches, sie zog sich vielmehr schneidend durch die Luft, seine Stimme war es gewohnt, Befehle auszuführen und zu geben.

Ich sah nur Papucis Rücken, und ich habe nie vergessen, wie er seine Arme hängen ließ. Dass er seine schweren Hände nirgendwo verstaute, weder in den Hosentaschen noch hinter dem Rücken, fand ich sehr bemerkenswert. Aber so wirkte sogar sein Rücken stolz und aufrichtig, gerade deshalb, weil er auf jeden Schutz verzichtete.

Ihr seid mir nicht vertraut, sagte Papuci, nach einer Pause, die mir unglaublich lange vorkam, so kann ich mit dem, was ihr sagt, nicht viel anfangen. Aber vielleicht könnt ihr mir, einem einfachen Bauern, verraten, woher ihr diese verführerischen, glänzenden Stiefel habt?

Ich erwartete, dass sie Papuci schlagen, ihn zumindest beleidigen würden, und ich faltete meine Hände, murmelte ein Gebet. Es geschah nichts. Der Angesprochene schwieg, und Papuci blieb in der gleichen Körperhaltung stehen, schwieg ebenfalls, und das Einzige, was die Männer nun eine ganze Weile taten, war, einander mit den Blicken zu messen. Dann gab der Anführer einen kurzen Befehl, und die drei zogen ab.

Was dann geschah, meine Lieben?

Wir bekamen fast wöchentlich Besuch. Immer waren es andere Männer, immer trugen sie die gleichen Stiefel, und ihr Haar im Nacken war kurz geschoren, damit nicht einmal der Wind sich an ihm erfreuen kann, sagte Papuci. Jedes

Mal fragten sie ihn, ob er sich's überlegt habe, und stets stachelte Papuci sie mit irgendeinem Spruch an, seht her, ich habe keinen Platz für die Ideen von anderen, ich bin zufrieden mit dem, was ich habe, was ist daran auszusetzen? Wortlos führten die Männer ein Pferd ab, ein paar Schweine oder verluden einen Teil unserer Mais- oder Weizenernte auf einem Wagen. Móric und Miklós waren enttäuscht und wütend, dass Papuci und ich den Raub unseres Besitzes, vor allem unserer geliebten Tiere, widerstandslos zuließen. Eines Tages erwischte Papuci Móric, wie er mit seinen zwölf Jahren gerade die Schrotflinte gegen einen Uniformierten ansetzte. Papuci ohrfeigte ihn, und zwar so, dass er blutete: Du bist übrigens kein Held, wenn du das Leben von uns allen aufs Spiel setzt!

Onkel Lajos, einer von Papucis zahlreichen Onkeln, mischte bei den Faschisten ganz oben mit, das müsst ihr wissen. Er ließ sich zwar nie bei uns blicken, aber wahrscheinlich war er es, der verhinderte, dass Papuci von den »Nacktnacken«, wie wir sie nannten, getötet wurde. Euer Großvater wurde zwar noch einberufen, er hätte also für die Faschisten irgendwo in Russland kämpfen müssen, aber dazu kam es nicht mehr, da sich die Verhältnisse nach Stalingrad schlagartig änderten.

Ich weiß nicht mehr genau, wann es war, 1945 oder 1946, da wurden der Lajos und etliche, die mit den Faschisten sympathisiert hatten, von den Kommunisten am Flussufer erschossen. Wochenlang färbte sich das Wasser rot, die Fische, auf die wir keinen Appetit mehr hatten, vermehrten sich und wurden dick. Meine Fischsuppe, die alle so liebten und die es bei uns immer freitags gegeben hatte, konnte ich deshalb jahrelang nicht mehr kochen. Auch den größten Verbrechern müsste man den Prozess machen, sagte Papuci, nachdem wir erfolglos nach der Leiche von Lajos gesucht hatten.

Nach Stalingrad waren es also die Partisanen, die bei uns auftauchten und auf ihre Art wüteten. Sie waren ihrerseits vom Krieg fanatisiert, suchten überall, auf jedem kleinsten Hof, nach Faschisten, vergewaltigten unsere Waschfrau, quälten die Tiere, wenn sie Lust dazu hatten, betranken sich, fraßen so viel, dass sie sich übergeben mussten. Meine Lieben, glaubt mir, ich könnte euch noch viele grausige Einzelheiten erzählen, aber wozu. Tatsache ist, dass fast jedes Jahr neue Schrecken brachte, und wir, und mit uns viele andere, wurden daran gehindert, unser einfaches Leben zu leben. Und wir mussten unseren Kindern Dinge erklären, für die wir selbst keine Erklärung hatten.

Weißt du es schon, wir leben in einem neuen Staat! So versuchten wir uns darüber lustig zu machen, dass unser Hof, der doch immer noch an derselben Stelle stand, wieder einmal zu einem neuen, besseren Land gehören sollte, zur Volksrepublik Jugoslawien. Wir müssen nirgendwohin, die unterschiedlichsten Regierungsformen kommen zu uns, als hätten wir sie gerufen. Die Monarchie! Der Faschismus! Und jetzt kommen die Roten, die auch etwas auf dem Herzen haben, was, das werden wir noch früh genug erfahren, sagte Papuci. Bis jetzt wissen wir nur, dass unser Staatsoberhaupt einen kurzen Namen hat, und wir wissen auch warum: Hat man je von einer Schokolade, von einem Waschmittel mit einem langen, komplizierten Namen gehört? Alles, was wir nicht unbedingt brauchen, soll sich mit blödsinnig plumpen Namen in unseren Köpfen einnisten. Aber wer hat eigentlich gesagt, dass man Politik braucht? Genügt das einfache Leben nicht?

Mamika zwinkerte uns zu, so konnte euer Papuci reden, wenn er einmal in Fahrt kam.

1946 fingen die Enteignungen an. Wieder tauchten auf unserem Hof Köpfe auf, diesmal aber solche, die wir kannten. Bourgeois Kocsis, du solltest, solange du noch kannst, Genosse werden, du solltest dein unrechtmäßig erworbenes Land abgeben, eine neue Zeit bricht an. Jener, der das sagte, hatte bis vor Kurzem bei uns gearbeitet. Géza, sagte Papuci, nichts weiter. Was sollen wir tun?, fragte ich, nachdem Géza und seine Männer sturzbetrunken und mit vollgestopften Taschen wieder abgezogen waren. Nichts, antwortete Papuci.

In dieser Zeit träumte ich jede Nacht von unseren Pferden, die mich mit diesen Pferdeaugen anschauten, und jedes schien mit mir zu sprechen, und jede Geschichte endete mit dem Tod. An einen Traum kann ich mich besonders deutlich erinnern, weil ich danach ganz sicher war, dass etwas Schreckliches geschehen würde. Ich träumte, dass ich aus dem Tiefschlaf gerissen wurde, weil es sintflutartig regnete. Niemand außer mir war im Haus, weder Papuci noch die Kinder. Ich sah, als ich aus dem Küchenfenster schaute, dass unser bestes Pferd am Akazienbaum festgebunden war. Es rührte sich nicht, obwohl es bereits knöcheltief im Wasser stand. In meiner Verzweiflung riss ich das Fenster auf, schrie in den Hof hinaus, wollte das Pferd ermutigen, sich loszureißen. Aber das Pferd schien ergeben auf seinen Tod zu warten, und ich konnte es nicht befreien, da ich keine Möglichkeit sah, die Wassermassen zu überwinden, nicht einmal die Tür hätte ich öffnen können. Im nächsten Moment hatte ich eine große Bürste in der Hand, ich bürstete die bloßen Knochen des Pferdes, das ich soeben noch hatte retten wollen. Ich weinte, weinte, bürstete, hoffte, bat den Himmlischen, durch meine Reinigung mein geliebtes Pferd wieder lebendig werden zu lassen.

Ich erzählte Papuci nichts von meinen Träumen, aber als die »Besuche« der Kommunisten immer häufiger wurden, ich die unersättliche Gier unserer ehemaligen Freunde sah, die jetzt zur einzig richtigen Partei gehörten, die unverfrorene Art, ihre aufgekratzten Augen, mit denen sie jede Schublade, jeden Winkel inspizierten, da bat ich Papuci unterzutauchen. Mein Täubchen, sagte er, die wissen doch selber nicht, in welche Richtung sich ihre Nase gerade drehen soll, die werden sich schon wieder beruhigen.

Einige Tage später rannte der kleine Feri, der Junge vom Nachbarhof, in unsere Küche, erzählte atemlos, dass sie seinen Vater verhaftet hätten. Sie nehmen alles mit, sagte das Kind mit verwirrten Augen. Die Pferde schlügen aus, vor Panik, die Gänse hörten nicht mehr auf zu schnattern, der Hund, der sonst so friedlich sei, habe einen ins Bein gebissen, woraufhin sie ihn sofort erschossen hätten, und der Junge fuchtelte wild mit seinen Händen herum. Ich habe ihm die Stirn gestreichelt, habe versucht, ihn zu beruhigen, aber Feri trat von einem Bein aufs andere, weinte und schaute immer wieder in die Richtung, wo das Haus seiner Eltern stand. Wo ist deine Mutter?, fragte ich endlich. In der Stadt, auf dem Markt. Sie verkauft ihre Äpfel und Birnen, und dem Jungen lief der Rotz aus der Nase.

Papuci stand auf, ging in die Vorratskammer, kam nach einer kurzen Weile wieder, mit einem kleinen, prall gefüllten Sack, sagte ganz ruhig, ich solle mit den Kindern in die Stadt fahren, zu meiner Schwester. Er fuhr Miklós und Móric mit der Hand übers Gesicht, küsste sie auf die Stirn, und ich werde nie vergessen, wie unsere beiden Buben in diesem Moment ausgesehen haben, sie hatten fahle, erschreckte Gesichter, als hätten sie geahnt, was in der nächsten Zukunft geschieht. Und nimm den Feri mit, rief Papuci mir noch zu, nachdem er mich umarmt hat und hinter der Küchentür verschwand.

Mamika machte hier eine längere Pause, schnäuzte sich, bat mich, ihr einen Apfel zu schälen. Und als ich mich wieder neben Mamika setzte, sie winzige Bisse vom Apfel nahm, deutete sie auf das Marienbild, das über ihrem Kopf hing, schaut sie euch an! Eine mit Halsketten, Ringen, Armreifen und einem Diadem geschmückte Maria, die ihren Kopf leicht geneigt hielt, die lächelte und auch wieder nicht, und in ihrer Brust steckte ein am Griff mit Rubinen und Smaragden verzierter Säbel, dessen Spitze, und das ist mir am meisten in Erinnerung geblieben, hinter Marias Händen unsichtbar blieb. Sie erträgt den Schmerz, sagte Mamika, weil sie die Mutter von uns allen ist, sie ist unsere Hoffnung in den schlimmsten Zeiten. Und weder ich noch Nomi hätten widersprechen können, wir fühlten, wie unangemessen unser Zweifel war, in Anbetracht von dem, was Mamika erlebt hatte.

Sie haben Papuci ins Arbeitslager nach Požarevac gebracht, nachdem er sich wochenlang in den Mais- und Weizenfeldern versteckt hatte. Ein Bekannter, ein gern gesehener Bekannter muss ich sagen, hat Papuci denunziert, er hat es den Behörden eingeflüstert – so nannten wir damals diesen Akt der Denunziation –, dass Papuci nachts, jeweils zwischen elf und zwölf, bei den Sárváris auftauche, um etwas zu essen und sich zu waschen. Zwei Tage später erzählte man mir, Papuci sei mit vier weiteren Männern auf einem Wagen abtransportiert worden, und Bori, die Dorfschönheit, beschimpfte sie auf dem Wagen lauthals als Ausbeuter, Kulaken!, Kulaken! und riss ihnen die Schnauzhaare aus. Die Zeit zwischen 1946 und 1952 wurde später nicht umsonst die Zeit des Schnäuze-Ausreißens genannt.

Bevor sie Papuci zuerst nach Požarevac und danach ins Kohlebergwerk nach Kostolac brachten, haben sie ihn im Keller des Schulhauses, wo Miklós zur Schule ging, tagelang verhört und geschlagen. Miklós hat Papuci gehört, stellt euch das vor, und der Lehrer hat ihn mit Müh und Not daran gehindert, in den Keller zu stürzen, in den sicheren Tod, das wollen die ja, rief der Lehrer, die wollen, dass du ihnen ins offene Messer läufst! Vom Unterricht befreien konnte er Miklós nicht, da die »Vollstrecker« jeden Tag kontrollierten, ob alle Schüler anwesend waren. Mein armer Miklós, sagte Mamika, damals war er erst elf Jahre alt.

Papuci weigerte sich, unser Land herzugeben und der Partei beizutreten, Großgrundbesitzer!, Faschist!, verdammter Ungar!, so haben die Vollstrecker, jene also, die etwas zu Ende führen, was andere für sie ausgedacht haben, ihn immer wieder beschimpft. Es sei wohl das Schlimmste, weder das eine noch das andere, noch etwas Drittes zu sein. Er sei, und dafür sei er weiterum bekannt, ein einfacher Bauer, soll Papuci gesagt haben, und er habe auch nie etwas anderes gewollt. Sie würden ihn, falls sie ihn töteten, als Menschen töten, als nichts anderes.

Ich habe Papuci dann mehr als ein Jahr nicht mehr gesehen, und als er endlich zurückkam, habe ich ihn nicht erkannt. Ein weißhaariger, ausgehungerter, kümmerlicher Mensch klopfte an die Tür meiner Schwester, wo ich seit Papucis Verhaftung mit den Kindern lebte. Ihr hättet euren Papuci als jungen Mann sehen sollen, seine stolze, aber nicht überhebliche Art, seine schwarzen, dichten Haare, die eher einem Tierfell ähnelten als menschlichem Haar, sein Blick, der es nie eilig hatte, der in Ruhe alles beobachtete, bevor er irgendwas tat. Und jetzt? Was haben sie mit Ihrem Haar gemacht, fragte Miklós, euer Vater, der schon längstens angefangen hatte, über die Kinderwelt hinauszusehen. Nicht nur ich habe gearbeitet, sondern auch die Läuse, antwortete Papuci und versuchte zu lächeln.

In einer Nacht hat er erzählt, was er im Lager erlebt hat, und dann nie wieder. Irgendwann habe ich ihn noch etwas gefragt, ich glaube, was sie zu essen bekommen hätten. Frag mich nicht, hat er geantwortet, ich habe dir einmal von dieser Zeit erzählt, das reicht.

Mein geliebter Papuci hat sich nicht erholt. Je mehr er von den Verhältnissen erfuhr, unter denen wir nun in der Zwischenzeit leben mussten, dass uns alles, wirklich alles genommen worden war, dass jetzt »Erben« auf unserem Hof leben, sogenannte Genossen, die unser Land bewirtschaften, dass wir, wenn wir nur wollen, einen kleinen Teil unseres Landes zurückkaufen können, dass Papucis Pferde versteigert worden sind, der rote László den größten Teil unserer Schweine erstanden hat, der kuglige Jenci aus Ada unser Geflügel abgeführt hat, dass ich nicht einmal unsere Vorräte, unser Eingemachtes retten konnte, die eingeweckten Äpfel, Sauerkirschen, Aprikosen, Pfirsiche, die sonnengetrockneten, in Salzwasser eingelegten Gurken; ich habe die »Vollstrecker« gebeten, dass ich wenigstens die Küchenvorräte mitnehmen darf, aber sie ließen lieber alles verschimmeln. Die »Erben« sind nämlich erst vor einem Monat auf den Hof gezogen, so habe ich Papuci erzählt, bis dahin ist der Bauernhof abgesperrt gewesen und von irgendeinem Roten bewacht worden, und das hat mir Miklós erzählt, der sich einmal bis zum Ziehbrunnen unseres Hofes vorgewagt hat und dann sogar unseren kleinen senfgelben Schemel hat mitgehen lassen, der immer noch neben den Apfelbäumen stand.

Stell dir vor, was passiert wäre, wenn sie ihn erwischt hätten, sagte Papuci, beim Diebstahl seines eigenen Schemels. Lieber nicht, antwortete ich.

Die Geschichte ist an dieser Stelle zu Ende, und Mamika nahm die Brille von der Nase, um mit dem Handrücken über ihre Augen zu fahren, wir haben Papuci noch im selben Jahr beerdigt, mit seinen einundfünfzig Jahren! Es war eine schreckliche, eine trostlose Beerdigung, weil wir alle wussten, dass er noch lange hätte leben können. Und nach Papucis Tod gingen Miklós und Móric immer wieder aufeinander los, in ihnen wuchs auf je unterschiedliche Art eine Unversöhnlichkeit, die ich mir nur durch den frühzeitigen Tod ihres Vaters erklären kann.

Nachdem Mamika aufgehört hatte zu erzählen, stand sie auf, ging langsam zur Kredenz, schob ein paar Tischtücher beiseite und kam dann mit einem Bild zu Nomi und zu mir, wir, die auf Mamikas Bett saßen; das ist er, sagte Mamika, euer Großvater, und sie legte das Bild in unsere Mitte, Nomi und ich, die Mamika fragend anschauten, weil auf der Fotografie etwa dreißig Männer zu sehen waren, und alle trugen Mäntel, Mützen, Schnäuze, ernste Gesichter. Es war sehr kalt, damals, als die Fotografie gemacht wurde, sagte Mamika, und die Männer, alles Bauern aus dieser Gegend, haben sich getroffen, um ihre Erfahrungen auszutauschen, in einem Winter, ein oder zwei Jahre, bevor der Zweite Weltkrieg ausgebrochen ist.

Lassen Sie uns raten, sagte Nomi, sagte ich, und eine ganze Weile schauten wir uns die vielen Gesichter genauer an, je länger man hinschaut, desto unterschiedlicher werden sie, sagte Nomi. Ja, antwortete Mamika, und? Nomi und ich, wir berührten mit unseren Fingern dasselbe Gesicht. Und es war das Gesicht von Papuci.

Die Liebe. Das Meer. Der Fluss

M ein Cousin ist eingezogen worden, sage ich zu Dalibor, und wir liegen auf den Steinen, nah nebeneinander, schauen in die Blätter der Kastanienbäume und Linden; sehen so aus wie große Hände, die Blätter der Kastanien, sagt Dalibor, mächtige Bäume mit großen Händen. Ja, antworte ich, hast du nicht gehört? Dalibor, der sich aufsetzt, seine Knie zum Brustkorb zieht, *the lake is very quiet today*, ein Tag oder besser ein Moment, der einem vorgaukelt, es gäbe nichts Schreckliches auf dieser Welt, und als ich mich auf meine Ellbogen stütze, mich räuspere, steht Dalibor auf, krempelt seine Hose hoch, macht ein paar Schritte Richtung Seeufer, er zieht sein Hemd aus, obwohl es ziemlich kühl ist, er wirft es weg, streckt sich, beugt seinen Rücken dann leicht nach hinten, bevor er seinen schmalen Körper zusammensacken lässt, einen Moment lang innehält, bevor er ganz plötzlich und in geduckter Stellung über die Steine rast, mit vorschnellenden Armen nach ihnen schnappt, und ich, die sich ruckartig aufsetzt, lache, musst du Energie loswerden oder was, rufe ich ihm zu, Dalibor, der nicht reagiert, weiter über das Ufer rennt, das weiche, helle Geräusch der Steine, die gegeneinander gedrückt werden, von Dalibors Füßen, seine Hände, die jetzt voll sind, die jetzt mit Steinen gegen die Steine schlagen, ein unangenehmes Geräusch, das gegen meine Ohren knallt, hörst du mich, rufe ich ihm zu, Dalibor, der seinen Körper erst aufrichtet, als der Schweiß auf seinen Schulterblättern glänzt, und ich höre seinen Atem, fast ein Hecheln, als er mit dem Rücken zu mir stehen bleibt, ein paar Minuten wartet, bis er die Steine fliegen lässt.

Dieses Spiel sei kein Spiel mehr für ihn, ruft Dalibor, überhaupt frage er sich, ob es für ihn jemals wieder ein Spiel, ein *game*, gäbe, und er kommentiert seine Bewegungen mit einem knatternden Geräusch, trrrrr, t-t-t-t, trrrrrrr, und er lässt die Steine immer rascher, heftiger übers Wasser fliegen, bückt sich wieder nach Nachschub, sucht nicht mehr nach geeigneten, flachen Steinen, sondern nach Geschossen, die wehtun, der See, der plötzlich da ist, um Zeuge einer unerwarteten Szene zu werden, und die Schwäne, die Dalibor soeben noch *our elegant guests* genannt hat, flattern aufgeregt mit den Flügeln, die Enten, die es jetzt eilig haben, wild zu schnattern anfangen. Hör auf, rufe ich Dalibor zu, was soll das?, *leave those creatures in peace!*, und ich springe auf, renne auf ihn zu, und als ich wenige Schritte hinter ihm bin, dreht er sich um, fixiert mich, mit einem anderen Blick, mit einem mir unbekannten Blick, bleib da, wo du bist, schnauzt er mich an, sonst bist du an der Reihe – weißt du, wie es ist, wenn sogar die Natur eine Fratze bekommt?, weißt du, wie es ist, wenn du schießen musst, und wenn du es nicht tust, wirst du erschossen? Nein, ich habe keine Ahnung, antworte ich. Weißt du, wie es ist, wenn du deinem besten Freund eine Kugel in den Kopf schießt, und dann siehst du dir sein Gesicht in aller Ruhe an, ohne dass du nur das Geringste empfindest? Und dann erschlägst du sein Gesicht, das Gesicht deines besten Freundes im Traum, weil es dich verfolgt mit seiner Ruhe, seiner Stille, weil er dir sogar verzeiht, du musst ihn nochmals töten, weil er dich verrückt macht mit seinem erlösten Gesicht, beruhige dich, sagt sie, die ich bin, und ich strecke meine rechte Hand aus – es ist die Geste eines hilflosen, bittenden Menschen –, wir lieben doch beide das Wasser, sage ich, irgendwann wirst du mir dein Meer zeigen, sage ich, versuche, ruhig zu atmen, und ich möchte dir meinen Fluss zeigen, sein sandiges Ufer, das man sonst nur am Meer findet, ich möchte so vieles mit dir, sage ich, es wird eine Zeit kommen, wo wir wieder hinfahren können …

Dalibor, der mich jetzt anschaut, sein Blick, der irgendetwas preisgibt, entschuldige, sagt er, ich habe mich einen Moment lang vergessen, und ich höre mein Herz, wie es in meinen Fingern schlägt, hattest du Angst vor mir?, fragt er. Nein, antworte ich. Bist du sicher?, und Dalibor wischt sich den Schweiß von der Stirn, das Wasser aus den Augen, das muss ich wissen, sagt er. Ich bin mir sicher, antworte ich, ohne zu zögern, und Dalibor, der seine Hand ausstreckt, mich mit den Fingerspitzen berührt, es tut mir leid wegen deinem Cousin, sagt er, wo ist er? In Banja Luka. Familie, fragt Dalibor. Ja, zwei Kinder und eine Frau. Erzähl mehr, sagt Dalibor. Bist du sicher? Ja.

Sein Vater, mein Onkel Piri, der machtlos zusehen musste, wie die Uniformierten seinen Sohn mitnehmen (und nicht Csaba), Onkel Piri, der seine *mici*, seine Mütze, nach hinten, nach vorne, nach hinten schiebt und dann mehrmals gegen den Stamm des Ölbaumes spuckt, als er Bélas Rücken sieht, eingeklemmt im strengen Gleichschritt zweier Soldaten. Tante Icu, die sich im Garten auf ihren Schemel setzt, die verblühten Maiglöckchen anstarrt und unter dem Einfluss der Aprikosenrosen in ein inniges Gemurmel verfällt, im Glauben, dass man den Liebes-, Frühlings-, Blumenmonat darum bitten könne, den einzigen Sohn gesund, wohlbehalten, lebensfähig wiederzubringen, und nach mehrmaligem, vergeblichem Rufen steht Onkel Piri im Garten, hört, wie seine Frau ein altes, fast schon vergessenes Lied vor sich hin summt, das er noch aus seiner Soldatenzeit kennt: *Ich heiße Fabian Pista, Soldat soll ich werden. Sie wollen mir meine Locken abschneiden, so muss man dem Kaiser dienen. Ich heiße Fabian Pista, Soldat soll ich werden. Sie wollen mir meine Locken abschneiden, ich werde dem Kaiser nicht dienen.*

Béla, der sich monatelang bei Freunden versteckt hatte, sich nur noch nachts nach draußen traute, sich an einem abgelegenen Ort am Fluss mit seiner Frau und seinen Kindern traf, Bélas Magen, der anfing, sich selbst zu verdauen, das ist kein Leben mehr, sagte seine Frau, du stirbst an deiner Magensäure und an deinen schwarzen Gedanken, und ein paar Tage später kam Béla nach Hause, am helllichten Tag; er entlauste die Hunde, flickte die Dachrinne, rupfte das Unkraut im Garten und verzog sich auf den Dachboden seines Elternhauses, um seine Tauben zu pflegen und zu füttern. Am nächsten Tag, in der Morgendämmerung, holten sie ihn ab, zu zweit und bewaffnet – meistens holen sie die Männer nachts, hat Tante Icu erzählt, sie kommen zu Fuß oder mit dem Fahrrad, die stillen Schritte, die nichts Gutes bedeuten, der allzu behutsame Tritt in die Pedale – dann nehmt mich doch mit, ihr Hunde, ihr Schweine, soll Béla geflucht haben, auf Serbokroatisch, aber sagt mir vorher noch, für welche Nation ich sterben soll. Für Serbien! Großserbien!, rief einer der Soldaten, für wen denn sonst, du weltfremder Taubenzüchter!

Dalibor nimmt meine Hand, lass uns zum Bootshaus gehen, und wir stehen auf, schauen uns in die Augen, als wir stehen, weißt du, dass du eine undefinierbare Augenfarbe hast?, sagt er, ich sehe mir selten in die Augen, antworte ich, das ist seltsam, dass dir das noch nie aufgefallen ist, so Dalibor, ich möchte in deinen Augen versinken, in diesem vielfarbigen Meer, und ich, die aufhorcht, frage, warum willst du das?, denk dir nichts dabei, antwortet Dalibor, streichelt mit dem Daumen meine Handfläche, und wir gehen los, die Kieselsteine, die unter unseren Schritten knirschen, und ich, die im Vorbeigehen ein paar bekannte Gesichter grüßt, wir gehen am Brunnen vorbei, zwei Kinder, die mit dem Wasserstrahl spielen, uns mit verschmitzten Augen anspritzen, Dalibor, der sich fallen lässt, so tut, als hätte ihn der Wasserstrahl verletzt, die beiden Kinder, die kichern, weiterspritzen, bis Dalibor wieder aufsteht, ihnen mit den Fingern zuwinkt, und wir gehen an der großen Wiese vorbei, die im Sommer mit Badetüchern übersät ist, jetzt ganz still und unberührt daliegt, was könnte man tun?, frage ich, als wir uns ins Bootshaus setzen, wo wir ungestört sind, die Sicht auf den See schön ist, du meinst für deinen Cousin?, fragt Dalibor, für meinen Cousin, meine Familie. Ich glaube nicht, dass ich dich verstehe, sagt Dalibor, weil ich fatalistisch bin (und es dauert eine Weile, bis ich ihn verstehe, da ich das englische Wort für »fatalistisch« nicht kenne), du kannst die Ärzte ohne Grenzen unterstützen, Amnesty International, Organisationen, die sich für unabhängige Medien einsetzen, tu das, sagt Dalibor, und du tust es für dich, was völlig in Ordnung ist, *it's okay*, du kannst niemandem direkt helfen, das ist dein Los, und Dalibor, der uns eine Zigarette anzündet, ja, du bist fatalistisch, antworte ich, lege meine linke Hand auf seinen Rücken; habe ich das Gegenteil behauptet?, fragt Dalibor nach einer Pause, was erwartest du von mir? Wieso glaubst du, dass ich etwas von dir erwarte?, und ich ziehe meine Schuhe aus, weil ich frieren möchte, ich will spüren, wie meine Zehen kalt werden auf dem Holzboden, um dann meine Füße zu wärmen, an Dalibors Füßen, ich will, dass er spürt, dass er mich wärmt. Ich glaube schon, dass du etwas von mir erwartest, und Dalibor schaut mich nicht an, sondern den morschen Boden des Bootshauses, der See, der in den Ritzen der Holzbretter schaukelt, dunkelgrün, fast schwarz, du glaubst zumindest, ich wüsste Bescheid, über den Krieg, aber ich weiß nur, dass dieser Krieg, wie jeder andere auch, so schnell wie möglich beendet werden müsste, statt dass wir dauernd darüber debattieren, was für eine Art Krieg der Krieg auf dem Balkan ist. Wenn nicht andauernd alle Politiker darüber reden würden, wie kompliziert die Situation auf dem Balkan ist, dann könnte jetzt das Schlimmste noch vermieden werden – Ildi, warum hast du deine Schuhe ausgezogen?, und Dalibor schaut mich jetzt an, mit diesen Augen, die in meinen Augen versinken wollen, und ich, ich lasse meine Zehen unter seinem Hosenbein verschwinden, sie wollen ganz nah bei dir sein, meine Füße, und dir zuhören. Vielleicht sollte man wirklich mit den Füßen hören und nicht mit den Ohren, sagt Dalibor lachend, nimmt meine Hände, küsst sie, Handflächen und Fingerkuppen, und er atmet ein paarmal in meine Hände hinein, bevor er sagt, womöglich würde man mit hörenden Füßen andere Entscheidungen treffen, man würde ziemlich sicher anders hören, und ich wäre heute ein fliegender Mensch, ein Akrobat, der ich eigentlich werden wollte, das wäre mein Traumberuf gewesen, ein Artist der Lüfte, Ildi, das wäre ich und kein *Flüchter*, der sich in seiner endlosen Zeit dauernd vergeblich vorbetet, dass er zum Töten gezwungen worden ist.

Wir haben uns ziemlich genau ein halbes Jahr getroffen, Dalibor und ich, meistens am See, im Bootshaus, das nicht mehr benutzt wird, haben wir uns ausgezogen, manchmal hastig, um der Scham nicht genügend Zeit zu lassen, wir haben uns selten geküsst, weil es die intimste aller Berührungen ist, so sagte er, so sagte ich; und ich blickte verstohlen auf seinen Körper, auf seine Hüften, die verboten schlank waren, auf Arme, die in ihrer muskulösen Ausgezehrtheit eine andere Geschichte erzählten als: Wir werden dich über die Schwelle tragen. Und ich, die seinen hastigen Atem spürte, dessen Rhythmus irgendwo in der jüngsten Vergangenheit ins Stocken geraten war; es geht nicht, sagte er, es wird nicht gehen!, und die Verzweiflung hatte sein Gesicht, ich habe dich kennengelernt, um zu merken, dass es nicht geht. Was geht nicht?, fragte ich, und ich wusste, dass die Frage sinnlos war, es braucht Zeit, sagte ich, es geht vielleicht nicht von heute auf morgen, aber irgendwann wird alles leichter, glaub mir.

Und er, der *Flüchter*, zog mich zu sich hin, verbarg seine Augen hinter den Lidern, verschwand mit seinem Mund an meiner Schulter, schluchzte, sein nackter Körper, der die unbändige Sehnsucht hatte, ganz nah bei mir zu sein, eine Sehnsucht, die plötzlich in etwas Feindliches kippte, und Dalibor sah mich an, mit verbrauchten Augen, als hätten wir uns nichts mehr zu sagen, als hätte er nie meinen Hals in einer Art gestreichelt, die mich an die schönste, mildeste Frühlingsluft erinnerte, eine Luft, die die feinsten Härchen auf der Haut spürbar macht; hast du nicht gesagt, du hättest dich in mich … und Dalibor schaute mich an, mit diesen Augen, rezitierte ein Gedicht in seiner Sprache, das ein Freund von ihm geschrieben hatte, er übersetzte es auf Englisch und sagte dann, ja, ich habe mich in dich verliebt, gerade deswegen.

Und ich, die in den nächsten Tagen nach der Arbeit am Bahnhof stand, in der Telefonzelle, versuchte, Dalibor anzurufen, wählte die Zahlen, die Nummer, ich hängte auf, wenn sich eine fremde Stimme meldete, Dalibors Cousin, die

Stimme, die irgendwann einmal, ohne dass ich gefragt hätte, sagte, Dalibor ist nach Dubrovnik gefahren, er lässt Sie grüßen, und er kommt zurück, ganz bestimmt.

Mit dem Zug sind wir durch die Nacht gefahren, wir sind sicher immer wieder eingenickt, Sie haben uns manchmal zugedeckt, mit einer Strickjacke, haben uns gestreichelt, mit Ihrer weichen Hand, und ich glaube, dass Sie kaum geschlafen haben, ich kann mich jedenfalls nicht erinnern, dass ich wach gewesen bin und Sie geschlafen haben; wir haben gedöst, geschlafen, gegessen und saßen ganz still, als die Grenzpolizisten uns musterten, uns und unsere Papiere, und wenn sie irgendwas gesagt haben, in einer uns unbekannten Sprache, haben Sie Ihre Hände gezeigt, die Schultern hochgezogen, und ich vermute, dass wir sehr glaubwürdig aussahen in unserer angstvollen Unsicherheit, die Grenzpolizisten gaben uns ernst, manchmal aber auch lächelnd unsere Papiere zurück, gaben uns also die Erlaubnis, unsere Reise fortzusetzen, und als der Zug weiterfuhr, hielt ich Ausschau nach dem festlichen roten Band, das ich mir in meinem Kinderkopf als Grenze vorgestellt hatte, aber ich sah nur einen grell beleuchteten Bahnsteig, ein paar Uniformierte, die hin und her gingen, an eine große Bahnhofsuhr kann ich mich erinnern, eine geschlossene Imbissbude, wir fuhren weiter in die Nacht hinein, in einem neuen Land, jetzt sind wir schon bei den Österreichern, haben Sie gesagt, die Nacht, die uns mit ihrer Dunkelheit fraglos aufnahm (später werde ich mich immer wieder daran erinnern, an meine erste, naive Vorstellung von einer Grenze; jedes Mal, wenn wir mit dem Auto in die Vojvodina oder zurück in die Schweiz fahren, suche ich etwas, das zu diesem festlichen roten Band passt, aber da gibt es nie etwas, außer Wachtürmen, patrouillierenden Soldaten, die ihre Waffen so selbstverständlich tragen wie ein Paar Schuhe, Wachhunde, die an ihren Leinen ziehen, und meistens wehen an den Grenzen Fahnen oder hängen schlaff an Stangen nebeneinander, die Steine, die Büsche, das Gras, die wenigen Bäume kommen mir farblos vor, unnatürlich, und die Frage bleibt, warum eine Grenze nur eine vielschichtige, nüchterne Drohung ist).

Ein Mann hat die Schiebetür aufgestoßen, hat seinen Rucksack verstaut und sich in unser Abteil gesetzt, und Nomi und ich, wir haben ihn gemustert, wir waren so neugierig auf diesen Mann, der ja ein Österreicher sein musste, wir ließen ihn nicht aus den Augen, als er ein belegtes Brot, eine Thermosflasche aus seinem Rucksack packte, könnt ihr eure Augen wieder einmal woanders hinpflanzen, haben Sie gesagt und an unseren Ärmeln gezupft, als wir den Mann trotzdem weiter beobachteten, er sieht ein bisschen aus wie Nándor, hat Nomi mir zugeflüstert, findest du?, aber es kann ja nicht Nándor sein, wenn er ein Österreicher ist, habe ich lachend geantwortet, und der Mann hat uns Süßigkeiten angeboten, uns und Ihnen, wir haben Sie angeschaut, ob wir dürfen, dann haben wir schüchtern unsere Hände nach den Keksen ausgestreckt, der Mann hat irgendetwas gesagt, wir haben genickt, uns in unserer Sprache bedankt, und er hat geantwortet, auf Ungarisch, natürlich sind wir erschrocken, bis wir gemerkt haben, dass der Mann nur ein paar Brocken Ungarisch spricht. Sie haben ihm, nach den Keksen, von unseren Hühnerbeinen angeboten, und unsere Münder glänzten ölig im schummrigen gelben Licht des Abteils, und für ein Mal durften wir alles durcheinanderessen, Hauptsache, die Zeit geht ein bisschen schneller vorbei, haben Sie gesagt, und plötzlich hat der Mann seine

Sachen in seinen Rucksack gestopft, hat die Schiebetür aufgerissen, und im nächsten Moment klopfte er gegen das Fenster, hat sich lachend und winkend von uns verabschiedet.

Es war auf jeden Fall hell, als wir angekommen sind, ob es Morgen war oder bereits Mittag oder sogar später, weiß ich nicht. Mutter und Vater haben am Bahnhof auf uns gewartet, auf dem Bahnsteig. Mutter hat gewinkt, als sie mich aussteigen sah. Ich habe Ihnen beim Aussteigen geholfen, Nomi, Sie und ich, wir standen schon da mit unserem Gepäck, als Mutter und Vater ihre Arme öffneten, lange nichts sagten oder vielleicht nur: Endlich seid ihr da!, und ich weiß, dass sich die Arme um mich schlangen, dass ich die Freude spürte, die Erleichterung meiner Eltern, aber ich weiß, dass ich Ihre Hand nicht loslassen wollte, ich weiß nicht, ob ich noch etwas anderes wollte, als in Ihrer Nähe bleiben, Mutter, die Tränen in den Augen hatte, Vater, der Nomi hoch in die Luft warf; ich weiß nicht, ob ich es mir einbilde oder ob es so war, dass ich damals schon, als wir angekommen sind, geahnt habe, dass es zwischen mir und meinen Eltern eine unaufholbare Zeit geben würde, und für Nomi würde das nicht im gleichen Ausmaß so sein, vermutlich weil sie zwei Jahre jünger ist.

Vater hat sich das Gepäck aufgeladen, Mutter hat ihre Arme um unsere Schultern gelegt, ihr müsst müde sein, hat sie bestimmt gesagt, zu Hause essen wir etwas Schönes, und dann müsst ihr euch ausruhen.

Mamika, ich versuche mich zu erinnern, wie es war, dieses Ankommen im neuen Zuhause, die neue Wohnung, das neue Bett, die neuen Spielsachen, eine Toilette zu haben in der Wohnung, einen Fernseher, ein Telefon; wie war es denn, die Tür zu öffnen und in eine völlig fremde Welt einzutreten, in eine Mietwohnung, die mehr kostete, als Mutter in einem Monat verdiente?, was ist in mir vorgegangen, in Nomi, als wir den asphaltierten Vorplatz sahen, die Zierpflanzen in den Fenstern, auf den Balkonen, den Spielplatz hinter dem Haus? Sooft ich mich an den ersten Tag, die ersten Tage in der Schweiz zu erinnern versuche, es gelingt mir nicht, die Erinnerung bricht da ab, am Bahnhof, als wir am Bahnsteig standen, von Mutter und Vater abgeholt wurden.

Ich erinnere mich aber sehr genau, dass wir uns in dieser Zeit, nach ein paar Tagen, oder Wochen?, verirrt haben, Sie und ich, wir gingen am See spazieren, wir haben die Schwäne bewundert mit ihren langen Hälsen, wir haben erstaunt zugeschaut, wie die Schwäne und Enten mit Brot gefüttert wurden, wir sind bei jedem Abfalleimer stehen geblieben, haben sogar in sie hineingeschaut, so schön und gepflegt kamen sie uns vor, und weil es an dem Tag oder einen Tag zuvor geschneit hatte, habe ich bei jeder Bank, an der wir vorbeikamen, Schneezeichnungen gemacht, und Sie mussten erraten, was ich gezeichnet hatte, wir waren so vertieft darin und in alles, was wir sahen, dass wir plötzlich nicht mehr wussten, wo wir waren, und es war bereits dunkel, wir müssen jemanden fragen, haben Sie gesagt, aber was?, was sollen wir fragen und wie?, wir wussten nur, in welcher Straße wir wohnen, und Sie haben »Entschuldigen Sie«, gesagt, auf Ungarisch, haben die Hand ausgestreckt, als eine Frau mit zwei Einkaufstaschen auf uns zukam, *Todistrass*, haben Sie gesagt und die Schultern hochgezogen, die Frau hat den Kopf geschüttelt, hat irgendwas gesagt und ist weitergegangen. So ging das eine ganze Weile, niemand schien die *Todistrass* zu kennen. Unsere Finger waren steif, und ich erinnere mich, dass Ihre schmale Nase ganz rot war, Ihre Augen vor Aufregung glänzten, als Sie einen älteren Herrn ansprachen, wieder nach der *Todistrass* fragten; der Herr, der eine merkwürdig flache Kappe trug, lächelte, er zeigte mit dem Finger in die Nacht hinein, sagte Tödistrasse, und als er merkte, dass wir mit seinem ausgetreckten Finger nicht viel anfangen konnten, führte er uns durch die Straßen, an Ampeln vorbei, einen Hang hoch, bis wir vor unserem Haus standen, Vater, der schon rauchend vor der Garage wartete, auf uns einschimpfte, nachdem er sich beim Herrn für seine Hilfe bedankt hatte.

Sie und ich, wir haben nachher jeden Tag darüber geredet, über diesen winzigen Unterschied, o oder ö, dass das niemandem aufgefallen war außer diesem einen Herrn, das hat uns erstaunt, erschreckt, und wir haben geübt: Tödistrasse, Tödistrasse, wie wenig es doch braucht, und man ist ganz verloren in der Welt, haben Sie gesagt.

Mutter und Vater haben tagsüber gearbeitet, Nomi und ich, wir haben mit Ihnen gekocht, die Wäsche gemacht, wir sind zum Spielplatz gegangen, hinter dem Haus, eine Rutschbahn, zwei Schaukeln, ein abgedeckter Sandkasten, wir ließen den Schnee schaukeln, wir haben Eier geformt, aus Schnee, legten sie auf die Stufen der Rutschbahn, wo sind die Hühner, hat Nomi gefragt, warum kräht kein Hahn?, warum sieht man niemanden? Das Erstaunen darüber, dass es so still war, so still und so schön, als gäbe es eine geheime Übereinkunft darüber, dass die Dinge, die uns umgaben, nur dazu da sind, um von uns bestaunt zu werden, in ihrer Schönheit. Und wir haben weitergespielt, auf dem Spielplatz, aber wir wagten nicht, auf den Zaun zu steigen, der an den Spielplatz grenzte, sicher auch deshalb, weil wir neu waren und nichts Falsches machen wollten, weil wir nicht wussten, ob dieser Zaun auch uns gehörte oder nicht, wir benehmen uns am besten so, als wären wir Gäste, haben Sie gesagt, und mit der Schneeschaufel, die tagelang am Hinterausgang an der Wand lehnte, spielten wir erst, als wir begriffen, dass sie dem Hauswart gehörte, und der Hauswart, das waren Mutter und Vater, die die Hauswartstelle übernommen hatten, um noch etwas dazuzuverdienen, zu ihren minimalen Löhnen.

An den Abenden saßen wir zusammen am Küchentisch, aßen das, was Nomi, Sie und ich gekocht haben, Gerichte, die wir sowieso schon immer zusammen gekocht hatten; das ist schön, am Abend nach Hause zu kommen, in eine warme Küche, hat Mutter gesagt und wollte mich umarmen, ich hängte mich an Ihren Rockzipfel, drehte mein Gesicht weg, in den warmen, dunklen Stoff Ihres Rockes, weg von Mutters Wunsch, mir nah zu sein, denke ich heute, meine grausame Direktheit, Mutter zu zeigen, dass nicht sie meine Mutter war, sondern Sie, Mamika, und wenn Vater sagte, du bist groß genug, um Mamikas Rockzipfel loszulassen, habe ich ihm in die Augen geschaut, es war mir vollkommen gleichgültig, was Mutter und Vater sagten, und Sie, Sie haben nur gesagt, lasst das Mädchen in Ruhe, sie braucht Zeit.

Ich fahre nach Hause, ich muss, meine Tiere, der Garten, haben Sie gesagt, und der Herr Pfarrer vermisst mich bestimmt schon in seiner Kirche, und ich habe Sie angeschaut, als verstünde ich Sie nicht, und Sie haben Ihre Tasche gepackt, Sie haben Ihre schwarzen Kleider in die Tasche gelegt, die Strickjacken, ich glaube, Sie haben mich darum gebeten, etwas für Sie zu zeichnen, aber ich habe nichts gezeichnet, und wenn, haben Sie mich nur einmal darum gebeten und dann nicht wieder, Sie haben mich in die Arme genommen, am Abend vor Ihrer Abreise – ich weiß nicht, ob Nomi auch dabei war –, haben ein Lied gesungen, ich habe Ihre Stimme in meinem Körper gespürt, und alles in mir hat sich geweigert, Sie gehen zu lassen, und erst als der Zug wegfuhr, habe ich begriffen, dass das der wirkliche Abschied war und nicht der in der Vojvodina, als all unsere Verwandten uns besucht haben oder wir sie, als uns alle irgendwas zusteckten, uns mit Händen und feuchten Augen küssten, sogar am Tag unserer Abreise blitzte der Abschied nur auf, als Nomi wegen dem Reisigbesen weinte, den sie nicht mitnehmen durfte und ich wegen meiner Lieblingskatze Cicu; jetzt, wo Sie im Zug wegfuhren, war es so, wie wenn meine ganze bisherige Welt von mir wegfahren würde, Ihr Haus, Ihr Garten, die geliebten Tiere, der Staub und Dreck, der bleiche Herr Pfarrer in seiner dunklen Kirche, das Stimmengewirr auf dem Markt, der schwere, süße Duft nach frischen Pfannkuchen, Palatschinken, Onkel Piris Augen, die schönsten Augen der Welt, so fanden Nomi und ich, Tante Icu, die uns mit Süßigkeiten verwöhnte, an den Wochenenden, die wir bei ihr und Onkel Piri verbrachten, damit Sie die frühe und späte Messe besuchen konnten; ich habe mit einem Mal alles vermisst, die lauten Stimmen der Menschen, die ihre Zähne zeigten, die staubigen Straßen und die Pappeln, die Pappelblätter, die so zärtlich waren mit der Luft – ich habe alles, was ich geliebt habe, mit Ihrer Abreise verloren, aber als Nomi mich am Abend fragte, vermisst du sie?, bist du traurig?, blieb ich stumm.

Später, in den wenigen Momenten, wo es möglich gewesen wäre, über diesen plötzlichen Abbruch unseres bisherigen Lebens zu reden, war immer sofort klar, dass Mutter und Vater, im Zusammenhang mit unserer Heimat, die tieferen, schmerzhafteren Gefühle für sich beanspruchen durften; das, was in Nomi und mir damals vorging, hatte wenig oder kein Gewicht.

Hände in der Luft

Ein großer, unauffällig gekleideter Mann bleibt vor dem Buffet stehen, räuspert sich, Fräulein, sagt er, mit einer Stimme, die wieder in den Hals zurückmöchte, Fräulein, darf ich Ihnen etwas sagen? Ich brauche einen Moment, um zu realisieren, dass der Mann mich angesprochen hat, aber statt auf ihn schaue ich auf seinen Hemdkragen, auf seinen dunkelroten V-Ausschnitt-Pullover, vielleicht ein Musiklehrer, ein schüchterner, denke ich, ja bitte?, und ich schaue ihm jetzt ins Gesicht, der Mann, der sich nochmals räuspert, nach hinten blickt, als müsste er prüfen, was sich hinter seinem Rücken abspielt, und er beugt sich jetzt vor über die Theke, in meine Richtung, winkt mich zu sich heran, spricht so leise, dass ich nochmals nachfragen muss, wie bitte?, und er lächelt, als er sagt, Fräulein, schauen Sie sich doch mal Ihre Toilette an, er lächelt so eigenwillig charmant, dass ich mich, was ungewöhnlich ist, mit dem schüchternen Lehrer unterhalten möchte, es ist doch nicht meine Toilette, antworte ich, das Personal hat eine eigene, im Keller, sage ich genauso charmant und mit einer Stimme, als würde ich ihm ein Geheimnis verraten. Fräulein, ich, sagt der Mann, wie soll ich sagen ... seine komische Schüchternheit, die mich von meiner trüben Stimmung ablenkt, sagen Sie es einfach, unterbreche ich ihn, ich kann nicht, sagt er, ich, die lachen muss, entschuldigen Sie, aber Ihre Art bringt mich zum Lachen, der Mann, der sich im nächsten Moment mit einem hochroten Kopf verabschiedet, sich wieder an seinen Platz setzt, ganz vorne, neben dem Eingang, und ich merke erst jetzt, dass Toiletten sich nicht unbedingt eignen für ein scherzhaftes Gespräch.

Was wollte der?, fragt mich Nomi, irgendwas scheint mit der Toilette nicht in Ordnung zu sein, antworte ich, Nomi, die meint, sie werde nachschauen, mach ich selber, sage ich, ob sie einen Moment lang klarkomme ohne mich oder ob ich Mutter rufen solle, nein, geht schon, antwortet Nomi, und ich lege meine Buffetschürze auf den Stuhl, gehe in die Küche (und im ersten Moment, wenn ich in die Küche komme, sehe ich immer noch, wie Dragana am Spülbecken steht, in die Salatblätter hineinweint, leise, fast unhörbar, ihr Rücken, der von ihrem Schmerz erzählt, von der Angst um das Leben ihres Kindes, ihrer Familie, ich kann nicht hier bleiben und warten, bis die meinen Sohn erschießen, sagte Dragana, obwohl – es gäbe auch eine Hoffnung, denn wenn ihr Sohn verletzt würde, könnte er vielleicht aus Sarajevo geschleust werden, verletzten Kindern werde am ehesten geholfen, und ich, sprachlos darüber, was zur Hoffnung werden kann, Dragana, die seit einer Woche nicht mehr zur Arbeit erschienen, unauffindbar ist), darf ich dir rasch eine Geschichte erzählen?, fragt mich Marlis, als ich eine dreckige Küchenschürze anziehe, später, sage ich, versprochen?, versprochen!, und ich nehme den Schrubber, den Eimer, die Lappen aus dem Putzschrank, die Plastikhandschuhe, die gelben, und ich warte auf einen günstigen Moment, wo ich unbemerkt mit Schrubber, Eimer, Lappen und Plastikhandschuhen in der Herrentoilette verschwinden kann (es brauchen ja nicht alle zu sehen, wenn wir die Toilette reinigen), ich, die die schwere Tür mit den Schultern aufstößt und als Erstes ihr Gesicht im Spiegel sieht, ich bleibe stehen, höre, wie sich die schwere Tür lautlos hinter mir schließt, sehe den Schrubberstiel neben meinem Kopf, ich, mit hochgestecktem Haar, schaue mir in die Augen, und es fällt mir ein Wort ein, Einfaltspinsel, wahrscheinlich wegen dem Schrubberstiel, und ich sehe im Spiegel nicht nur mich, sondern das, was das Fräulein erwartet.

Eine verschissene Klobrille, eine Männerunterhose, die neben der Kloschüssel liegt, die gemaserte Wand, die nicht mehr weiß, sondern mit Scheiße verschmiert ist (der Spiegel fügt alles zusammen) – ich schaue, ich warte, gleich wird etwas passieren, mein Herz wird rasen, so schnell, dass ich seinen pochenden Rhythmus an den Schläfen spüren werde, zwischen meinen Schulterblättern wird ein ganz bestimmter Punkt wüten, ein stechender Schmerz, der mir den Atem verschlagen wird, ich warte, und Rumpelstilzchens irrer Tanz fällt mir ein, wie plötzlich die Marmeladenfüllung herausquillt, wenn man in einen Pfannkuchen beißt, aber sonst passiert – nichts. Ich, die sich nach dem Eimer bückt, ihn ins Becken hebt, am Hahn dreht, und während das Wasser einläuft, ziehe ich die Handschuhe an, die Hände, die das einlaufende Wasser nur noch dumpf spüren, und als der Eimer halb voll ist, drehen die gelb eingepackten Finger in die falsche Richtung, das Wasser, das mit einem scharfen Strahl in den Eimer schießt, auf die Haut, in die Augen spritzt, und ich, die wieder einen langen Moment wartet, drehe den Hahn zu, schaue ihr zu, wie ihr die Wassertropfen über das Gesicht laufen, und jetzt der unausweichliche Gedanke: Wir sind ein Herz und eine Seele geworden, ich und das Fräulein; und ich, die den Eimer packt, den Schrubber, gehe zum Fenster, öffne es, nicht weil mir vom Geruch nach Scheiße übel wird, sondern weil ich mir von der frischen Luft, vom Blick nach draußen erhoffe, dass sich irgendwas in mir regt, irgendein Gefühl; ich, die den Eimer abstellt, den Fenstergriff nach oben drückt, und es sind meine Finger, die im gelben Plastik schwitzen, ein Tag mit einem nicht ernst gemeinten Nebel, das heißt die Sonne wird sich in Kürze durch die Nebeldecke drücken, und ich, deren Blick auf einen friedlich eingezäunten Obstgarten fällt, sehe meine Mutter, wie sie sich nach Eimer und Lappen bückt, wie sie den Schrubber aus dem Putzschrank holt, sich die Handschuhe überzieht, als gäbe es nichts Normaleres, das gehört dazu, sagt Mutter, in den allermeisten Fällen macht niemand absichtlich daneben, schlimm genug, wenn jemand sein Wasser nicht mehr halten kann; stimmt sicher, denke ich, schließe das Fenster, drehe mich um, mit einem Ruck, mache die paar Schritte zur Kloschüssel, schaue mir alles ganz genau an – und wenn ich nichts fühle, werde ich wenigstens meinen Kopf einschalten, die Szene hier zu Ende denken –, ja, es ist vorstellbar, dass jemandem ein Missgeschick passiert ist, dass es nicht mehr gereicht hat, die Kacke in der Schüssel zu platzieren, weswegen die Klobrille angeschissen ist, und weil eben ein Teil schon in die Unterhose ging, musste dieser Jemand sie auch ausziehen; und eine verschissene Unterhose kann man nicht gut mitnehmen, deshalb liegt sie jetzt da, neben der Kloschüssel – vielleicht müsste es auch in Männerklos Hygienebeutel haben? Aber wie lässt sich eine verschmierte Wand, die eigentlich gar nicht so schlimm aussieht, entschuldigend erklären?, ich, die sich die Wand anschaut, die braunen Spuren, Buchstaben?, nein, eine Botschaft ist nicht zu entziffern (ich müsste mich beim schüchternen Lehrer bedanken, ihm sagen, dass ich seine Verklemmtheit nachvollziehen kann); es fällt mir nichts ein, was die verschmierte Wand zu einem Missgeschick werden lassen könnte, und weil mir nichts Beschwichtigendes einfällt, ziehe ich die Handschuhe aus, werfe sie auf den Boden; es ist also offensichtlich, dass jemand die Wand absichtlich verschmiert hat, deshalb will ich auch kein Plastik zwischen mir und der Scheiße haben; ich nehme mit bloßen Händen den Lappen, nässe ihn, fahre mit der Handfläche über die Wand, und das Wasser erweckt die fast schon eingetrocknete Scheiße zu neuem Leben, wie gesagt hat sich meine Nase durch Fäkaliengeruch nie irritieren lassen, und die Scheiße verwandelt sich in braune Schmiere, ein Dorf, eigentlich eine Kleinstadt, mit circa 10 000 Einwohnern, mit einer goldenen Blume im Wappen, mit Villen am Ufer, die fast in den See kippen, mit Arztpraxen da und dort, mit Anwaltskanzleien da und dort, mit einem Naturschutzgebiet, das Flusskrebse, rote, überfallen, selbstverständlich mit Genossenschaftshäusern, deren Baujahr ich vergessen habe, mit Geschäften für jedes kleine Bedürfnis, mit Schwimmbad, Sportplatz und Kunsteisbahn – dem Kredit zu deren Überdachung wird stattgegeben –, mit Schießplatz, Burgruine und einem Findling namens Alexanderstein, eine Kleinstadt, die sich von Hunderten andern nur dadurch unterscheidet, dass sie noch reicher und steuergünstiger ist als andere, wir, die nie tätlich angegriffen worden sind, verbal beleidigt, das schon, *Schissusländer!*, Scheißausländer!, die am häufigsten gehörte verbale Attacke – und ich zwinge mich, die Szene zu Ende zu denken –, im Mondial hat uns noch nie jemand »Schissusländer« genannt, unsere Gäste sind im Allgemeinen gepflegt gekleidet, tragen gute, saubere Schuhe und Accessoires, Schmuck, Taschen, Hunde, die zu ihrer Kleidung passen; und ich habe noch nie genauer darüber nachgedacht, was an dieser Anständigkeit, die mit aufrechter Haltung und gedämpfter Stimme einen Kaffee bestellt (samstags vielleicht noch einen zweiten), wirklich bedrohlich ist, aber jetzt, wo ich nichts fühle, aber putzend denke, verstehe ich mich, dass das Nette, Wohlanständige, Kontrollierte, Höfliche eine Maske ist, und zwar eine undurchdringliche: Sie hat den nicht einzuholenden Vorteil, dass man jemandem die Maskenhaftigkeit nicht vorwerfen kann (würde ich das tun und ausfällig werden, fluchen, ich nehme Ihnen Ihre nette Art verdammt noch mal nicht ab!, würde man mich gelassen auflaufen lassen: Fräulein, ich verstehe Sie nicht ... ist Ihnen etwas über die Leber gelaufen?), kein Durchgedrehter, Abnormaler, unberechenbarer Freak hat seine eigene Scheiße in die Hand genommen und sie an unsere Klowand geschmiert, sondern ein kultivierter Mensch (ich, die »Scheiße« schreibt, kann mir nicht vorstellen, wie die hiesigen Bürgerinnen und Bürger das Wort in den Mund nehmen, aber vielleicht tun sie es, flüstern sich »Scheiße« zu, Jugo und Scheiße, das passt zusammen, die Bürgerinnen und Bürger, die in ihrem kultivierten Leben Wasser lassen, Stuhlgang haben, die Tatsache, dass die Scheiße an der Wand klebt, beweist doch, dass wir, *sie*, schmutzig sind), wer vermisst eine verschissene Unterhose?, die Dorfpost, die mein Kleininserat vermutlich nicht abdrucken würde, die Dorfpost, die unsere Familie vor sechs Jahren porträtierte, die Gemeinde, die demokratisch für uns oder gegen uns abstimmen durfte, saubere Finger, die ihr Stimmrecht wahrnehmen, ich, die vor versammelter Gemeinde meine Hand erhebe, in die Gemeindegesichter blicke, frage, wer hat unser Klo mit Scheiße verschmiert? der Dorfbach, der in die plötzlich entstandene Stille hineinplätschert –

Aus heiterem Himmel beginnt es zu regnen, sodass etliche Bürgerinnen und Bürger, die sich schon auf den Weg gemacht haben ins Gemeindehaus, nochmals umkehren, um zu Hause den Schirm zu holen oder sich einen Regenschutz anzuziehen, nicht wenige treffen also verspätet ein, stellen die Schirme in die Schirmständer, kleine und größere Wasserlachen, die sich bilden, wachsen, sich zu Wasserlandschaften ausweiten. Ich sehe, wie die Frauen und Männer ihre Jacken und Mäntel aufhängen, an nüchtern silbern glänzenden Kleiderhaken, die auf Ämtern üblich sind, bringen sie sie zum Hängen, ein paar Hände, die sich über die verregneten Gesichter wischen, es riecht nass und schwer, Seufzer sind zu hören, ach, dieser Regen!, und ein paar Männer ziehen sich die Pullover über die Bäuche, so wie sie es immer tun, wenn sie ihre Jacken ausgezogen haben, ein paar Frauen richten ihren Männern rasch noch die Hemdkragen, sie schimpfen verständnisvoll mit Hemdkragenspitzen, die sich tagsüber, während der Arbeit, in Pulloverinnenseiten versteckt haben. Man begrüßt sich, plaudert ein wenig, es kommt allmählich Stimmung auf, und die Plätze im Saal füllen sich.

Ein bisschen später als geplant werden die langen, faltenlos fallenden Kunststoffvorhänge vom Hauswart zugezogen, und die Stimmen werden sofort leiser, weil man mit dem Zuziehen der Vorhänge ein unmissverständliches Zeichen dafür gibt, dass der Gemeindepräsident die Bühne sogleich betreten wird, ich höre die Stimmen, die gedämpfter werden, auch deshalb, weil die Vorhänge die Resonanzen erstaunlich gut schlucken.

Liebe Mitbürgerinnen und Mitbürger, ich heiße Sie recht herzlich willkommen im Namen der Gemeinde!, der Gemeindepräsident, ein freundlich aussehender Mann Mitte sechzig (dem ich an der Jungbürgerfeier die Hand geschüttelt habe), der einen einfachen Anzug trägt, schildert kurz, worum es geht, und der Hauswart löscht die Lichter, schaltet den Diaprojektor an, nun zeigen wir ein paar

Bilder, sagt der Gemeindepräsident, damit sich jene, die die Kocsis nicht kennen, ein Bild machen können, damit jene, die sie schon kennengelernt haben, sich an sie erinnern, hier, die beiden Kinder, Ildikó Kocsis, die in ein paar Monaten achtzehn wird, ihre um knapp zwei Jahre jüngere Schwester Nomi, die Kinder sind nie negativ aufgefallen, sagt der Gemeindepräsident, sie sprechen tadellos Deutsch, die Ältere ist sogar mit außerordentlich guten schulischen Leistungen hervorgetreten, und der Gemeindepräsident räuspert sich vermutlich an dieser Stelle, die Eltern, Rózsa und Miklós Kocsis, haben einen ausgezeichneten Leumund, außer ein paar kleineren Übertretungen im Bereich des Straßenverkehrs haben sie sich nichts zuschulden kommen lassen; die Gemeinde, die aufmerksam zuhört, das rhythmische Schnappen des Projektors, hier die Familie im Freibad (Nomi und ich, mit Zahnlücken und einem Eis in der Hand), und hier sieht man sie vor ihrer Wäscherei (wir, die an diesem Abend, als über uns abgestimmt wird, vor einem heißen Fetttopf sitzen, bei Irén, Sándor, Aranka und Attila, die nicht glauben konnten, dass wir noch nie Fondue bourguignnon gegessen haben, die uns erklären müssen, wie lange man das Fleisch im Fett lässt, dass man das Fleisch in die verschiedenen Soßen dipt, nicht schlecht, finden wir alle, schmeckt sogar ziemlich gut, Vater, der uns alle zum Lachen bringt, weil es ihn eigentlich langweilt, stundenlang vor einem Töpfchen zu sitzen, endlos lange zu essen), wir kommen jetzt zur eigentlichen Abstimmung, sagt der Gemeindepräsident, nachdem es im Saal wieder hell ist, der Diaprojektor ausgeschaltet ist und eine junge Frau, als Helvetia verkleidet, sich neben das Rednerpult des Präsidenten stellt, um dem Gemeindepräsidenten zu assistieren, die Stimmen zu zählen. Wer für die Einbürgerung der Familie Kocsis ist, erhebe die Hand! Ein

Meer von Händen, das sich erhebt. Ich danke Ihnen, und wer gegen das Einbürgerungsbegehren der Familie Kocsis ist, erhebe die Hand! Ein paar Hände, die sich in die Luft strecken, ein verhaltenes Raunen, das durch den Saal geht; Frau Köchli, die, wie es ihre Gewohnheit ist, ihren Schirm nicht in den Schirmständer gestellt hat, sondern ihn auf der Toilette abgetrocknet hat und ihn, bevor sie sich setzte, unter ihrem Stuhl verstaut hat, Frau Köchli, die sich bückt, nach ihrem Schirm langt, mit ihm in die Luft und dann auf Gesichter zielt, als sie mit einer ungewöhnlich forschen Stimme zu fluchen anfängt. Herr Rampazzi, der im Gemeindehaus als Hauswart arbeitet (der uns in der Wäscherei manchmal beim Ausliefern geholfen hat und dessen Sohn mit Nomi zur Schule ging), hat erzählt, dass er sich bereits auf den Feierabend gefreut hat, als die Frau Köchli, die er ehrlich gesagt schon immer komisch gefunden habe, aufgeschossen sei wie *ein Raket*, sie habe geschimpft, ob denn die, die jetzt gegen die Familie Kocsis gestimmt hätten, sie überhaupt kennen würden, sie habe sogar mit ihrem Schirm herumgefuchtelt, geflucht, was, das wisse er nicht mehr so genau, sie habe aber sicher einen roten Kopf gehabt und über die Schwarzenbach-Initiative gewettert, daran erinnere er sich genau, weil er die ja auch miterlebt habe, seit damals habe sich ein Mückenfurz verändert, habe Frau Köchli gerufen, in die verdutzten Gesichter hinein, und er, Herr Rampazzi, habe bei sich gedacht, dass es für die Ausländer, also für uns, nichts bringe, wenn eine wild gewordene Frau sich so aufführe, die außerdem noch eine Schwester habe, vor der man, rein vom Körper her, Angst haben müsse. Frau Köchli und Frau Freuler, die dann ihre Sitzreihe zum Aufstehen nötigen, den Saal verlassen und die Tür hinter sich nicht schließen, sodass man noch ein letztes Mal Frau Köchli rufen hört, wir gehören auch zu dieser verunglückten Gemeinde!, die Schritte der Schwestern, die man in der plötzlich entstandenen Stille des Gemeindesaals noch eine ganze Weile hört.

Ich, die sich die beiden Schwestern in Erinnerung ruft, sehne mich danach zu verschwinden, ein für alle Mal.

Es gibt Tage, die ziehen die schlechten Gedanken an, ich, die vergisst, dass es noch andere gibt als den, der unser Klo beschmutzt hat, ich will vergessen, dass es noch andere gibt, weil ich einen eindeutigen Hass empfinden will gegen jemanden, der uns gestern so unmissverständlich seinen Hass gezeigt hat, das war doch eine Kriegserklärung, will ich sagen, am Sonntag, als wir im Mondial sitzen, im Herbst, als wir darüber reden, dass wir eine spezielle Herbstkarte kreieren müssen, Wildspezialitäten, Reh-, Hirschfleisch, Rotkraut, Spätzli, ich, die Mutter ins Wort fallen will, die von den Zahlen spricht, die gar nicht so schlecht seien, der Sommer sei zwar flau gewesen, aber das sei bei den Tanners nicht anders gewesen, ich, die explodieren will, ich will gegen uns sein, gegen unseren Fleiß, unser andauerndes Bemühen, noch besser zu werden, ich, die meinen Lehrer nicht hören will, der sagt, dass er nichts gegen Ausländer habe, bei ihm zähle einzig und allein die Leistung, ich will meinen Lehrer nicht hören, wenn er die Stimme meiner Eltern hat, der Glaube, dass man mit der eigenen Leistung, mit einer permanenten Leistungssteigerung alles erreichen, die Realität wegschieben kann, die verschissene Unterhose, im Plastikkübel, im Abfalleimer, und niemand muss sich fragen, was das war, was das wohl zu bedeuten hat; hört mal zu, will ich sagen, können wir darüber reden, ob wir vielleicht eine Anzeige erstatten, gegen unbekannt, wie formuliert man so eine Anzeige, darüber sollten wir doch diskutieren, stattdessen: Wildschweinbraten, Birnen mit Preiselbeeren, glasierte Kastanien; Mutter, die die Toilettentür aufgemacht hat, mich gesehen hat, was ist das, hat sie gefragt, eine volle Unterhose, habe ich geantwortet, was?, meine Mutter, käsebleich, mit fliehenden Augen, hat wahrscheinlich zufällig jemand verloren, so ich, Mutter, die die Gummihandschuhe vom Boden aufliest, sie sich überziehen will, ich, die es nicht zulässt, das mache ich, hat es gesagt, das Fräulein, ich habe die Unterhose mit Toilettenpapier umwickelt, hundertprozentige Baumwolle, habe ich gesagt, wollte Mutter zum Lachen bringen, das bleibt unter uns, hat Mutter gesagt, was?, ja, bringt nichts, das an die große Glocke zu hängen. Gibt es noch etwas anderes als die große Glocke und verschweigen?, habe ich gefragt, ein Einzelfall, hat Mutter gesagt, das wird nicht wieder vorkommen, und wieder der Satz: Wir haben hier noch kein menschliches Schicksal, wir müssen es uns zuerst noch erarbeiten, genau, und heute, an diesem Sonntag, wo wir im Mondial sitzen, rauchen, Kaffee trinken, Vater die Eingangstür mit einem Holzkeil blockiert und Mutter die Toilettentüren fixiert hat, damit das Mondial frische Luft schnappen kann, bevor es wieder Montag wird, heute will ich über diesen Einzelfall reden und nicht über die Zahlen, die gar nicht so schlecht sind, die Mutter mit einem Bleistift unterstrichen hat, sich so in die Zahlen vertieft, wie man sich an einem Sonntag gar nicht in Zahlen vertiefen kann, ich will über diesen Einzelfall reden, der offenbar zu unserem Schicksal gehört; Vater, der seine Stirn in Falten legt, mich mustert, was ist mit dir los, Ildi? – ich brauche Nomi, aber Nomi ist nicht da, hat sich entschuldigen lassen, gesagt, sie komme später, später ist zu spät, denke ich, trinke Kaffee ohne Satz, ich wünsche mir meine Mamika, die mir meine Zukunft aus dem Kaffeesatz liest, und die Zukunft, sie ist nicht groß und schwer und bedeutsam, sondern leicht, morgen bekommst du unerwarteten Besuch, ein Unbekannter wird dir ein Geschenk bringen oder: Hier, siehst du, diese Linie hier sagt, dass wir den Hühnern heute Abend mehr Futter geben müssen; was ist mit dir los, Ildi?, ich, die auf den Boden ihrer Tasse schaut, ich spreche mit den Toten, sage ich und hebe meinen Kopf, schaue Mutter an, Vater, Mutter, die ihre Hand auf die Liste legt mit den Zahlen, ich verbringe ab jetzt meine Zeit mit den Toten, sage ich, weil Vater und Mutter schweigen, bist du müde, hast du nicht gut geschlafen?, fragt Mutter, mit ihren schönen Augen, die besorgt aussehen; ich weiß schon, dass man mit den Toten nicht sprechen kann, aber sie hören zu, sie hören gern zu, und sie lieben schöne Stimmen, überhaupt lieben die Toten das Schöne. Vater, der anfängt zu husten, Mutter, die ihm auf den Rücken klopft, mit der flachen Hand, auf die Stelle zwischen den Schulterblättern. Wo bin ich denn hier, sagt Vater nach seiner Hustenattacke, kann mir jemand erklären, was hier los ist, Ildi, was redest du da?, und ich, die aufsteht, mit der Tasse, verschwinde hinter der Theke, um einen Kaffee einzuspannen, und ich bleibe da stehen, hinter der grünen Theke, Mutter und Vater, die mich mit fragenden Blicken anschauen, ich will nicht mehr hier arbeiten, sage ich – Vater, der Mutters Hand nimmt, den Kopf schüttelt, kannst du mir meine Tochter erklären?

Alles wegen mir, sagt Mutter nach einer kurzen Pause, sie ist wütend auf mich, und ich, die einen Schluck schwarzen Kaffee nimmt, bin überrascht, dass Mutter genau weiß, worum es geht; los, Ildi, erzähl schon, darauf willst du doch hinaus, oder? Erzähl du, antworte ich, und mir fällt auf, wie still es heute ist im Mondial, die Vitrine, die nicht surrt, die Lüftung, die nicht in Betrieb ist, und ich sehe meine Zukunft vor mir, in einem imaginären Kaffeesatz, eine winzige Wohnung in der Stadt, in einem schiefen grünen Haus, das Namensschild, das ich nicht überklebe mit meinem Namen, und wenn, dann erst viel später, I. Kocsis, Ildikó Kocsis oder nur Kocsis auf ein Stückchen Papier schreiben möchte, und ich werde mich wochenlang nicht aus meiner Wohnung bewegen, in der Küche sitzen, die Küche mit Speisekammer, Schützstein, mit einem schönen Fenster, ich werde dasitzen und zuschauen, wie das Licht durch das schöne Fenster fällt.

Gestern hat jemand, wie soll ich sagen, im Klo eine Schweinerei hinterlassen, und Mutter deutet mit ihrer Hand Richtung Toilette, Ildi, willst du dich nicht wieder zu uns setzen? Nein, und Vater dreht an seinem Schnauzhaar, was für eine Schweinerei? Irgendjemand hat daneben gemacht, sagt Mutter – irgendjemand hat nicht nur daneben gemacht, sondern seine verkackte Unterhose ausgezogen und fein säuberlich neben die Toilette gelegt, vor allem hat dieser Jemand die Wände mit Scheiße verschmiert, sage ich und platziere ein Wort neben das andere; das habe ich allerdings nicht gesehen, sagt Mutter, hast du nicht, antworte ich gereizt, weil ich die Wand schon geputzt hatte, als du reingekommen bist. Ach, so Mutter und ich: Morgen werde ich nicht die Tafel schreiben, sondern eine Anzeige erstatten, gegen unbekannt.

Ich erwarte alles andere, nur nicht das, was jetzt passiert. Vater, der weiter an seinem Schnauzhaar dreht, nicht flucht, sich keine Zigarette anzündet, er sitzt auf seinem Stuhl am Personaltisch und schaut mich an, mich oder die Theke oder die Gläser hinter mir, ich weiß es nicht, und er steht auf, langsam, stützt sich an der Stuhllehne ab, fährt sich mit den Fingern durch das dichte Haar, und er macht ein paar Schritte Richtung Theke, bleibt dann stehen, und einen winzigen Moment lang sieht es so aus, als würde er taumeln, vornüberfallen, aber Vater fällt nicht, sondern geht weiter, schaut mich kurz an, bevor er in die Küche geht, keine Flüche, keine Verwünschungen, keine Fragen, wahrscheinlich auch keine Erinnerung an früher, wo Vater als Feind des Systems galt, mein konterrevolutionärer Vater, so habe ich ihn insgeheim manchmal genannt, nicht ohne Stolz, denke ich, und jetzt? Vater, der im Tiefkühler wühlt, irgendwelche gefrorenen Fleischklumpen umbeigt, nach dem geeigneten Fleisch für den Montag sucht, Vater, der sogar das Küchenradio anstellt, während er anfängt, den Heißluftdämpfer zu putzen, ich, die fassungslos in der Küchentür steht, schaue meinem Vater zu, wie sein Kopf im Dämpfer verschwindet.

Setz dich, sagt Mutter, ich muss dir etwas sagen, Mutter, immer noch am Personaltisch sitzend, und ich, die stehen bleibt, in der Küchentür, klebe am Türrahmen, mit allem aufhören, mit dem Studium, meinem Russischkurs, den Samstagabenden im Wohlgroth, vor allem aber aufhören mit der Arbeit hier, im Mondial, verschwinden aus dieser Gemeinde, das nette Fräulein endlich abschütteln (vielen Dank und auf Wiedersehen!), nicht immer ähnlicher werden der Tapete, dem Teppich, der Wanduhr, der Vitrine, und das Essen, es schmeckt nicht mehr nach uns, nein, ich, die sich nicht setzt, will keine Wildkarte schreiben – Ildi, die so schön und korrekt schreibt –, will verschwinden aus diesem halbierten Leben, diesem Alltag, in dem der Dienstleistungsbetrieb zum Schicksal wird, »mundtot« geht mir durch den Kopf, ich werde mundtot gemacht mit Sätzen wie: Ihr sollt es einmal besser haben als wir, wir arbeiten nur für euch; setz dich, sagt Mutter, mit einem versöhnlichen Ton, sie, die mich anschaut mit diesem Blick, den ich so gut kenne, Augen, hinter denen sich etwas auftut, ein endloser Gang, in dem Schritte hallen, albtraumhafte Gestalten, deren fordernde Körper vorwärts drängen, immer näher kommen, knallende Schritte, die die Schläfen verletzen, Mutter, die krampfhaft verhindern will, dass die gold-grün-braune Tapete Risse bekommt, meine Gedanken, die sich nicht mehr in den gewohnten Laufbahnen bewegen – und wenn ich es gar nicht besser haben will?, wenn ich in einem alten, schiefen Haus leben möchte mit Gasherd, Boiler, Schützstein? Einbauschränke?, nein, die habe ich nicht, weil sie so praktisch und hässlich sind; Mutter und Vater, die in meiner kargen Wohnung stehen werden, so haben wir gelebt vor fünfundzwanzig Jahren, als wir in die Schweiz gekommen sind, wie kannst du nur?, seht mal, das Fenster, ist es nicht schön, wie das Licht durch dieses Fenster fällt? (das Einzige, was ich will, ein schönes Fenster), Mutter, die mir zuwinkt, Ildi, hast du nicht gehört?, und Vater, der die beiden Küchenfenster öffnet, damit die giftigen Dämpfe des Reinigungsmittels entweichen können, wenn wir uns jetzt nicht wehren, wenigstens versuchen, irgendwas zu tun, dann sind wir niemand mehr, sage ich, zu Vater, zu Mutter, der Türrahmen, der meinen Rücken stärkt (man darf sich nicht umdrehen, wenn man weggeht, seine Heimat verlässt, entschlossen vorwärtsgehen, bereit sein, alles, was kommt, auf sich zu nehmen; wer hat das gesagt?), Vater, der den Spritzschlauch in die Hand nimmt, in den Dämpfer hineinzielt, sein Hinterkopf, der mir vielleicht etwas erzählt, aber was?, ich bitte um eine Antwort, sage ich, könnt ihr mir bitte in die Augen schauen? Mutter, die aufsteht, die paar Schritte tut, zu mir hin, du willst eine Antwort, gut, du kannst sie haben! Vater, der den Spritzschlauch abstellt, mit einem Spezialschwamm anfängt, das Spülbecken zu scheuern, eine leichte Melodie, die das Radio dazu spielt, und die kalte Herbstluft macht mich frösteln, Mutter, die sich auf den Hocker setzt, der neben der Abwaschmaschine steht, was kommt jetzt?, und ich, die stehen bleibt, beim Türrahmen.

Und dann gehe ich in den Gastraum, bleibe kurz an der Theke stehen, als wollte ich etwas bestellen, ich gehe weiter, an den Tischen vorbei, verabschiede mich von den Tischen, zwei, fünf, zehn, elf, fünfzehn, drücke Frau Köchli und Frau Freuler die Hand, und Frau Hungerbühler, meine liebsten Gäste, und den Bauarbeitern, deren Namen ich nicht kenne, ihnen nicke ich zu, im Vorbeigehen, meine Schritte, die lautlos sind auf dem Teppich, die grün lackierte Eingangstür, die offen steht, die mich einlädt zum Weggehen, ich nehme die drei Stufen, bleibe auf dem Bürgersteig stehen, einen kurzen Moment, gehe dann zum Kastanienbaum, ein paar Blätter, die bereits auf dem Asphalt liegen, vom Kastanienbaum aus schaue ich ins Mondial, ich kann fast nichts erkennen, weil die Fenster spiegeln, und ich, die ein Lied singen möchte, aber es fällt mir keines ein, bücke mich nach einem Blatt, wäre es anders, wenn dieses Blatt nicht hier wäre?, und ich gehe mit raschen Schritten zur Unterführung, das trockene Geräusch meiner Turnschuhe, ob ich mir denn schon einmal vorgestellt hätte, wie es wäre, wenn wir jetzt in der Vojvodina leben würden, mitten im Krieg, wie denn unser Alltag aussehen würde, fragt mich Mutter, ihre Stimme, die in der Unterführung hallt, feierlich und groß klingt, mein Kopf, der sich automatisch nach links und rechts dreht, zu Schaufenstern hin, ein paar Wollknäuel, Stricknadeln, ein mit »Handarbeit« angeschriebener Pullover, ein paar Spots, die diese kleine Szenerie ausleuchten, wir würden uns bestimmt nicht mit Kleinkram herumschlagen, es ginge täglich um Leben und Tod! Mutter, die sich bekreuzigt, ist das eine Kleinigkeit, wenn jemand seine eigene Scheiße in die Hand nimmt, um sie dann in einer öffentlichen Toilette an die Wand zu schmieren?, frage ich das Schaufenster links von mir, in dem Schulhefte ausgestellt sind, Farbstifte, Zirkel in unterschiedlichen Größen, die Frage, wie man Papier sinnvoll oder wirkungsvoll ausstellen kann, ein Tornister, der an einem Nagel hängt, zwei

Katzenaugen, die hinter dem Glas orange leuchten, Kinder, die nicht mehr zur Schule gehen können, weil die Eltern kein Geld haben, fürs Busticket, und du, Ildi, du könntest deine Ausbildung ziemlich sicher nicht machen, sondern müsstest mithelfen im Schweinestall, Kühe melken, wahrscheinlich müsstest du sogar Männerarbeit machen, du weißt ja, was mit den Männern passiert; und ich, die weitergeht, lasse die Frage hinter mir, ob eine Unterführung ein geeigneter Ort ist für Schaufenster, Mutters Augen, die mich bitten, sie nicht falsch zu verstehen, wenn sie mich jetzt an den Krieg erinnere, aber sie tue das, weil ich den größeren Zusammenhang zu verlieren drohe, sie müsse mir doch sagen, dass wir hier in Sicherheit lebten, immerhin ein Geschäft führten, und da sei es notwendig, nicht alles an sich herankommen zu lassen, sonst wären wir ja schon lange nicht mehr hier, sagt Mutter. Wie meinst du das?, und ich steige die Stufen hoch, zwei Stufen auf einmal, überquere den Parkplatz, auf dem nur ein paar vereinzelte Autos stehen, Sonntag in einem Dorf, ein ausgestorbener Sonntagvormittag in einem Dorf, und ich, die eine Münze in eine Parkuhr wirft, um dieses angenehme Geräusch zu hören, wenn die Münze den roten Zeiger wieder auf null stellt; was meinst du, wie oft haben wir doppelt so viel gearbeitet wie unsere Arbeitskollegen, für weniger Lohn, und das ginge ja noch, die lauwarme Kotze von Hündchen wegzuwischen, das gehörte zum Alltag deines Vaters, als er als Kellner gearbeitet hat, in einem noblen Restaurant, Miklós, das solltest du Ildi erzählen! Die einzige Chance ist, sich hochzuarbeiten, und das, glaub mir, gelingt dir nicht, wenn du dich nicht taub oder dumm stellst. Ich dürfe sie nicht falsch verstehen, wenn sie sage, dass ich es nicht gewohnt sei, Opfer zu bringen, Opfer? Ja, schweigen können, Sachen wegstecken, und wenn hinhören, dann eben nur mit halbem Ohr;

hätten dein Vater und ich eine richtige Ausbildung, könnten wir vielleicht – dann hätten wir die Möglichkeit, den Mund aufzumachen, aber so? Weißt du eigentlich, wo wir angefangen haben?, die gesichtslosen Tage, fast vier Jahre lang, als die Tage nur dazu da waren, um wie Automaten zu funktionieren, zu arbeiten, Vater als Metzger bei Herrn Fluri und als Metzger auf dem Schlachthof, ich als Kassiererin, Kindermädchen, und sonntags haben wir gemeinsam Banken geputzt. In dieser Zeit, Ildi, habe ich nie geträumt, nie, sonst wäre ich verloren gewesen, und ich gehe weiter, an der Apotheke vorbei, überquere eine Straße, zu meiner Rechten das Einkaufszentrum, zu meiner Linken ein Kleidergeschäft, dann ein Kiosk, ein Strumpfgeschäft, ein Hotel, gibt es ein Opfer, das zu groß ist?, und jemand winkt mir zu, von der anderen Straßenseite her, ich gehe weiter, ohne zurückzuwinken, am Schuhgeschäft vorbei, an einem Schaufenster, in dem Brillengestelle an durchsichtigen Fäden hängen. Als ihr, Nomi und du, so lange Zeit nicht bei uns wart, das war ein großes Opfer – zu groß?, und ich hebe meinen Kopf, schaue zur protestantischen Kirchturmuhr, die Zeiger, die goldgelb leuchten; Vater, der sich mit dem Schwamm in der Hand zu mir dreht, Wasser, das auf den Linoleumboden tropft, ihr wart in guten Händen, sagt Vater, ohne die Lippen zu bewegen, das Restaurant Löwen, das sonntags geschlossen ist, und ich, die vor dem kleinen Schaukasten stehen bleibt, studiere die Speisekarte, die Preise, die Auswahl, wie sieht wohl ein »Ross-Filet-Zauber« aus?, und ich gehe weiter, schlage den Kragen meiner Jacke hoch, vor mir das Gemeindehaus, das Polizeirevier, die protestantische Kirche, stimmt, sage ich, wir waren in guten Händen!, die beiden Tannen neben der Kirche, die den Turm überragen, immergrüne Pflanzen, denke ich, der Dorfplatz, auf dem früher wahrscheinlich die Bauern der umliegenden Region ihre Waren angeboten haben, auf dem sicher einmal ein Lindenbaum stand, der, wenn er im Juni blühte, allen strengen Ordnungshütern den Kopf verdrehte, und ich, die allein auf dem Dorfplatz steht, höre das gleichmäßige Plätschern des Dorfbrunnens, vielleicht hätte das Opfer größer sein müssen, vielleicht wäre es besser gewesen, ihr hättet noch ein paar Jahre länger auf uns gewartet, Vater, der mich mit sehenden Augen anschaut, Mutter, die von ihrem Hocker aufsteht, was willst du uns damit sagen? Nomi und ich haben uns nie entschieden, hierher zu kommen, nur das; und Mutter, die die Klammer aus ihrem Haar löst, sie an die Brusttasche ihrer Bluse klemmt, Vater, der den Schwamm hinter sich ins Spülbecken wirft, da haben wir es, sagt Vater, deine Mutter hat ganz recht, wenn sie dich an den Krieg erinnert, stell dir mit deinem Dickschädel nur kurz vor, was das bedeuten würde, und ich, die sagt, dass es nicht darum gehe, ich will unsere Verschiedenheit verstehen, und mir fällt das ungarische Wort für »Verschiedenheit« nicht ein, aber die plötzliche Klarheit darüber, warum man, wenn jemand gestorben ist, sagt, er sei »verschieden«, der schwere Stand der Verschiedenheit, denke ich, gehe auf den Polizeiposten zu, vergitterte Türen und Fenster, hallo, ist jemand da, rufe ich, unsinnigerweise, ich klopfe gegen das Schaufenster, wo ein paar Steckbriefe an Magnetknöpfen hängen und amtliche Hinweise der Gemeinde- und der Kantonspolizei, und ich, die sich vorstellt, dass sich Herr Bieri und Herr Brunner, die beiden Dorfpolizisten, die gleichzeitig für die Gesundheitsbehörde arbeiten, hinter den eisernen Vorhängen verschanzt haben, auf ihren gefederten Stühlen herumturnen, sich mit geröteten Wangen die schönsten Fahndungsbilder zeigen, in der sonntäglichen Ruhe ein paar Informationen über gewisse Personen ablegen, warum sagt man eigentlich »Anzeige erstatten«? Herr

Bieri und Herr Brunner, die mir diese Frage sicher beantworten könnten, hallo!, meine Stimme, die über den men-
schenleeren Platz hallt, meine Wut, die vor dem Polizeiposten wieder ein Gesicht bekommt, die Schärers oder der
Tognoni oder jemand anders, höre ich Mutter sagen, bringt
nichts, sich zu fragen, wer es gewesen sein könnte, außerdem: Wir sind ein Familienbetrieb, wenn jemand einen Fehler macht, müssen alle den Kopf hinhalten, und: Du solltest
die Gäste nicht vergessen, die uns mögen, uns unterstützen – ich habe niemanden vergessen!, sage ich laut, und wir
verkeilen uns ineinander, unser gegenseitiges Unverständ-
nis, wir müssen uns anpassen, sagt Mutter mit diesem Blick,
den ich nicht mehr sehen will, an die Scheiße?, schreie ich,
und wo fängt der Widerstand an? Dein Verstand hockt
manchmal am falschen Ort, Ildi, schreit Vater zurück und
macht plötzlich einen Schritt auf mich zu, packt meine
Hand, zieht mich durch die Küche, am Buffet vorbei, seine
ungarischen Flüche, die er in den Gastraum schleudert, nur
damit du wieder klar siehst, ruft er, als er im Büro die
Schranktür aufreißt, nach seiner Jacke langt, hier, lies! Vater,
der mir einen Brief hinstreckt, ein schmales Kuvert, und
seine Hände, die zittern, ein Brief von deiner Schwester!
Ich schaue auf die Briefmarken, auf Vaters breite Finger, für
die der Umschlag zu schwer zu sein scheint, was ist mit
Janka, wie geht es ihr?, frage ich Vater mit einer Stimme
ohne Klang, und ich schaue ihn nicht an, nehme den Brief
nicht entgegen. Wie es ihr geht?, gut, es geht ihr ausgezeichnet, wie soll es einem Menschen gehen, der sein ganzes bis-
heriges Leben von einem Tag auf den anderen aufgeben
muss? Sie ist mit ihrem Mann und ihrem Kind nach Ungarn
geflüchtet, weil ihr Mann auch als Soldat vorgesehen war,
bei der jugoslawischen Volksarmee!, und weil ihre Arbeit
beim Radio ständig zensuriert wurde! Vater, der den Brief

wieder einsteckt, nein, ich müsse ihn gar nicht lesen, das Wichtigste sei ja jetzt gesagt und das Zweitwichtigste, Ildi: Nichts ist mehr so, wie es war, in Jugoslawien, die Männer werden eingezogen, wer sein Hirn noch beieinander und die Möglichkeit hat, der flüchtet, und was meinst du, wie es in der Stadt aussieht, wenn so viele Menschen nicht mehr da leben, wo sie hingehören? Jedes dritte Haus steht leer, weißt du, was das bedeutet, wenn nur noch der Friedhof wächst? – Und ich, die zum Brunnen geht, einen Schluck Wasser trinkt, sich das Gesicht wäscht, muss trotzdem etwas tun, ich mache ein paar Schritte, damit ich das Gefühl habe, mitten im Dorf zu stehen, ich schaue nochmals zu den Tannen, zum Kirchturm, greife in die Tasche, meine Hand auf der kalten Aluminiumflasche, ich zeichne mit dem Rahmbläser Großbuchstaben auf den Dorfplatz, schöne, weiße, schmackhafte, fehlerfreie Buchstaben aus Vollrahm, mein harmloser Kinderscherz für uns, die Familie Kocsis, bevor ich endgültig verschwinde aus diesem Dorf.

November

Ich wohne mitten in der Stadt, an einer Autobahn, meine winzige Wohnung liegt an der sogenannten Westtangente, tausend Autos und hundert Lastwagen fahren stündlich an mir vorbei, Richtung Chur, ich, auf meinem Bett sitzend, denke an Wörter wie »Verkehrsstrom« oder »Verkehrsfluss«, mein Boiler in der Küche brummelt, der Stromzähler im Korridor ist einen Tick zu laut, warum eigentlich »Westtangente«, wenn die Autos vom Westen kommen und Richtung Osten fahren, beim Autofahren denkt man doch immer in Fahrtrichtung, oder nicht? »Auspuff der Nation« wird die Straße genannt, die nicht nur an der Westtangente liegt, sondern auch »Weststrasse« heißt.

Von einem doppelstöckigen Bus aus, der direkt vor meinem Fenster hält, schauen mich ein paar Kindergesichter mit platt gedrückten Nasen an; ich winke, sie lachen und winken zurück, ein Kind, das eine Zeichnung gegen das Busfenster hält, eine Sonne, ein Regenbogen, Wolken und inmitten von allem: ein Hase, an einer Karotte knabbernd, und ich stehe auf, gehe zum Fenster, strecke meinen Kopf in Fahrtrichtung, um zu sehen, ob ich die Nationalität der Kinder richtig erraten habe, nein, und ich bleibe noch ein bisschen stehen, bin eine Attraktion am Fenster, bemitleidende, belustigte, neugierige Augen, und ab und zu sind die Blicke irritiert, vermutlich, weil ich sie störe, weil ich

da wohne, wo man bloß eines will: ungehindert weiterfahren, vorbeifahren. Und ich amüsiere mich über filzige
Dufttannen oder über irgendwelche Dackel, die Heckabla-
gen zieren, mit spiraligen Hälsen bei jeder Bodenerhebung
wackeln. Ich schaue unverfroren in verkniffene Autogesich-
ter, die sich darüber ärgern, dass der Verkehr nicht fließt,
sondern sich staut, jetzt, um acht Uhr morgens; ich, die
Kurt bewundert, Hans, Pavel, Rüdiger und wie sie alle heißen (die einzige Ausnahme: Cindy), die Lastwagenfahrer,
die einsam und schwer auf ihren Sitzen thronen, an deren
Rückspiegeln kleine Glücksbringer baumeln.

Sie sollten sich Vorhänge zutun, meint die Hausmeisterin,
Frau Gründler, das ist doch eine Zumutung, wenn da einem
alle ins Schlafzimmer gaffen, nein?, also mich würde das
stören; Frau Gründler, die mich fast täglich besucht, kurz
anklopft und dann schon in meinem Korridor steht mit ihrem Hündchen, Surinam York Hamshire, ich kann Ihnen
auch welche nähen, wenn Sie wollen, ich meine, wenn Sie
kei Stutz haben, kein Geld. Es stört mich wirklich nicht,
antworte ich, wenn ich schlafe, schlafe ich, und wenn ich
wach bin, gaffe ich selber oder setze mich in die Küche. Na
gut, mal sehen, wie lange Sie das so aushalten, spätestens,
wenn Sie einen Freund haben … und Frau Gründler schüttelt ihre Locken, schmeißt ihren Hund auf den Boden, Suri,
der sie gewohnt ist, die plötzliche Höhendifferenz, die er
abfedern muss, steht aufrecht und mit wedelndem Schwanz
da, ich lache, wollen Sie einen Kaffee? Ach, Frau Kotschi,
wenn ich Sie nicht aufhalte, und Frau Gründler geht mit
forschen Schritten in die Küche, jetzt sieht's ja schon richtig gemütlich aus bei Ihnen, und sie setzt sich, schnauft,
Milch und Zucker?, frage ich. Heute schwarz, antwortet
Frau Gründler, und ich, die uns Kaffee einschenkt, nicht in
die Alltagstassen, sondern in die beiden schönen Espresso-

Tässchen, die einzigen, die ich besitze. Sie sind ein Schatz, und Frau Gründler nippt, nippt nochmals, fängt dann an zu reden, also was die Kerle gestern Nacht wieder angerichtet haben, Frau Kotschi, das geht auf keine Kuhhaut!, Frau Gründler, die in ihre Manteltasche greift, hier, die hab' ich mir gebastelt, nicht, dass ich damit sagen will, ich wär' genial, ist ja ganz einfach, und die Hausmeisterin hält mir eine Schleuder hin, aber mit dem Ding hab' ich gestern Nacht einen dieser versoffenen Kerle erwischt, am Bein, Tor!, habe ich gerufen, Eins-a-Schuss! Sagen Sie mal, Frau Kotschi, haben Sie mich denn nicht gehört?

Natürlich habe ich die Hausmeisterin gehört, ihr Organ, wie sie selbst sagt, ist unüberhörbar, Frau Gründler, die sich ärgert über die Kerle, die nach Mitternacht aus dem *Glarnerstübli* stolpern, der Kneipe neben unserem Haus, und bevor sie mit ihrer *Bimbe* die richtige Richtung finden, müssen sie noch an die Linde pissen, und am Morgen, wenn unsereiner frisch aus dem Haus geht, dampft einem diese Kerlenpisse in die Nase, ist das eine Begrüßung? (Surinam York Hamshire, der ganz hoch bellt, nach einem aufgeregten Vogel klingt, wenn seine *Mutti* zu wettern anfängt und ich Tränen lache); ich habe dem Wirt vom *Glarner* heute Morgen schon die *Kappe gewaschen*, ihm gesagt, dass ich den Kerlen die Eier abschieße, wenn er sie weiter bis zur Besinnungslosigkeit saufen lässt! Und die Hausmeisterin steckt die Schleuder wieder in ihre Tasche, nimmt noch den letzten Schluck Kaffee, sagt, das war jetzt besser als Aspirin, und Frau Gründler steht mit einem unerwarteten Schwung auf, so, gehen wir?

Ich nehme die Einkaufstaschen der Hausmeisterin, und wir steigen die Treppe hoch, Frau Gründler, die nach ein paar Stufen wieder stehen bleibt, keucht, eine Hand in die Hüfte stützt, wissen Sie was, Frau Kotschi, dieser Fredi ist doch ein geborener Egoist, jedes Mal, wenn ich mich nach oben kämpfe, steht er leibhaftig da, immer zwei, drei Stufen über mir, er grinst mich an, und ich sage ihm alle Schande, ich zeige ihm die Tapete, die abblättert, hier, Frau Kotschi, sehen Sie nur!, und hier in der Ecke, die Risse!, die feuchten Flecken!, und Frau Gründler nimmt meine Hand, zeigt mit ihr auf die schlimmsten Stellen, sagen Sie nur, muss man so einem nicht seine Existenz vorwerfen, da besitzt er ein Haus und lässt es verrotten wie eine faule Frucht, aber die Frucht, die war nicht immer faul, das sage ich Ihnen. Wissen Sie, wie lange ich schon hier wohne? Seit 1965, da war die West noch ein *Bischou*, eine schöne Quartierstraße mit Luft und Bäumen; was meinen Sie, warum ich die Linde da unten so verbissen verteidige? Und trotz allem bin ich immer noch vernarrt in dieses Quartier, in mein Haus ... das können Sie bestimmt verstehen, Frau Kotschi. Ja klar!, und Frau Gründler, die mir gerührt die Hand tätschelt.

Bis wir zuoberst ankommen, trippelt Suri noch unzählige Male an uns vorbei, Treppe rauf und wieder runter, hüpft uns zwischen die Beine, du freches Köterchen, schimpft Frau Gründler lachend, als wir vor der Wohnung der Hausmeisterin stehen, habe ich wieder einmal einiges erfahren, nicht nur über den Hausbesitzer, den Fredi-Kapitalisten (der todsicher darauf spekuliert, dass der Verkehr irgendwann umgeleitet wird und er sein altes Haus dann teuer verkaufen kann), sondern auch über den Wirt des *Glarnerstübli*, der vermutlich bei den beiden Lokalen »weiter oben« mitmischt, wo die Mädels ihren Hintern schwenken; ich weiß jetzt, dass mein Nachbar, der über mir wohnt, ein Welscher ist, ein netter Kerl mit einem leichten Hick im Kopf, der temporär jobbt und sonst mit seinen Fingern nichts anzufangen weiß, als sie über seine Gitarre rasen zu lassen, den haben Sie bestimmt schon gehört, oder? Ganz allgemein gäbe es bald keine Mieter mehr, die wüssten, was *Hacktäschli* und *Wurschtwegge* heißt, nicht, dass sie etwas gegen Tschewaptschitschi oder Börek habe, sagt Frau Gründler, ich esse alles und am liebsten etwas, das ich noch nicht kenne, aber ich verbringe halbe Tage, um meinen Jugos, Albanern, Türken und Spaniern mit Händen und Füßen zu erklären, wie die Waschmaschine funktioniert! Ich bin ja keine Dolmetscherin, sagt Frau Gründler, als sie die Tür aufschließt, Suri in die Wohnung flitzt. So, jetzt setzen Sie sich mal hin und erholen sich von dieser Plackerei, lüften Sie Ihre Ohren von meinem Gequatsche, und ich mache uns eine Erfrischung. Ich, die sich, wie immer, umschauen muss im vollgestopften Wohnzimmer der Hausmeisterin, Bilder, gerahmte Fotografien, die in einem wilden Muster an der Wand hängen, Zimmerpflanzen, die in allen Ecken stehen, ein Ficus, eine Begonie, eine Zimmerlinde, Efeu, welches das Büchergestell einrahmt, in dem zwar Bücher stehen, aber auch Geschirr, Figürchen, Portemonnaies in allen Größen und Materialien, Briefe, die überall zwischen die Bücher geschoben sind; ich setze mich gegenüber von Suri, der auf seinen mit zwei Kissen erhöhten Stuhl gehüpft ist, zwischen uns das Bistro-Tischchen, Suri und ich, wir schauen aus dem Fenster, vier Stockwerke unter uns, wo der Verkehr langsam vorwärtsrollt; sieht fast *härzig* aus von hier oben, sagt Frau Gründler, als sie den Servierwagen durchs Wohnzimmer schiebt, sich dann neben Suri auf einen mit dunkelgrünem Samt bezogenen Ohrensessel setzt. Ich finde es erstaunlich, dass von oben meistens alles ganz anders aussieht, sage ich, und die Hausmeisterin antwortet lachend, Sie können gern das Fenster öffnen, wenn Sie nicht glauben, dass wir immer noch im selben Haus sind, und sie gibt mir einen Teller mit belegten, salzigen Häppchen, und Suri springt in die Luft, schnappt nach einem Stückchen Schinken. Frau

Kotschi, sagt die Hausmeisterin, nachdem sie ihrem Hund applaudiert, ihn für seine Sprungkraft gelobt hat, darf ich Sie etwas fragen, ich bin ja eine neugierige Natur, ich darf?, gut, Sie sind immer da, wenn ich Sie überfalle ... aber Sie sind doch ein junger Mensch ... gehen Sie denn nie aus? Was machen Sie an so einem Tag mit seinen vierundzwanzig Stunden? Ich richte meine Wohnung ein, also, ich habe gerade frei und bin deshalb oft zu Hause. Und Sie fahren nicht weg, wenn Sie Ferien haben?, und Frau Gründler schluckt ihren letzten Bissen runter, zieht dann ihren Lippenstift aus ihrem Handtäschchen, spitzt den Mund, malt ihn großzügig an, sagt dann, elende Schminkerei, ohne dieses Kirschrot komme ich mir schon ganz fad vor, und Frau Gründler fährt sich mit dem Zeigefinger über die Zähne, weil die auch immer was abbekommen, aber wegen den Kerlen tu ich's nicht, das sag' ich Ihnen direkt ins Gesicht, die meisten haben sowieso keinen Geschmack ... *die Jungen von heute*, von heute reisen doch durch die halbe Welt mit diesem ... wie heißt das nochmals, ja genau, Interrail. Ich habe mir vorgenommen, meine Wohnung langsam einzurichten, antworte ich, damit sich meine Sachen allmählich an die neue Umgebung gewöhnen, und ich stehe auf, strecke der Hausmeisterin meine Hand hin. Wie Sie das jetzt gesagt haben, Sie müssen sich doch sicher auch – nicht nur Ihre Sachen, und Frau Gründler schiebt den Unterkiefer etwas nach vorn, gibt mir ihre Hand. Ja natürlich ... vielen Dank für die Erfrischung, und kommen Sie bald wieder, ich bin meistens für Sie da, sage ich lachend und bin weg.

Vor knapp drei Wochen bin ich ausgezogen, was das auch immer heißt, ich stand stundenlang mit Mutter, Vater und Nomi im Wohnzimmer, im Korridor, dann in der Küche und in meinem Zimmer, Vater hat den Kopf geschüttelt, hat die Kartonschachteln mit ungläubigen Augen angefasst, mich angeschaut, wir haben doch genügend Platz hier bei uns, hat er leise gesagt, und er kam mir so klein vor, Vater, mit seinen geröteten Augen, aber ich habe auch geweint, wir alle; und Vater wollte ständig ein Foto von mir machen, ich, dann ich und Nomi, ich mit meinen Kinderzeichnungen, ich mit meinen Möbeln, die ich, außer dem Bett, nicht mitnehmen wollte. Was sollen denn die Möbel ohne dich, hat Mutter gesagt, und in dem Moment wurde Vater fast wütend, das kannst du uns nicht antun, das ist doch eine schlechte Erinnerung, Möbel, die niemand mehr braucht, und Nomi hat geantwortet, wir könnten sie doch in den Keller runtertragen, jetzt gleich, da sei genügend Platz, und wenn wir irgendwann wieder Besuch bekämen, dann wären wir doch froh um die Möbel. Und komischerweise haben Mutter und Vater sofort eingewilligt, wir haben zusammen den Schrank, das Büchergestell, den Schreibtisch, die Kommode in den Keller transportiert, jedes Möbelstück zu viert und nach langem Hin und Her, wie es wohl am besten, am einfachsten ginge. Als dann Vater im Luftschutzbunker die mit hellen Leintüchern abgedeckten Möbel sah, rief er, nein, nein, ich kann nicht hinschauen, wir haben uns Geister ins Haus geholt! Jetzt hör aber auf, hat Mutter geantwortet, das sind Ildis Möbel, die auf Besuch warten!

Hier in der Schweiz ist das normal, das Ausziehen, alle ziehen hier früh aus, mit sechzehn oder siebzehn, selten ist jemand älter als zwanzig, das gehört zum Erwachsenwerden, haben Nomi und ich immer wieder unseren Eltern zu erklären versucht, auf Deutsch und Ungarisch, und wir wussten beide: es würde ausbleiben, das Verständnis von Mutter und Vater, dass man unverheiratet auszieht, es vorzieht, in einem »Loch« zu wohnen, wo man doch die Möglichkeit hat, an einem Ort zu leben, wo alles da ist. Aber erst an dem Tag, als ich meine Sachen in die Kartonschachteln packte, ahnte ich, dass es noch um viel mehr ging: Um eine tiefe Scham, die Mutter und Vater wahrscheinlich für meinen Auszug empfanden, was würden unsere Verwandten dazu sagen?, in ihren Augen konnte ich lesen, dass mein persönlicher Aufbruch für sie die Abkehr von der Familie bedeutete, und dafür fühlten sie sich verantwortlich, nicht nur ein bisschen, sondern ganz (Mamika, die mir ins Ohr flüstert, denk eine Sache nicht von dir aus, sondern von allen möglichen Seiten), und ich habe meine Eltern angeschaut, nochmals angesetzt, es hat wirklich nichts mit euch zu tun … habe ich gesagt und bin verstummt, weil ich einsah, dass es keine lindernden Worte geben würde, das Wesentliche blieb unübersetzbar.

Mutter hat dann gekocht, mein Lieblingsessen, gebratenes Huhn mit Paprikakartoffeln, Gurkensalat mit Sauerrahm, und zum Nachtisch gab es Palatschinken, und weil niemand wirklich Appetit hatte, hat Mutter alles eingepackt, damit ich am nächsten und übernächsten Tag nicht zu kochen brauche. Ich habe Vater gebeten, Kaffee zu machen, weil ich den Kaffee, so wie er ihn zubereitet, am liebsten mag; ich habe ihm zugesehen, beim Kaffee-Mahlen, wie er das Papier sorgfältig in die Filterform einpasste, wie er mit seinem Daumen über den Messlöffel gefahren ist, die Geduld, mit welcher Vater das heiße Wasser kreisend über das Pulver goss; wir können dich in nächster Zeit nicht besuchen, sagte Vater, während der Kaffee in die Kanne tropfte, das musst du verstehen.

Um Mitternacht ziehe ich meine Jacke an, öffne die Fenster, lüfte, die Weststrasse, die von Mitternacht bis sechs Uhr in der Früh gesperrt ist, ich schaue links die Straße hinunter, sehe den Radfahrern zu, die in die Gegenrichtung radeln, manchmal freihändig, manchmal lauthals singend, und ich rauche eine Zigarette in die kalte Novemberluft hinaus, der Wirt des *Glarnerstübli*, der jetzt seine Stammkunden ins Freie scheucht, meistens fünf Männer, die sich am Treppengeländer abstützen müssen, um die drei Stufen heil zu überstehen; und wenn sie dann die Linde anpeilen, meine Hausmeisterin im nächsten Moment losschimpft, schließe ich das Fenster und höre meinen Nachbarn, der immer noch am Üben ist, Laurent Rosset, den ich schon in der ersten Woche, nachdem ich eingezogen bin, im Treppenhaus getroffen habe, der mir, kaum haben wir uns vorgestellt, sein Lebensziel verraten hat, nämlich irgendwann einmal so Gitarre spielen zu können wie Jimi. Jimi?, du weißt nicht, wer Jimi war, es gab nur einen Jimi auf dieser Welt, und Laurent hat mich noch am selben Abend zu sich eingeladen, mir seine Plattensammlung gezeigt, seine Grasplantage auf dem Küchenbalkon, ein paar ausgewählte Bücher über Georges Bataille und natürlich Jimi Hendrix, und: Setz dich, ich spiel dir was vor! Wie bin ich?, Laurents Frage, nachdem er mir Jimis Hits vorgespielt hat, »Foxy Lady«, »Wild Thing«, »Hey Joe«, »Voodoo Child« und alles gleich nochmals, weil Laurent sich erst mal warm spielen musste. Ich glaube, du bist schon besser als Jimi, habe ich geantwortet. *Comment?, impossible!*, ob ich ihn verarschen wolle, sagte Laurent, er werde nie besser sein als Jimi, das wisse er; und ich, die einen gedankenlosen Spruch gemacht hatte, bin unangenehm berührt, weil ich Laurent tatsächlich nicht ernst genommen hatte, in seiner Liebe zu Jimi Hendrix.

Ich streiche mir ein Brot mit Butter, bestreue es mit Salz und Paprika, bevor ich ins Bett gehe, esse ich immer etwas, und während dem Kauen überlege ich, ob ich noch eine Schachtel auspacken soll, und zu den Menschen, die ich von meinem Küchenfenster aus täglich sehe, gehört die

Frau vom schräg gegenüberliegenden Haus, ich nenne sie meine bleiche Heldin, eine zierliche Frau, die immer etwas tut, putzen, waschen, kochen, Wäsche aufhängen, und jetzt, da es merkwürdig still ist (eine Stille, die ich der Straße nicht abnehme, vermutlich, weil mein Ohr das Anfahren, Abbremsen, Hupen, Quietschen immer noch hört), bügelt sie in ihrer Küche, und die zeitlose Müdigkeit in ihrem Gesicht, egal, was sie tut; ich stehe auf, öffne eine Schachtel (höchstens zwei Schachteln pro Woche auszupacken, das habe ich mir vorgenommen), und zuoberst liegt der gelbe Briefumschlag, in dem ich meine Fotos aufbewahre; ich, die Fotos nie einkleben oder einrahmen wollte, suche ein paar heraus, befestige sie mit Stecknadeln über dem Kopfende meines Bettes, ich, die kein bestimmtes Ordnungsprinzip hat, achte nur darauf, dass die Fotos sich berühren, und als ich vierzehn war, habe ich angefangen, Fotos zu sammeln, die meine Eltern weggeworfen hätten, »Ausschuss« steht auf dem gelben Briefumschlag, angeschnittene Köpfe, Fotos ohne erkennbare Sujets, und ein verwackeltes Foto mit starkem Gelbstich, das ich besonders gern mag: Nomi und ich, wie wir uns gerade wegdrehen (ein plötzlicher Windstoß, der uns Sand ins Gesicht wehte), unsere Körperhaltung, die eine abrupte Bewegung erahnen lässt; vor allem aber erinnert mich das Foto daran, wie wir mit Sand in Augen, Nase, Mund gelacht haben, endlos lange.

Ich setze mich aufs Bett, esse noch ein Butterbrot, nicke ein, mit den neu aufgehängten Bildern über meinem Bett, ich wache auf, höre Laurent immer noch spielen, schlafe wieder ein.

Wir haben die Rollen getauscht, du hast früher nie verschlafen, sagte Nomi, nachdem sie an Allerheiligen heftig gegen mein Fenster geklopft hat, ich aufgeschreckt bin, mit verklebten Augen das Fenster geöffnet habe, wieso hast du nicht geklingelt? Habe ich, antwortete Nomi, aber du hast offenbar nichts gehört, ich, die rasch einen Pullover anzieht, eine Hose, öffne die Tür, fahre mir kurz durch die Haare, bevor Nomi und ich uns umarmen, komm rein, und wir setzen uns in die Küche, hier, das ist von Mutter, und Nomi langt in ihre Tasche, saure Gurken, Paprikawürste, Knoblauchspeck, Suppennudeln, Akazienhonig, Mohn- und Quarkstrudel, alles andere habe ich zu Hause gelassen und Mami damit vertröstet, dass ich dich ja bald wieder besuche, wie geht es dir?, fragt Nomi. Meine Zunge schläft noch, antworte ich, Kaffee ist keiner mehr da, ich mache mich ein bisschen frisch, und wir gehen ins Café hier um die Ecke, in Ordnung?

El Zac, so heißt das Café und wird von einem spanischen Ehepaar und ihren drei Kindern geführt; Nomi und ich, wir stehen im Eingang, verständigen uns wortlos darüber, wo noch die besten freien Plätze sind, wir setzen uns hin, bestellen zwei doppelte Espressi, inspizieren den Raum, die Möblierung, unsere Blicke wandern zur Kaffeemaschine, eine Kolbenmaschine, kein Automat!, innerhalb kürzester Zeit wissen wir, ob die Lüftung gut ist, was alles auf der Speise- und Getränkekarte steht, hast du gesehen, wie viel der Cappuccino kostet, ja, fünfzig Rappen teurer als bei uns; und natürlich testen wir, ob der Kaffee schmeckt, und wenn ja, wer der Lieferant ist – wir tauchen ein in eine Welt, die wir seit Langem miteinander teilen –, bist du jetzt wach?, fragt Nomi, als wir ausgetrunken und bezahlt haben, ja!, und wir stehen auf, winken dem Ehepaar noch zu, und vor der Tür bleiben wir kurz stehen, um einen Blick auf die Öffnungszeiten zu werfen, die haben einen langen Tag, sagen wir, die Miete, wahrscheinlich zu hoch! Nomi und ich, wir gehen los, überqueren die Weststrasse, schauen uns das Schaufenster einer Glaserei an, sind verblüfft darüber, wie waghalsig die zerbrechlichen Waren ausgestellt sind, der Besitzer ist wahrscheinlich ein ehemaliger Seiltänzer, sage ich, und wir gehen weiter, und ich zeige Nomi, was ich im Quartier schon entdeckt habe, den schönen Kindergarten, den Antiquitäten-Laden am Idaplatz, der von einem mürrischen, freundlichen Tschechen geführt wird, den Quartier-Bio-Laden, der alles hat, obwohl er so winzig ist, und im Blumenladen an der Bertastrasse kaufen wir einen Strauß Herbstblumen, wir gehen weiter die Bertastrasse hoch, ich zeige rechts zum Schulhaus Ämtler, wo an Wahlsonntagen die Abstimmungsurnen aufgestellt sind, und Nomi bleibt einen Moment lang stehen, schaut in den Novemberhimmel, ein blauer Novembertag, sagt sie, eine schöne Ausnahme, und wir gehen weiter, an japanischen Kirschbäumen vorbei, biegen dann rechts in die Goldbrunnenstrasse, und nach ein paar Schritten sind wir da, wo wir hinwollten.

Ich wäre nie darauf gekommen, Nomi, die mich angerufen hat, um mir zu sagen, dass sie mich an Allerheiligen abhole, ihr Freund habe ihr erzählt, auf dem Friedhof Sihlfeld gebe es ein Gemeinschaftsgrab, und da, quasi bei der WG unter den Gräbern, könnten wir doch zusammen Blumen hinlegen für unsere Toten; statt diesem Tag ständig aus dem Weg zu gehen, könnten wir ihm doch wieder die Bedeutung geben, die er hat, außerdem wüssten wir ja nicht, wie lange es noch dauert, bis wir wieder in die Vojvodina zurückkönnen, und ich, die den Hörer in der Hand hielt, im ersten Moment gar nicht wusste, ob ich Nomi richtig verstanden hatte, hast du gehört?
Wir sind durch den Friedhof Sihlfeld gegangen, der so schön ist, weil er ungewöhnlich groß und weit ist, wir haben Bäume bewundert, die Platz haben zum Wachsen, rie-

sige Eichen und Platanen, alle Arten von Kastanien, die bereits ganz nackt waren, eine zierliche Birkenallee, sogar Ginkgos haben wir entdeckt, deren gelbgoldene Blätter den Kiesweg säumten, bis wir vor dem Gemeinschaftsgrab standen, haben wir die wundersamen, farbigen Wesen gesammelt, die gerade dann von den Bäumen fallen, wenn sie am schönsten sind, und wir legten sie mit den Blumen auf das Grab; an diesem blauen Novembertag dachten wir an unsere Verstorbenen, Großtanten und Großonkel, an unsere Großeltern, die wir nie kennengelernt haben, Mutters Mutter und Papuci, für Mamika haben wir ein Lied gesungen, und in ihrem Namen haben wir darum gebeten, dass die Lebenden nicht vor ihrer Zeit sterben.

Melinda Nadj Abonji

Melinda Nadj Abonji, geboren 1968 in Bečej, ehemaliges Jugoslawien, heutiges Serbien. Anfang der siebziger Jahre übersiedelte sie mit ihrer Familie in die Schweiz. Heute lebt sie als Schriftstellerin und Musikerin in Zürich. Für *Tauben fliegen auf* erhielt sie 2010 den Deutschen und Schweizer Buchpreis. Zuletzt erschien ihr Roman *Schildkrötensoldat* (Suhrkamp).